Malala Yousafzai
et Patricia McCormick

# *Moi, Malala* (2014)

Texte intégral, traduit de l'anglais (États-Unis) par Michel Laporte

LE DOSSIER

**Un récit autobiographique engagé**

L'ENQUÊTE

**Le droit à l'éducation**

Notes et dossier
**Laurence de Vismes Mokrani**
Certifiée de lettres modernes

Hatier

# Sommaire

## OUVERTURE



## *Moi, Malala*






ISBN 978-2-401-06367-9

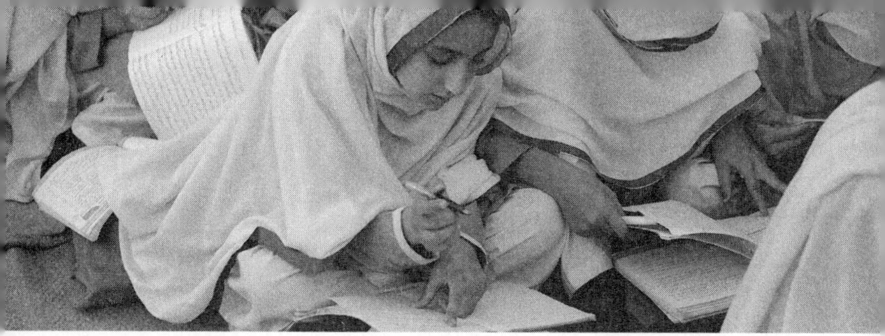

# Qui sont les personnages ?

## Malala et sa famille

**MALALA YOUSAFZAI**
Courageuse et déterminée, elle s'engage très tôt aux côtés de son père. Victime d'un attentat, elle décide cependant de consacrer sa vie à la lutte pour le droit à l'éducation.

**LES PARENTS DE MALALA**
Enseignant, militant pour l'éducation et diplomate pakistanais, Ziauddin Yousafzai (né en 1969) a créé une école pour filles à Mingora, et lutte pour que chacun ait le droit de s'instruire.
Toor Pekai Yousafzai, comme la plupart des femmes de son pays, n'a pas été à l'école et ne sait ni lire ni écrire. Mais elle soutient son mari et sa fille.

**LES FRÈRES DE MALALA**
Khushal et Atal aiment se moquer de Malala, la taquiner.
Dans la fratrie, disputes et chamailleries sont fréquentes, comme dans toutes les familles.

## Les amis et soutiens de Malala

**MONIBA**
C'est la meilleure amie de Malala.
Elles sont inséparables malgré les petites disputes ; leur amitié résiste à l'éloignement et reste intacte au fil des années.

**MADAME MAYRAM**
C'est la professeure de Malala.
Très courageuse, elle lutte pour que ses élèves puissent venir à l'école, même en secret, quand c'est interdit par les talibans.

**LES DOCTEURS FIONA REYNOLDS ET JAVID KAYANI**
Ces deux médecins soignent Malala à l'hôpital de Birmingham, en Angleterre, après l'attentat.
Grâce à leur savoir-faire et à leur dévouement, Malala peut récupérer toutes ses capacités et reprendre son combat.

## Une personnalité politique

**MAULANA FAZLULLAH**
Dans les années 2000, ce chef militaire taliban prend le contrôle du district du Swat où habite Malala. En faveur de l'application stricte de la loi islamique, il instaure un régime terroriste dans la région et interdit notamment aux filles de s'instruire.

Malala Yousafzai, son père Ziauddin Yousafzai, sa mère Toor Pekai Yousafzai et ses frères Khushal (le grand) et Atal, le 23 juin 2013, à Birmingham.

# Quelle est l'histoire ?

## Les circonstances

Malala raconte son enfance heureuse dans le Swat, au nord du Pakistan, jusqu'à l'arrivée des talibans, en 2005. Ce pays, très montagneux, fait partie du sous-continent indien.
Certaines régions, comme celle où vivent les grands-parents et les cousins de Malala, sont éloignées des grandes villes ; la vie y est rudimentaire, mais sa famille s'y réfugiera pour se protéger de la guerre.

## L'action

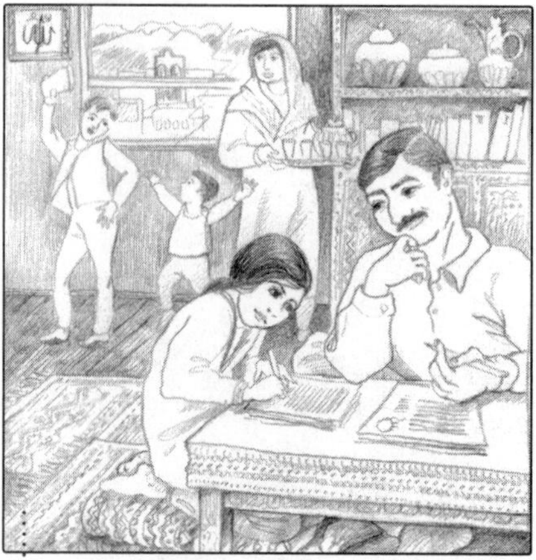

**1. L'enfance dans le Swat**
Malala mène une vie heureuse, entourée des siens. Elle aime l'école et soutient son père qui lutte pour l'instruction de tous les enfants.

**2. La menace des talibans**
Peu à peu, les talibans instaurent la terreur en interdisant notamment les écoles de filles. Malala et son père sont menacés de mort.

Une écolière pakistanaise dans une école de Mingora, le 9 octobre 2013.

**Le but**

Malala veut faire connaître au monde le combat que mènent les jeunes Pakistanaises privées d'école et d'instruction. Au-delà, elle lutte pour que tous les enfants du monde puissent s'instruire librement.

**3. L'attentat**

En rentrant de l'école, Malala est victime d'un attentat : après l'avoir identifiée, un taliban lui tire trois balles dans la tête.

**4. Nouvelle vie en Angleterre**

Transférée à Birmingham, Malala est soignée avec succès. Sa vie est désormais consacrée à l'instruction de tous les enfants dans le monde.

# Où se passe l'histoire ?

## Au Pakistan, dans la région du Swat

Situé entre l'Inde et l'Afghanistan, le Pakistan (dont la capitale est Islamabad) est un État indépendant depuis 1947.
Le Swat est une région au nord-ouest du Pakistan.

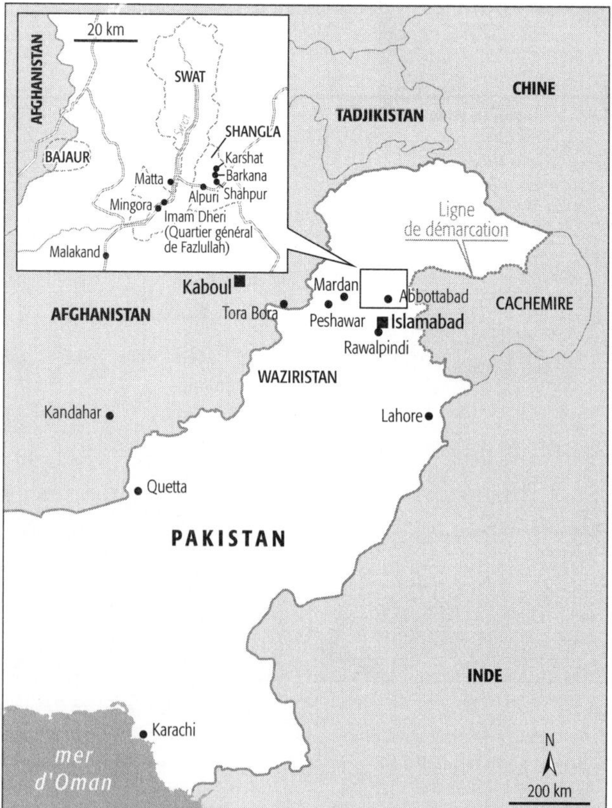

## Au Royaume-Uni

Après l'attentat, Malala est transférée en Angleterre pour être soignée. Elle est donc déplacée à plus de 8 000 kilomètres de chez elle.

# Que se passe-t-il à l'époque ?

## Sur le plan historique et politique

### ● L'INSTABILITÉ POLITIQUE

Depuis son indépendance en 1947, le Pakistan enchaîne les périodes de trêve et les combats armés contre l'Afghanistan et l'Inde, ses deux voisins immédiats. Plusieurs coups d'État militaires ont lieu, faisant alterner régimes militaires et régimes démocratiques.

### ● L'ASSASSINAT DE BENAZIR BHUTTO

En 1988, Benazir Bhutto, présidente du Parti du Peuple Pakistanais (PPP) depuis 23 ans, devient la première femme Premier ministre dans un pays musulman. Rentrée dans son pays en novembre 2007 après un exil forcé, elle est assassinée par les extrémistes islamistes. Ce meurtre provoque de très graves émeutes dans le pays.

### ● LA MONTÉE EN PUISSANCE DES TALIBANS

Les talibans sont des intégristes musulmans. Depuis 2010, ils se disputent le pouvoir avec le gouvernement en place, et veulent instaurer un régime terroriste fondé sur des lois religieuses très strictes, que l'on appelle la « charia ». L'armée lutte contre cette mouvance.

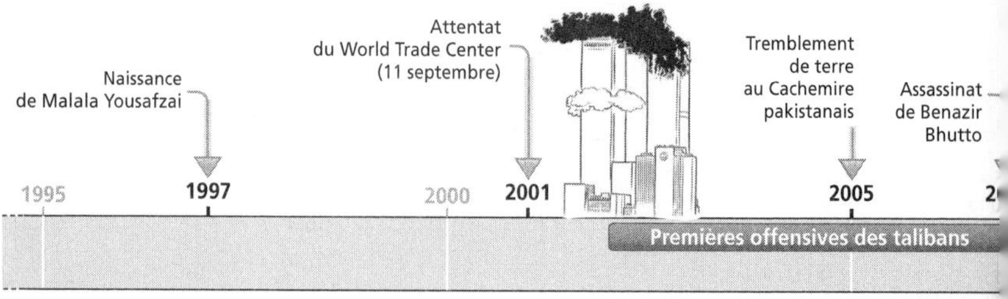

## Sur le plan social et économique

### ● L'INSÉCURITÉ LIÉE AU TERRORISME

Le pays vit dans un climat permanent de guerre civile : la population souffre des luttes et des actions de guerre entre l'armée régulière et les talibans. Ces derniers imposent de nombreuses restrictions qui touchent particulièrement les femmes.

### ● L'IMPORTANCE DE L'ISLAM

Au Pakistan, première république islamique, l'islam est la religion d'État. L'étude de l'islam est obligatoire dans toutes les écoles ; la législation et le code pénal suivent les principes de la religion. Les luttes sont violentes entre les différents courants modérés ou radicaux. Peuple originaire d'Afghanistan, les Pachtounes installés au Pakistan ont adhéré à l'islam tout en conservant leur code d'honneur, le *pashtunwali*.

### ● UNE ÉCONOMIE FRAGILE

L'économie du pays est fragile : la guerre a détruit de nombreux bâtiments (écoles, hôpitaux) et une grande partie du budget de l'État est consacrée à l'armée. Le Pakistan reçoit une aide financière des États-Unis, en contrepartie de son aide dans la lutte contre les talibans.

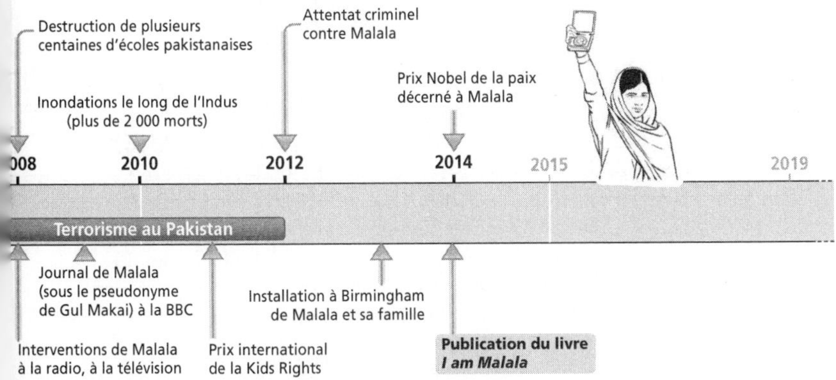

# Qui est l'auteur ?

## Malala Yousafzai, née le 12 juillet 1997

Malala à la cérémonie de remise du prix Nobel à l'Hôtel de ville d'Oslo, le 10 décembre 2014.

### • L'ÉCOLIÈRE DU SWAT

Malala naît à Mingora, dans le nord-ouest du Pakistan. Elle accompagne son père dans son combat pour l'éducation de tous les enfants, surtout les filles qui, selon la coutume de son pays, sont souvent obligées de rester chez elles. Son rêve est de devenir médecin, pour soigner les femmes.

### • LA LUTTE CONTRE LES TALIBANS

Dès l'âge de 11 ans, Malala s'oppose aux talibans, avec courage et détermination ; elle se révolte notamment contre les destructions des écoles.

### • LE PRIX NOBEL DE LA PAIX

Malala continue son combat inlassablement. Elle reçoit plusieurs prix prestigieux, notamment en 2013 le Prix Sakharov du Parlement européen pour la liberté de pensée, et surtout, en 2014, alors qu'elle n'a que 17 ans, le prix Nobel de la paix. Le 12 juillet est décrété « Malala Day » par l'ONU. Un film documentaire est réalisé sur sa vie en 2015, et elle est nommée Messagère de la paix en 2017. Malala a entrepris des études de Sciences politiques et consacre dorénavant sa vie aux droits des femmes et des enfants dans le monde.

# **En 2014,** Malala Yousafzai publie *Moi, Malala*

### *L'évocation d'une vie bien remplie*

Lorsqu'elle écrit ce livre (version de son autobiographie destinée à la jeunesse), Malala n'a que 17 ans. Mais elle a vécu tellement de choses! Elle veut faire connaître à ses lecteurs le quotidien d'une jeune fille pakistanaise et nous raconte ses souvenirs d'enfance.

### *Le récit d'un engagement*

Éprise de liberté, Malala a été très vite sensible à l'injustice qui frappe les filles dans son pays. Ce livre est l'occasion d'évoquer son combat pour le droit à l'éducation et contre le fanatisme religieux.

### *L'espoir d'un monde meilleur*

Grâce aux prix qu'elle a reçus, Malala espère améliorer la condition des filles et des femmes dans le monde. Elle évoque la Fondation Malala et les actions menées partout où le chemin de l'école reste inaccessible.

Le premier récit autobiographique de Malala co-écrit avec la journaliste Christina Lamb, du *Sunday Times*, dans une librairie de Londres, le 8 octobre 2013.

Des écolières pakistanaises dans une école de Mingora, le 24 septembre 2013.

LE TEXTE

# *Moi, Malala*

*À ces enfants, partout dans le monde,*
*qui n'ont pas accès à l'éducation,*
*à tous les professeurs qui, courageusement,*
*continuent d'enseigner,*
*et à quiconque s'est battu*
*pour leurs droits humains fondamentaux*
*et leur éducation.*

## Prologue

Quand je ferme les yeux, je vois ma chambre. Le lit n'est pas fait, ma couverture pelucheuse est en tas, parce que je suis sortie précipitamment pour aller à l'école, en retard pour un examen. Mon cahier de textes est ouvert sur mon bureau à une page datée du 9 octobre 2012. Et mon uniforme d'écolière – mon *shalwar* blanc et mon *kamiz* bleu – est pendu au mur, sur le portemanteau.

J'entends les enfants du voisinage qui jouent au cricket dans l'allée derrière chez nous. J'entends la rumeur du bazar[1] qui n'est pas loin. Et si j'écoute avec attention, j'entends Safina, mon amie, taper au mur mitoyen pour me communiquer un secret.

Je sens l'odeur du riz qui cuit parce que ma mère est en train de faire la cuisine. J'entends mes petits frères qui se disputent la télécommande – la télévision alterne catch américain et dessins animés. Bientôt j'entendrai la voix grave de mon père m'appeler par mon surnom.

— *Jani*, dira-t-il, ce qui signifie « ma chérie » en persan, comment a marché l'école, aujourd'hui ?

1. **Bazar** : marché public en Orient.

**Le *shalwar* (pantalon) et le *kamiz* (tunique) sont les deux éléments du costume traditionnel pakistanais.**

**Le persan est une langue parlée en Iran, en Afghanistan et au Pakistan.**

Il demande comment les choses se sont passées pour moi à l'école de filles Khushal qu'il a fondée et où je suis élève. Mais je saisis toujours l'occasion de répondre en jouant sur les mots.

— *Aba*[1], plaisanterai-je, l'école se traîne, elle ne marche pas.

C'est ma façon de lui dire qu'à mon avis les choses pourraient aller mieux.

J'ai quitté ce foyer bien-aimé au Pakistan un matin – avec le projet de replonger sous les couvertures aussitôt que je serais sortie de l'école – et j'ai fini à un monde de là.

On me dit que ce serait trop dangereux de retourner là-bas maintenant. Que je ne pourrai jamais y revenir. Alors, de temps en temps, j'y retourne par la pensée.

Mais à présent, une autre famille vit dans cette maison, une autre fille dort dans cette chambre – alors que je suis à des milliers de kilomètres. Ce qu'il y avait dans ma chambre, je m'en moque, mais je suis contrariée à cause des trophées scolaires restés sur mon étagère. Je rêve même d'eux de temps à autre. Il y a le deuxième prix du premier concours d'éloquence auquel j'ai participé. Et plus de quarante-cinq coupes ou médailles dorées pour avoir été première à des examens, des débats ou des concours. Pour quelqu'un d'autre, ce sont juste des babioles en plastique. Pour quelqu'un d'autre, elles peuvent sembler n'être que des prix sanctionnant de bonnes notes. Mais pour moi, ce sont des souvenirs de la vie que j'aimais et de la fille que j'étais – jusqu'à ce que je quitte la maison, en ce jour fatidique.

1. ***Aba*** : « papa » en pachto (une des langues officielles du Pakistan ; cf. note suivante).

Quand j'ouvre les yeux, je suis dans ma nouvelle chambre. Elle se trouve dans une solide maison de brique dans un endroit humide et froid qui s'appelle Birmingham, en Angleterre. Ici, il y a de l'eau qui coule de chaque robinet, chaude ou froide, comme on le désire. Ce n'est pas la peine de rapporter des bouteilles de gaz du marché pour faire chauffer l'eau. Ici, il y a de grandes pièces avec des parquets luisants en bois, de gros meubles et un grand, grand téléviseur.

Il n'y a presque aucun bruit dans cette banlieue calme et verdoyante. Pas d'enfants qui crient et qui rient. Pas de femmes au rez-de-chaussée qui hachent des légumes et papotent avec ma mère. Pas d'hommes qui fument des cigarettes en parlant de politique. Parfois, cependant, même à travers les cloisons épaisses qui nous séparent, j'entends quelqu'un de ma famille qui pleure notre foyer de là-bas.

Mais alors mon père entrera en trombe par la porte de devant, et sa voix retentira.

— *Jani,* dira-t-il, ç'a été comment à l'école, aujourd'hui ?

Plus question de jouer sur les mots. Il ne parle plus de l'école qu'il dirige et où je suis élève. Il y a une nuance de crainte dans sa voix. Comme s'il redoutait que je ne sois pas là pour répondre. Parce qu'il n'y a pas si longtemps, j'ai failli être tuée – simplement parce que j'exprimais mon droit à aller à l'école.

C'était la plus ordinaire des journées. J'avais quinze ans, j'étais en troisième, et j'étais restée debout bien trop tard la veille, à étudier pour un examen.

J'avais entendu le coq chanter à l'aube mais je m'étais rendormie. J'avais entendu l'appel à la prière à la mosquée voisine mais je m'étais pelotonnée sous ma couverture. Et j'avais fait semblant de ne pas entendre mon père quand il était venu me réveiller.

Puis ma mère était arrivée et m'avait gentiment secouée par l'épaule.

— Réveille-toi, *pisho* ! (Elle m'appelait « chaton » en *pachto*, la langue des Pachtounes.) Il est sept heures et demie, et tu es en retard pour l'école.

J'avais un examen d'histoire du Pakistan. Aussi ai-je fait une petite prière à Dieu :

— Si c'est ta volonté, puis-je, s'il te plaît, être première ? ai-je murmuré. Oh ! et merci pour tous mes succès jusqu'à présent !

J'ai avalé en vitesse un peu d'œuf frit et de *chapati* avec mon thé.

Mon plus jeune frère, Atal, était d'une humeur particulièrement mutine ce matin-là. Il se plaignait de l'attention qu'on m'accordait quand je parlais du droit des filles à recevoir la même éducation que les garçons. Mon père s'est un peu moqué de lui, à la table du petit déjeuner :

— Quand Malala sera Premier ministre, un jour, tu pourras être son secrétaire, lui a-t-il dit.

Atal, le petit clown de la famille, a fait semblant d'être fâché.

— Non ! a-t-il crié, c'est elle qui sera ma secrétaire !

Les Pachtounes sont un peuple de l'Afghanistan et du Pakistan, de religion musulmane, et parlant le pachto, une des langues officielles de ces pays.

Le *chapati* est une galette de blé sans levain, consommée surtout en Inde et au Pakistan.

Toutes ces plaisanteries m'ont presque mise en retard. Je suis sortie à la hâte en abandonnant la moitié de mon petit déjeuner sur la table. J'ai descendu l'allée en courant. J'ai vu arriver le bus bondé d'autres filles qui allaient à l'école elles aussi. J'ai sauté dedans ce mardi matin-là, et je n'ai jamais tourné la tête pour jeter un coup d'œil à la maison.

Le trajet jusqu'à l'école a été bref. À peine cinq minutes pour remonter la route et longer la rivière. Je suis arrivée à l'heure, et la journée d'examen s'est déroulée comme d'habitude. Le chaos de la ville, Mingora, nous entourait, avec ses klaxons hurlants et le bruit des usines, tandis que nous travaillions en silence, penchées sur nos feuilles, dans une extrême concentration. À la fin de la journée, j'étais fatiguée mais contente, je savais que j'avais fait du bon travail pour mon examen.

— Attendons le deuxième bus, a suggéré Moniba, ma meilleure amie. Qu'on puisse bavarder un peu plus longtemps.

Nous aimions toujours rester à attendre le dernier bus de ramassage.

Depuis quelques jours, j'avais le sentiment étrange et obsédant[1] que quelque chose de néfaste[2] allait se produire. Un soir, je m'étais surprise à penser à la mort. À quoi cela ressemble-t-il, réellement, d'être mort ? Je voulais le savoir. J'étais seule dans ma chambre, aussi me suis-je tournée vers La Mecque pour demander à Dieu : « Que se passe-t-il quand on meurt ? Quel effet cela fait-il ? »

Si je mourais, je voulais être capable de dire aux gens ce qu'on ressentait. « Malala, me suis-je alors dit à moi-même, tu es

1. **Obsédant** : dont on ne peut se défaire, qui occupe l'esprit de façon lancinante.
2. **Néfaste** : qui provoque des événements tragiques.

sotte ! Tu serais morte, et tu ne pourrais dire à personne ce qu'on éprouve. »

Avant d'aller au lit, j'ai demandé encore quelque chose à Dieu : « Est-ce que je peux mourir un petit peu puis revenir, afin que je puisse dire aux gens comment c'est ? »

Mais le lendemain, le matin avait paru, clair et ensoleillé, de même que le jour suivant et le jour d'après. Je savais que j'avais bien réussi mon examen. Les nuages qui avaient pu planer au-dessus de ma tête avaient commencé à se dissiper.

Moniba et moi avons fait ce que nous faisions toujours. Nous avons eu une bonne séance de bavardage. Quelle crème pour le visage utilisait-elle ? Est-ce qu'un des professeurs n'avait pas suivi un traitement contre la calvitie[1] ? Et à présent que le premier examen était passé, à quel point le deuxième serait-il difficile ?

Quand notre bus est arrivé, nous avons dévalé l'escalier. Comme d'habitude, Moniba et les autres filles ont relevé leur voile pour se couvrir la tête et le visage avant de passer le portail pour sortir. Nous sommes montées dans le *dyna* qui attendait, la camionnette blanche qui nous servait de bus scolaire. Et, comme d'habitude, le chauffeur avait un tour de magie tout prêt pour nous amuser. Ce jour-là, il faisait disparaître un petit galet. Malgré tous nos efforts, nous ne sommes pas parvenues à découvrir le secret.

Nous nous sommes entassées à l'intérieur, vingt filles et deux professeurs, serrées sur les trois bancs de bois disposés en long

1. **Calvitie** : absence partielle ou totale de cheveux.

**Un *dyna* est une sorte de camion à plateau ouvert, éventuellement recouvert d'une bâche.**

dans le *dyna*. Il faisait chaud et humide, et il n'y avait pas de fenêtres, juste une feuille de plastique jauni qui battait contre le côté tandis que nous cahotions dans les rues de Mingora qu'encombrait l'heure de pointe.

La rue Haji Baba était un fatras de rickshaws aux couleurs vives, de femmes aux robes flottantes, d'hommes en scooter qui klaxonnaient et zigzaguaient au milieu du trafic. Nous avons dépassé un marchand qui découpait des poulets. Un garçon qui vendait des cornets de glace. Un panneau publicitaire pour l'institut de transplantation capillaire du Dr Humayun. Moniba et moi étions absorbées par notre conversation. J'avais beaucoup d'amies mais elle était mon amie de cœur, celle avec qui je partageais tout. Ce jour-là, alors que nous nous demandions qui aurait les meilleures notes ce trimestre, une des filles a commencé une chanson, et nous nous sommes toutes mises à chanter avec elle.

Juste après que nous avons dépassé l'usine de snacks Little Giant et le virage à moins de trois minutes de la maison, la camionnette a ralenti avant de s'arrêter. Tout était étrangement silencieux à l'extérieur.

— C'est bien calme aujourd'hui, ai-je dit à Moniba. Où sont passés les gens ?

Je ne me souviens de rien après ça, mais il y a l'histoire qu'on m'a racontée :

Deux hommes jeunes se sont dressés devant notre camionnette.

— C'est bien le bus de l'école Khushal ? a dit l'un d'eux.

**Un rickshaw est une voiture légère tirée par un vélo ou une mobylette, et servant au transport de personnes.**

Le chauffeur a ri. Le nom de l'école était peint en lettres noires sur le côté. L'autre jeune homme a sauté sur le hayon[1] et s'est penché vers l'intérieur.

— C'est qui, Malala ? a-t-il demandé.

Personne n'a pipé mot mais quelques filles ont regardé dans ma direction. Il a levé le bras et m'a mise en joue. Des filles ont crié, j'ai serré la main de Moniba.

C'est qui, Malala ?

Malala, c'est moi. Et voici mon histoire.

1. **Hayon** : porte arrière d'un véhicule,
qui s'ouvre de bas en haut
et permet de charger des marchandises.

Des écolières pakistanaises sur le chemin de l'école à Mingora, le 11 octobre 2014.

# Première Partie : Avant les talibans

## Chapitre 1
## Libre comme un oiseau

C'est moi, Malala, une fille comme les autres même si j'ai mes talents personnels.

Je suis très souple, et je peux faire craquer les articulations de mes doigts et de mes orteils à volonté (et j'aime voir la mine dégoûtée des gens quand je le fais). Je peux battre n'importe qui de deux fois mon âge au bras de fer. J'aime les petits gâteaux mais pas les sucreries. Et je ne pense pas que le chocolat noir mérite du tout le nom de chocolat. Je déteste les aubergines et les poivrons verts mais j'aime les pizzas. Je trouve que Bella, dans *Twilight*, est trop inconstante et je ne vois pas pourquoi elle devrait choisir ce raseur d'Edward. Comme nous le disons, mes amies du Pakistan et moi, il ne l'aide pas vraiment à s'épanouir.

En fait, je ne me soucie pas beaucoup de maquillage et de bijoux, et je ne suis pas une fille « girly ». Pourtant le rose est ma couleur favorite et, je dois l'admettre, je passais beaucoup de temps devant le miroir à m'arranger les cheveux. Et même, quand j'étais plus jeune, j'ai essayé de m'éclaircir la peau avec du miel, de l'eau de rose et du lait de bufflonne.

*Twilight* est une série télévisée américaine, parue entre 2008 et 2012, mêlant histoires sentimentales et phénomènes paranormaux.

Je prétends que si vous inspectez le cartable d'un garçon, il sera toujours en désordre, et que si vous examinez son uniforme, il sera toujours sale. Ce n'est pas une opinion. C'est juste un fait.

Je suis une Pachtoune, membre d'un peuple fier dont les tribus sont éparpillées à travers l'Afghanistan et le Pakistan. Mon père, Ziauddin, et ma mère, Toor Pekai, sont originaires de villages dans la montagne mais, après leur mariage, ils sont venus s'installer à Mingora, la plus grande ville de la vallée du Swat, au nord-ouest du Pakistan, où je suis née. Le district du Swat était réputé pour sa beauté, et les touristes venaient de partout pour y admirer les hautes montagnes, les vertes collines et les rivières aux eaux cristallines.

Je dois mon nom à une grande héroïne pachtoune, la jeune Malalai, dont le courage a inspiré ses compatriotes.

Mais je ne crois pas à l'utilisation de la force. Même si mon frère de quatorze ans, Khushal, m'embête au-delà de tout, je ne me bats pas avec lui. C'est lui, plutôt, qui se bat avec moi. Et je suis d'accord avec Newton : pour chaque action, il existe une réaction de force égale et contraire. En sorte qu'on pourrait dire que, quand Khushal se bat avec moi, je lui rends service. Nous nous disputons à propos de la télécommande. À propos des tâches ménagères. À propos de qui est le meilleur à l'école. À propos de quels sont les derniers *Cheesy Wotsits*[1] en date. À propos de tout ce que vous pouvez imaginer.

1. *Cheesy Wotsits* : marque de biscuits apéritifs faits de maïs soufflé aromatisé au fromage.

**Malalai de Maiwand est une héroïne populaire, considérée comme la Jeanne d'Arc d'Afghanistan. Elle mena l'armée pachtoune et remporta la victoire contre les troupes britanniques lors de la Bataille de Maiwand en 1880.**

Mon frère de dix ans, Atal, m'embête moins, et il est très bon pour rattraper la balle de cricket quand nous l'expédions hors des limites du terrain. Mais, parfois, il invente ses règles à lui.

Quand j'étais plus jeune et que ces petits frères ont commencé à prendre de la place, j'ai eu une petite conversation avec Dieu. « Tu ne m'as pas demandé mon avis avant de les envoyer, lui ai-je dit. Tu ne m'as pas demandé ce que j'en pensais. Ils sont tout à fait importuns[1], par moments. » Quand je veux travailler, ils font un raffut épouvantable. Et quand je me brosse les dents, le matin, ils cognent à la porte de la salle de bains. Mais j'ai fait la paix avec ces frères. Au moins, avec eux deux, on peut faire un match de cricket.

À la maison, au Pakistan, nous courions partout comme une bande de lapins dans les allées autour de la maison. Nous nous poursuivions, nous jouions à chat, à un autre jeu nommé *mango, mango*, à une sorte de marelle que nous appelions *chindahk* (grenouille) ou aux gendarmes et aux voleurs. Parfois nous tirions la sonnette d'une maison voisine et nous partions nous cacher en courant. Notre jeu favori, cependant, restait le cricket. Nous y jouions jour et nuit dans l'allée ou sur notre toit, qui était plat. Si nous n'avions pas de balle à proprement parler, nous en fabriquions une avec une vieille chaussette remplie de n'importe quoi. Et nous dessinions les wickets ➲ à la craie sur le mur. Comme Atal était le plus jeune, on l'envoyait chercher la balle quand elle tombait du toit. Parfois, il prenait celle des voisins, tant qu'il y était. Il revenait avec un sourire malicieux et haussait les épaules.

1. **Importuns** : dérangeants.

➲ **Les wickets (ou « guichets ») désignent les buts au cricket. Ce sont des piquets plantés en terre et défendus par le batteur.**

— Quel mal il y a ? disait-il. Ils ont pris la nôtre hier.

Mais les garçons sont... eh bien ! des garçons. Pour la plupart, ils ne sont pas aussi civilisés que les filles. Et donc si je n'étais pas d'humeur pour leurs façons de garçons, je descendais et je tapais au mur qui nous séparait de la maison de Safina. Deux coups, c'était notre code. Elle donnait deux coups en retour. Je faisais glisser une brique, ce qui découvrait un trou entre nos deux maisons, et nous nous parlions en chuchotant. Parfois nous allions l'une chez l'autre et nous regardions notre programme télé préféré, *Shaka Lala Boom Boom* – l'histoire d'un garçon avec un crayon magique. Ou alors, nous travaillions aux petites poupées que nous fabriquions avec des allumettes et des bouts de tissu.

Safina a été ma compagne de jeux à partir du moment où j'ai eu à peu près huit ans. Elle a deux ans de moins que moi mais nous étions très proches. Nous nous copiions l'une l'autre à l'occasion mais, une fois, j'ai trouvé qu'elle était allée trop loin, quand l'objet que je préférais – mon seul jouet, un téléphone portable en plastique rose que mon père m'avait donné – est venu à disparaître.

Cette après-midi-là, quand je suis allée jouer chez Safina, elle avait un téléphone identique. Elle a dit que c'était le sien, qu'elle l'avait acheté au bazar. En fait, je ne l'ai pas crue et j'étais trop en colère pour raisonner comme il le fallait. À un moment où elle ne regardait pas, je lui ai pris une paire de boucles d'oreilles. Le lendemain, un collier. Ces babioles ne me plaisaient pas mais je n'ai pas pu m'en empêcher.

Quelques jours plus tard, en rentrant, j'ai trouvé ma mère tellement bouleversée qu'elle ne parvenait même pas à me regarder. Elle avait trouvé dans mon placard les bricoles que j'avais volées, et les avait rendues.

— Safina m'a volée la première ! ai-je crié.

Cela n'a pas ébranlé ma mère.

— Tu es la plus grande, a-t-elle dit. Tu aurais dû lui donner l'exemple.

Je suis allée dans ma chambre, morte de honte. Mais le pire a été le long moment d'attente avant que mon père ne rentre. Il était mon héros – brave et plein de principes – et j'étais sa *jani*. Il serait tellement déçu.

En fait, il n'a pas élevé la voix, ne m'a pas grondée. Il savait que j'étais déjà tellement dure avec moi-même que ce n'était pas la peine de me réprimander. À la place, il m'a consolée en me racontant les fautes que de grands héros avaient commises quand ils étaient jeunes. Des héros comme le mahatma Gandhi, le grand pacifiste, ou comme Muhammad Ali Jinnah, le fondateur du Pakistan. Il a cité une phrase tirée d'une histoire que son père avait l'habitude de répéter :

« Un enfant est un enfant tant qu'il est enfant, même s'il est un prophète. »

J'ai pensé à notre *pashtunwali*, le code qui réglemente la façon dont nous autres Pachtounes vivons. Une partie de ce code s'appelle *badal*, la règle de la vengeance, qui veut qu'on réponde à une insulte par une insulte, à une mort par une autre mort, et ainsi de suite.

J'avais découvert quel goût avait la vengeance. Il était amer. Je me suis promis de ne plus jamais mettre cette règle en pratique.

Mohandas Gandhi (1869-1948), surnommé le Mahatma (« grande âme »), est le leader de la lutte nationale de l'Inde contre les Britanniques, et l'apôtre de la non-violence. Il s'est également consacré à l'éducation du peuple.

Je me suis excusée auprès de Safina et de ses parents. J'espérais que Safina s'excuserait elle aussi et qu'elle me rendrait le téléphone. Elle n'a rien dit. Et, même s'il m'a été difficile de m'en tenir à ma promesse, je n'ai pas fait part de mes soupçons concernant le téléphone.

Safina et moi sommes vite redevenues amies. Avec tous les enfants du voisinage nous sommes retournées à nos courses et à nos jeux de poursuites. À cette époque, nous vivions dans une partie de la ville éloignée du centre. Derrière chez nous il y avait un vaste espace hérissé d'étranges ruines – des statues de lions, les colonnes brisées d'un vieux *stupa* et des centaines de pierres énormes qui ressemblaient à des parapluies. En été, nous y jouions à *parpartuni*, un jeu de cache-cache. En hiver, nous faisions des bonshommes de neige jusqu'à ce que nos mères nous appellent pour une tasse de thé bien chaud avec du lait et de la cardamome[1].

Du plus loin qu'il m'en souvienne, notre maison a toujours été pleine de monde : des voisins, des parents et des amis de mon père – plus un flux continu de cousins, garçons et filles. Ils venaient de la montagne où mon père et ma mère avaient grandi ou encore de la ville la plus proche. Même quand nous avons quitté notre petite maison et que j'ai eu ma propre chambre, elle a rarement été seulement à moi. Il me semble qu'il y avait toujours une cousine qui dormait sur le sol. Cela à cause d'une partie très importante du *pashtunwali* : la règle de l'hospitalité. En tant que Pachtoune, vous ouvrez toujours votre porte à un visiteur.

1. **Cardamome** : épice traditionnellement employée pour aromatiser le café, le thé ou certaines pâtisseries.

**Un *stupa* est un monument funéraire ou commémoratif, élevé sur des reliques de religieux.**

Ma mère et les femmes s'assemblaient sous la véranda, à l'arrière de la maison, et cuisinaient, riaient et bavardaient ; elles causaient de vêtements neufs, de bijoux ou de telle ou telle voisine. Pendant ce temps, mon père et les autres visiteurs s'asseyaient dans le salon des hommes où ils buvaient du thé et parlaient de politique.

Il m'arrivait souvent de quitter discrètement les jeux des enfants, de traverser à pas de loup le secteur des femmes et de rejoindre les hommes. Là, à mes yeux, il se passait quelque chose de passionnant et d'important. Je ne savais pas de quoi il s'agissait exactement et, bien sûr, je ne comprenais rien à la politique, mais je me sentais attirée par le monde grave des hommes. Assise aux pieds de mon père, je buvais leurs paroles. J'aimais les entendre discuter de politique. Mais, surtout, j'aimais m'asseoir parmi eux, hypnotisée par cette conversation relative au vaste monde qui se trouvait bien au-delà de notre vallée.

À la fin, je quittais la pièce pour traîner un moment parmi les femmes. Les soupirs et les sons de leur monde étaient différents. C'étaient des murmures doux et confiants. Des rires légers, parfois. Des rires bruyants, tonitruants à l'occasion. Mais le plus étonnant de tout était que les foulards et les voiles avaient disparu. Leurs cheveux longs et leurs jolis visages – maquillés avec du rouge à lèvres et du henné – étaient beaux à voir.

Presque tous les jours de ma vie, j'avais vu ces femmes observer la règle du *purdah* en se couvrant en public. Certaines, comme ma mère, se couvraient simplement le visage avec un foulard.

**Le *purdah* est l'ensemble des règles imposées aux femmes (interdiction de se mêler aux hommes, de se montrer, de sortir seule, de regarder ou de parler à un homme, etc.).**

Cela s'appelle un *niqab*. Mais d'autres portaient des *burqas*, ces longues et amples robes noires qui leur couvraient la tête et le visage de sorte qu'on ne pouvait même pas distinguer leurs yeux. D'autres encore allaient jusqu'à mettre des gants et des bas noirs, si bien que pas une parcelle de leur peau n'était visible. J'avais vu des épouses dont on exigeait qu'elles marchent quelques pas derrière leur mari. J'avais vu des femmes forcées à baisser le regard quand elles croisaient un homme. Et j'avais vu des filles plus âgées que moi qui avaient été nos compagnes de jeux disparaître sous les voiles dès qu'elles étaient devenues adolescentes.

Mais regarder ces femmes discuter paisiblement, le visage rayonnant de liberté, c'était contempler tout un monde nouveau.

Je dois le dire, je n'ai jamais beaucoup aidé à la cuisine – j'admets que j'essayais d'échapper au hachage des légumes ou à la vaisselle chaque fois que je le pouvais –, si bien que je ne traînais jamais longtemps avec elles. Mais tandis que je m'éclipsais, je me demandais ce qu'on ressentait à vivre en se cachant.

Vivre sous des voiles me semblait tellement injuste et inconfortable !

Dès mon plus jeune âge, j'ai dit à mes parents que, peu importait ce que faisaient les autres filles, je ne me couvrirais pas le visage comme ça. Mon visage était mon identité. Ma mère, qui est plutôt dévote et traditionaliste, était choquée.

Nos parents pensaient que j'étais effrontée (certains disaient mal élevée). Mais mon père affirmait que je pourrais faire comme je voudrais.

— Malala vivra aussi libre qu'un oiseau, assurait-il à tout le monde.

Je courais rejoindre les autres enfants. En particulier si avait lieu un concours de cerfs-volants – les garçons rivalisaient d'adresse pour couper la ficelle des cerfs-volants de leurs concurrents. C'était un jeu captivant, plein d'échappées et de plongeons imprévisibles. C'était beau et, aussi, un peu triste à mes yeux, de voir les jolis cerfs-volants tressauter sur le sol.

Peut-être était-ce parce que je prévoyais un avenir privé d'essor, comme ces cerfs-volants, juste parce que j'étais une fille. En dépit de ce que disait mon père, je savais que, quand nous grandirions, on s'attendrait à ce que Safina et moi fassions la cuisine et le ménage pour nos frères. Nous pourrions devenir médecins parce qu'on avait besoin de docteurs femmes pour soigner les femmes. Mais nous ne pourrions pas devenir juristes ou ingénieurs, stylistes ou artistes – ni rien de ce dont nous rêvions. Et nous n'aurions pas le droit de sortir de chez nous sans qu'un parent de sexe masculin nous accompagne.

Tout en regardant mes frères monter en courant sur le toit pour lâcher leurs cerfs-volants, je me demandais jusqu'à quel point je pourrais être libre, en réalité.

Mais je savais, même à ce moment-là, que j'étais la prunelle des yeux de mon père, une chose rare pour une fille pakistanaise.

Quand un garçon naît au Pakistan, c'est l'occasion de grandes réjouissances. On tire des coups de feu en l'air. On dépose des cadeaux dans le berceau du bébé. Et on inscrit le prénom du garçon dans l'arbre généalogique de la famille.

Mais quand c'est une fille, personne ne vient rendre visite aux parents, et les femmes éprouvent simplement de la sympathie pour la mère.

Mon père n'accordait aucune attention à ces coutumes. J'ai vu mon prénom – écrit à l'encre bleue brillante – juste là, au milieu des prénoms masculins de notre arbre généalogique. Le premier prénom féminin en trois cents ans !

Toute mon enfance, il m'a chanté une chanson sur ma fameuse homonyme pachtoune : « Ô Malalai de Maiwand ➲, fredonnait-il, lève-toi une fois encore pour faire comprendre le chant de l'honneur aux Pachtounes, Tes paroles poétiques font se retourner les mondes, Je t'en prie, lève-toi encore une fois. »

Quand j'étais petite, je ne comprenais rien de ce que cela signifiait. Mais en grandissant, j'ai compris que Malalai était une héroïne et un modèle ; j'ai voulu en savoir plus sur son compte.

Quand j'ai commencé à apprendre à lire, à l'âge de cinq ans, mon père s'est vanté auprès de ses amis.

— Regardez cette fille ! disait-il. Elle est destinée à monter au firmament.

Je faisais semblant d'être embarrassée mais les mots élogieux de mon père ont toujours été pour moi ce qu'il y a de plus précieux au monde.

J'étais aussi bien plus chanceuse que beaucoup d'autres filles : mon père dirigeait une école. C'était un endroit très modeste sans rien d'autre que des tableaux et de la craie – et elle était juste à côté d'une rivière qui sentait mauvais.

Mes parents m'ont dit que, avant même que je parle, j'allais d'un pas chancelant dans les salles vides et que je faisais la classe. Je donnais des leçons dans mon langage de bébé. Parfois il m'arrivait de m'asseoir en classe parmi des élèves plus grandes, très impressionnée d'entendre tout ce qu'on leur apprenait. En grandissant, je brûlais de pouvoir endosser l'uniforme que je leur voyais porter quand elles arrivaient : le *shalwar kamiz*, un pantalon flottant blanc et une longue tunique bleue, avec un foulard blanc pour la tête.

➲ Voir note page 32.

Mon père a lancé l'école trois ans avant ma naissance. Il était professeur, économe et directeur ainsi que portier, homme à tout faire et chef mécanicien. Il montait à l'échelle pour changer les ampoules électriques et descendait dans le puits quand la pompe tombait en panne. Quand je l'ai vu disparaître dans ce puits, j'ai pleuré en pensant qu'il n'allait jamais revenir. Même si je ne le comprenais pas à l'époque, je sais à présent qu'il n'y avait jamais suffisamment d'argent.

Une fois le loyer et les salaires payés, il ne restait pas grand-chose pour la nourriture ; aussi, souvent, n'avions-nous pas grand-chose à dîner. Mais l'école avait été le rêve de mon père, et nous étions tous heureux de le vivre.

Quand le moment est venu pour moi d'aller en classe, j'étais tellement excitée que je tenais à peine en place. Je pourrais dire que j'ai grandi à l'école. L'école était mon monde, et le monde, c'était l'école.

Un paysage de la région du Swat, au Pakistan, septembre 2007.

## Chapitre 2
## Rêves

Chaque été et chaque automne, pour les vacances du grand et du petit Aïd ➲, ma famille se rendait dans un de mes endroits préférés : le village de montagne du district de Shangla où mon père et ma mère ont grandi. Chargés de cadeaux pour nos parents – châles brodés, confiseries à la rose et à la pistache, médicaments qu'ils ne pouvaient pas se procurer sur place –, nous allions à la gare routière de Mingora et nous y trouvions à peu près tout le reste de la ville massé là à attendre un autocar de la Flying Coach.

Nous amoncelions nos bagages – en même temps que les sacs de farine et de sucre, les couvertures et les malles qu'emportaient les autres familles – sur le toit de l'autocar où ils formaient une pile impressionnante. Ensuite, nous nous entassions à l'intérieur pour un voyage de quatre heures sur les routes sinueuses et pleines d'ornières[1] qui grimpaient dans la montagne. Durant le premier quart du voyage, la route était une série de zigzags que bordait d'un côté la rivière, la Swat, et de l'autre une haute falaise abrupte. Mes frères prenaient beaucoup de plaisir à montrer du

1. **Ornières** : trous dans la chaussée, provoqués par le passage des véhicules.

➲ **Le grand et petit Aïd sont des jours de fête religieuse chez les musulmans.**

doigt les carcasses des véhicules qui étaient tombés dans la vallée, en contrebas.

L'autocar de la Flying Coach montait et montait encore, jusqu'à ce que l'air devienne vif et froid. En fait, nous ne voyions rien sinon une montagne après l'autre. Montagne, montagne, montagne et juste une petite bande de ciel.

Pour la plupart, les habitants du Shangla étaient très pauvres et ne disposaient pas des avantages de la modernité tels que les hôpitaux et les marchés, mais notre famille organisait toujours une énorme fête pour notre arrivée. Une fête qui était particulièrement la bienvenue quand elle avait lieu pour le petit Aïd qui marque la fin du mois de jeûne diurne de Ramadan. Il y avait des bols de poulet au riz et d'agneau aux épinards, de grosses pommes croquantes, de jolis gâteaux jaunes et de grosses bouilloires de thé au lait sucré.

Même quand j'avais seulement sept ou huit ans, j'étais considérée comme une fille de la ville et sophistiquée ; mes cousins et cousines se moquaient parfois de moi parce que je n'aimais pas aller pieds nus et que je portais des habits achetés au bazar et non des vêtements faits à la maison, comme eux. J'avais l'accent de la ville, je parlais l'argot, aussi pensaient-ils que j'étais moderne. S'ils avaient su ! Les gens des vraies villes comme Peshawar ou Islamabad m'auraient trouvée très arriérée.

Quand j'étais au village, toutefois, je menais la vie d'une paysanne. Le matin, je me levais au chant du coq ou quand j'entendais cliqueter la vaisselle, alors qu'en bas les femmes préparaient le petit déjeuner pour les hommes. À ce moment-là, tous les enfants sortaient de la maison pour accueillir le jour. Nous mangions du miel directement tiré de la ruche et des prunes vertes saupoudrées de sel. Aucun de nous n'avait ni jouets ni livres, alors nous jouions à la marelle et au cricket dans une vallée. L'après-midi, les garçons pêchaient et nous, les filles, descendions au bord de l'eau pour nous livrer à notre jeu favori : le mariage. Nous choisissions une mariée et nous la préparions pour la cérémonie. Nous l'enveloppions de bracelets et de colliers et nous lui peignions le visage avec du maquillage et les mains avec du henné. Une fois qu'elle était prête à être remise au marié, elle faisait semblant de pleurer et nous lui caressions les cheveux en lui disant de ne pas s'inquiéter. Quelquefois, nous roulions à terre à force de rire.

Mais la vie des femmes de la montagne n'était pas facile. Il n'y avait pas de boutiques à proprement parler, pas d'universités, pas d'hôpitaux ni de docteurs femmes, pas d'eau potable ni d'électricité fournies par le gouvernement. Un grand nombre d'hommes étaient partis loin, très loin, travailler sur les chantiers des routes ou dans les mines. Ils envoyaient de l'argent quand ils le pouvaient. Parfois, ils ne revenaient pas.

Les femmes des villages aussi devaient se couvrir le visage chaque fois qu'elles sortaient de chez elles. Elles n'avaient pas le droit de rencontrer d'hommes qui n'étaient pas de proches parents ni de leur parler. Aucune ne savait lire. Ma mère elle-même, qui avait grandi au village, ne savait pas lire. Il n'est pas inhabituel, pour les femmes de mon pays, d'être analphabète, mais la voir, elle, une femme fière et intelligente, s'escrimer à déchiffrer les prix au bazar me faisait souffrir en silence, et elle aussi, je pense.

Beaucoup des filles du village – y compris la plupart de mes cousines – n'allaient pas à l'école. Certains pères considèrent même leurs filles comme des membres négligeables de leur famille puisqu'elles seront mariées très jeunes et iront vivre avec leur belle-famille. « Pourquoi envoyer une fille à l'école ? disent souvent les hommes. Elle n'a pas besoin d'être instruite pour tenir une maison ! »

Je n'ai jamais répliqué à mes aînés. Dans notre culture, on ne doit jamais leur manquer de respect, même s'ils ont tort. Mais quand je voyais à quel point la vie de ces femmes était dure, j'étais perplexe et attristée. Pourquoi les femmes étaient-elles traitées aussi mal dans notre pays ?

Je l'ai demandé à mon père. Il m'a dit que les femmes étaient traitées de façon encore pire en Afghanistan, où un groupe appelé les talibans avait pris le contrôle du pays. Toutes les écoles de filles avaient été réduites en cendres, et les femmes étaient obligées de porter une version très stricte de la *burqa*. On leur interdisait de rire et de porter du vernis à ongles, et elles étaient battues ou jetées en prison pour être sorties sans l'escorte d'un membre masculin de la famille.

J'ai frémi quand il m'a raconté ça, et j'ai remercié Dieu de vivre au Pakistan, où une fille était libre d'aller à l'école.

C'était la première fois que j'entendais parler des talibans. Ce que je n'ai pas compris alors, c'est qu'ils n'étaient pas seulement en Afghanistan. Il y en avait un autre groupe au Pakistan, dans ce qu'on appelle les FATA, les Régions tribales fédéralement administrées. Certains étaient des Pachtounes, comme nous, et ils n'allaient pas tarder à jeter une ombre noire sur mon enfance ensoleillée.

Mais mon père m'a dit de ne pas m'inquiéter.

— Nous protégerons ta liberté, Malala ! a-t-il assuré. Continue de rêver.

## Chapitre 3
## Un crayon magique

Quand j'ai atteint l'âge de huit ans, mon père avait plus de huit cents élèves répartis en trois sections : une école primaire, une école secondaire de garçons et une de filles. Ainsi, finalement, notre famille a-t-elle eu assez d'argent pour s'acheter un téléviseur. C'est à ce moment-là que j'ai commencé à être obsédée par l'idée de posséder un crayon magique. L'idée m'en est venue de *Shaka Lala Boom Boom*, le programme télévisé que Safina et moi regardions après l'école. Il était question d'un garçon, Sanju, qui pouvait rendre réel tout ce qu'il voulait en le dessinant. S'il avait faim, il dessinait un bol de curry, et la nourriture apparaissait. S'il était en danger, il dessinait un policier. C'était un petit héros qui protégeait toujours ceux qui étaient menacés.

Le soir, je priais : « Dieu, s'il te plaît, donne-moi le crayon de Sanju. Je ne le dirai à personne. Laisse-le simplement dans mon placard. Je m'en servirai pour rendre tout le monde heureux. » Aussitôt que j'avais achevé ma prière, je vérifiais dans le tiroir. Le crayon ne s'y trouvait jamais.

Un jour que les garçons n'étaient pas là, ma mère m'a demandé d'aller jeter des épluchures de pommes de terre et des coquilles d'œufs. En fronçant le nez à mesure que j'en approchais, je suis allée jusqu'à la décharge, à deux ou trois pâtés de maisons de la nôtre. Tout en écartant les mouches, je faisais attention de ne pas marcher sur quelque chose de déplaisant avec mes jolies chaussures. Si seulement j'avais eu le crayon magique de Sanju, j'aurais tout fait disparaître : l'odeur, les rats, le monticule géant de déchets qui pourrissaient. Alors que je versais nos ordures sur le tas, j'ai vu quelque chose bouger. J'ai sursauté.

C'était une fille de mon âge. Ses cheveux étaient collés par la crasse et sa peau couverte de plaies. Elle fouillait dans les ordures en faisant deux tas, un de canettes, l'autre de bouteilles. Près de là, des garçons pêchaient avec des aimants dans le monticule de détritus pour récupérer le métal. J'ai eu envie de leur parler mais j'avais peur.

Plus tard ce même jour, quand mon père est revenu de l'école, j'ai évoqué les enfants de la décharge et je l'ai emmené les voir. Il s'est adressé à eux gentiment mais ils se sont enfuis. Je lui ai demandé pourquoi ils n'étaient pas à l'école. Il m'a dit que ces enfants faisaient vivre leur famille en vendant ce qu'ils trouvaient pour quelques roupies. S'ils allaient à l'école, leurs familles auraient faim. Alors que nous rentrions, j'ai vu des larmes sur ses joues.

Je pense qu'il existe toujours un bien pour un mal, que chaque fois qu'il y a une personne mauvaise, Dieu en envoie une bonne. Aussi ai-je décidé de parler de ce problème à Dieu. « Est-ce que tu sais qu'il existe des enfants qui sont obligés de travailler dans le tas d'ordures ? » Je me suis arrêtée. Bien sûr, il le savait ! Puis j'ai compris qu'il avait voulu que je les voie. Il me

**La roupie est principalement la monnaie de l'Inde, du Népal et du Pakistan.**

montrait ce à quoi ma vie pourrait ressembler si je n'avais pas la possibilité d'aller à l'école.

Jusqu'alors, j'avais cru qu'un crayon magique pouvait tout changer. Je savais, désormais, qu'il me faudrait faire quelque chose, moi. J'ignorais ce que c'était. Mais j'ai demandé à Dieu la force et le courage de faire du monde un endroit meilleur. J'ai écrit et signé une lettre, j'en ai fait un rouleau que j'ai attaché à un morceau de bois, j'ai placé un pissenlit dessus et j'ai posé le tout à la surface d'un cours d'eau qui se jette dans la Swat. Là, Dieu trouverait mon message à coup sûr.

Autant que je souhaitais aider les enfants de la décharge, ma mère voulait aider tout le monde. Elle avait l'habitude de déposer des miettes de pain dans un bol sur le rebord de la fenêtre. À côté, il y avait, en plus, du riz et du poulet dans un pot. Le pain était pour les oiseaux, la nourriture, pour une famille pauvre du voisinage.

Une fois, je lui ai demandé pourquoi elle donnait toujours de la nourriture.

— Nous avons su ce que c'est d'avoir faim, *pisho*, a-t-elle répondu. Nous ne devons jamais oublier de partager ce que nous avons.

Ainsi partagions-nous absolument tout ce que nous avions. Nous avons même partagé notre maison avec une famille de sept personnes qui traversait un moment difficile. Ils étaient censés payer un loyer à mon père, mais, très souvent, c'était lui qui leur prêtait de l'argent pour finir. Et, alors que l'école ne faisait pas vraiment de bénéfices, il accordait plus de cent places gratuites à des enfants pauvres. Il aurait voulu en offrir plus. Ma mère, pendant ce temps, s'était mise à servir le petit déjeuner à quelques filles, à la maison.

— Comment feraient-elles, pour apprendre, disait-elle, avec l'estomac vide ?

Un jour, j'ai remarqué que certains élèves de longue date n'étaient pas revenus à l'école. J'ai demandé à mon père où ils étaient passés.

— Oh, *jani* ! a-t-il répondu, certains parents parmi les plus riches ont retiré leurs enfants de l'école quand ils ont appris qu'ils partageaient leurs classes avec les fils et les filles des gens qui font le ménage chez eux ou qui lavent leurs vêtements.

J'étais jeune alors mais déjà assez grande pour sentir que ce n'était pas bien, et aussi pour comprendre que, si trop d'élèves payant leur scolarité partaient, cela signifierait des moments difficiles pour l'école et pour notre famille. Ce que je ne savais pas, c'était que s'approchait une menace bien plus grave, pas seulement pour notre famille et notre école, mais pour tout le Pakistan.

## Chapitre 4
## Un avertissement de Dieu

Un jour d'automne, alors que j'étais encore à l'école primaire, nos pupitres se sont mis à vibrer et à bouger. « Un tremblement de terre ! » avons-nous hurlé. Nous avons couru dehors. Certaines d'entre nous sont tombées alors que nous nous bousculions pour passer les portes étroites avant de nous rassembler auprès de nos professeurs, en quête de sécurité et de réconfort, pareilles à des poussins autour d'une mère poule. Quelques filles pleuraient. Nous vivions dans une région où les séismes étaient fréquents mais celui-là avait quelque chose de différent. Même après que nous sommes revenues en classe, les bâtiments ont continué à trembler et le grondement ne cessait pas. Mlle Ulfat, la professeure que j'ai toujours préférée, nous a dit de rester calmes. Elle nous a assuré que ce serait bientôt fini. Mais quand une nouvelle secousse s'est produite, quelques minutes après la première, les élèves ont été renvoyés chez eux.

En arrivant à la maison, j'ai trouvé ma mère assise dans la cour (elle s'y sentait plus en sécurité parce qu'il n'y avait pas de toit au-dessus d'elle). Elle récitait des versets du Coran tandis que des larmes coulaient sur son visage. Les répliques sismiques se sont poursuivies jusqu'après la tombée du jour, et chaque fois qu'il s'en produisait une, ma mère se précipitait dehors en insistant pour que nous allions avec elle. Mon père lui a dit de ne pas bouleverser les enfants mais nous l'étions déjà, bouleversés, parce que le sol remuait !

Ce tremblement de terre du 8 octobre 2005 ➲ s'est révélé un des pires de l'Histoire. Il a atteint 7,6 degrés sur l'échelle de Richter, et on l'a ressenti jusqu'à Kaboul et New Delhi. Les répliques ont duré pendant au moins un mois. Notre ville, Mingora, a été épargnée mais les régions septentrionales du Pakistan, y compris notre cher Shangla, ont été dévastées.

Quand nous avons enfin eu des nouvelles des parents et des amis que nous avions là-bas, ils ont dit qu'ils avaient cru que c'était la fin du monde. Ils ont raconté le grondement des rochers qui dévalaient les pentes pendant que tout le monde sortait précipitamment des maisons en récitant le Coran, les hurlements quand les toits s'effondraient, les cris des buffles et des chèvres. Ils étaient terrifiés et, quand les destructions ont cessé, ils ont attendu des secours.

L'aide gouvernementale a tardé à arriver. En revanche, ils ont reçu une assistance immédiate de la part de volontaires appartenant à un groupe religieux conservateur appelé Tehrik-e-Nifaz-e-Sharia-e-Mohammadi (mouvement pour le renforcement de la loi islamique), qu'on appelle aussi TNSM[1]. Il était dirigé par Sufi Muhammad et son gendre, le *maulana* Fazlullah. Pour finir, le gouvernement a tenté de les aider et les secours offerts par les Américains (qui avaient des troupes et des hélicoptères dans l'Afghanistan voisin) sont arrivés. Néanmoins, l'essentiel

1. Voir note page 65.

➲ Ce tremblement de terre a été l'un des plus terribles pour la zone Inde-Pakistan-Afghanistan, provoquant 79 000 morts et plus de 100 000 blessés pour le seul Pakistan.

des secouristes et de l'assistance médicale est venu d'organisations liées à des groupes de lutte armée comme le TNSM. Ils ont aidé à déblayer les ruines et à rebâtir les villages détruits.

Ils ont mené les prières et enterré les corps. Ils ont recueilli un grand nombre des onze mille enfants qui avaient perdu leurs parents. Dans notre culture, les orphelins sont généralement adoptés dans le cadre de la parenté au sens large, mais le séisme avait été tellement grave que des familles entières avaient péri ou avaient tout perdu, ce qui les empêchait de prendre en charge des enfants supplémentaires. Beaucoup de ces orphelins sont partis vivre dans des *médersas* fondamentalistes[1].

Des *mollahs* du TNSM ont affirmé dans leurs prêches[2] que le séisme était un avertissement de Dieu. Si nous ne changions pas notre façon de vivre en introduisant la *charia*, la loi islamique, une punition plus sévère encore surviendrait.

Tout le pays est resté sous le choc longtemps après le tremblement de terre. Nous étions vulnérables. Ce qui a permis à quelqu'un de malintentionné[3] de tirer plus facilement avantage de la peur d'un pays tout entier.

1. **Fondamentaliste** : en religion, qui se rapporte à l'essentiel, au fondamental. On dit aussi « extrémiste ».
2. **Prêche** : sermon, discours tenu lors d'un office religieux.
3. **Malintentionné** : qui a de mauvaises intentions.

**Une *médersa* est une école coranique.**

**Un *mollah* est un docteur de la loi coranique.**

## Chapitre 5
## La première menace directe

Chaque matin, quand mes amies passaient le portail de l'école, un homme, de l'autre côté de la rue, nous faisait les gros yeux. Puis, un soir, il est arrivé chez nous avec six anciens de la communauté. C'est moi qui ai ouvert la porte. Il a affirmé être un *mufti*, c'est-à-dire un lettré musulman, et a dit qu'il avait un problème avec l'école. Mon père m'a poussée dans la pièce voisine tandis que le *mufti* et les aînés s'entassaient dans notre petite maison, mais je n'ai pas raté un mot de la conversation.

— Je représente les bons musulmans, a dit le mufti. Et nous pensons tous que votre lycée de filles est un blasphème. Vous devriez le fermer. Les filles adolescentes ne devraient pas aller à l'école. Elles devraient respecter le *purdah* !

Ce mufti était clairement sous l'influence d'un *maulana* ➲ qui diffusait des émissions de radio pirates au cours desquelles il faisait des sermons et s'en prenait aux gens qu'il considérait comme « non islamiques ». Ce que nous savions, et que le *mufti* ne savait pas, c'était que sa propre nièce fréquentait l'école de mon père en secret. Tandis que mon père discutait avec lui, un des aînés a pris la parole.

— J'ai entendu dire que tu n'es pas un homme pieux, a-t-il

➲ Un *maulana* désigne un lettré musulman.

affirmé à mon père. Mais il y a des corans dans ta maison.

— Bien sûr qu'il y en a ! a répondu mon père. Je suis musulman.

Le *mufti* s'est à nouveau mêlé de la conversation pour se plaindre que les filles entraient à l'école par un portail qu'empruntaient aussi des hommes. Alors mon père est parvenu à un compromis : les filles les plus âgées passeraient par un portail différent. Finalement, le *mufti* a cédé, et les hommes sont repartis. Mais quand la porte s'est refermée derrière eux, j'avais un nœud à l'estomac. J'avais grandi en ayant sous les yeux des Pachtounes entêtés et orgueilleux. En général, quand un Pachtoune capitule dans une discussion, il n'oublie jamais réellement. Il ne pardonne pas, non plus.

Même si je n'étais qu'une enfant, je savais que cet homme se trompait. J'étudiais le Coran, notre livre sacré, depuis que j'avais cinq ans. Et l'après-midi, quand l'école était finie, mes parents m'envoyaient dans une *médersa* pour y prendre des cours de religion. C'était une mosquée en plein air ou filles et garçons étudiaient le Coran tous ensemble. J'aimais apprendre l'alphabet arabe. J'aimais la forme étrange et mystérieuse des lettres, le son des prières alors que nous les récitions à l'unisson, et les histoires enseignant comment mener une vie conforme aux préceptes d'Allah.

Mon professeur était une femme. Elle était gentille et raisonnable. Mais, pour moi, la *médersa* était un endroit réservé à l'instruction religieuse. J'irais à l'école Khushal faire le reste de mes études. Pour beaucoup de ces enfants, cependant, ce serait la seule école qu'ils fréquenteraient. Ils ne suivraient aucune autre classe : pas de sciences, pas de maths, pas de littérature. Ils n'étudieraient que l'arabe, de façon à pouvoir réciter le Coran.

Et ils n'apprendraient pas ce que les mots signifient, juste comment les prononcer.

Je n'ai pas beaucoup pensé à cette différence sinon plus tard, après la visite du *mufti* à la maison.

Un jour que je jouais dans l'allée avec les enfants du voisinage et que nous formions les équipes pour faire une partie de cricket, un des garçons a dit qu'il ne voulait pas de moi dans son camp.

— Notre école est meilleure que la vôtre, a-t-il dit comme si cela suffisait à expliquer les choses.

Je n'étais pas du tout d'accord.

— Mon école est la meilleure, ai-je dit.

— Ton école est mauvaise, a-t-il insisté. Ce n'est pas la bonne voie de l'islam.

Je n'ai pas su qu'en penser mais je savais qu'il avait tort. Mon école était un paradis.

Parce que, à l'école Khushal, nous flottions sur les ailes du savoir. Dans un pays où les femmes ne sont pas autorisées à sortir en public sans l'escorte d'un homme, nous autres, filles, voyagions loin et partout dans les pages de nos livres. Dans un pays où les femmes ne sont pas capables de lire les prix sur les étiquettes au marché, nous faisions des multiplications. Dans un endroit où, dès que nous étions adolescentes, nous devions nous couvrir la tête et nous cacher des garçons qui avaient été nos compagnons de jeux, nous courions aussi libres que l'air.

Nous ne savions pas où nous mènerait notre instruction. Tout ce que nous voulions, c'était avoir une chance d'apprendre. Et c'est ce que nous faisions. La folie du monde pourrait se perpétuer hors des murs de Khushal, dans leur enceinte, nous pourrions continuer à être ce que nous étions. Nos préoccupations, aussitôt que nous avions posé nos sacs dans les salles de classe, étaient les mêmes que celles de tous les enfants à l'école : qui allait avoir la meilleure note à l'examen du jour, et qui allait s'asseoir à côté de qui à la récréation.

À l'école primaire, je mettais un point d'honneur à remporter le trophée récompensant la première place à la fin du trimestre. On me considérait comme une des meilleures élèves et mon père était le directeur – certaines filles pensaient peut-être qu'il y avait un lien entre les deux. Mais mon père mettait toute sa fierté à ne m'accorder aucun traitement de faveur. Et tout le monde en était absolument convaincu quand une nouvelle est arrivée à l'école. J'avais à peu près neuf ans.

Elle s'appelait Malka-e-Noor. Elle était brillante et déterminée mais je ne m'imaginais pas qu'elle était presque aussi bonne que moi. Seulement, le dernier jour de classe de cette année-là, quand on a proclamé les résultats, j'ai été abasourdie. Elle avait obtenu la première place et j'étais deuxième.

J'ai souri poliment pendant qu'elle recevait le trophée mais, une fois rentrée à la maison, j'ai éclaté en sanglots. Quand mon père m'a vue, il m'a réconfortée mais pas de la façon que j'espérais.

— C'est une bonne chose d'être deuxième, m'a-t-il dit. Parce que ça t'enseigne que, si on peut gagner, on peut aussi perdre. Et il te faut apprendre à être une bonne perdante, pas seulement une bonne gagnante.

J'étais trop jeune – et trop têtue – pour apprécier vraiment ses propos. (De plus, pour être franche, j'aime toujours mieux être première.) Mais, après ce trimestre, j'ai travaillé superdur pour ne plus avoir à subir de nouveau cette leçon si particulière.

Un autre de mes soucis habituels était de savoir si Moniba était fâchée contre moi. Elle était ma meilleure amie, studieuse comme moi, presque ma jumelle. Nous nous asseyions l'une à côté de l'autre chaque fois que nous le pouvions – dans le bus, à la récréation, en classe – et elle me faisait rire comme personne d'autre. Mais nous avions l'habitude de nous disputer, et toujours pour le même motif : parce qu'une troisième fille se mettait entre nous.

— Tu es mon amie ou la sienne ? me demandait Moniba si je m'asseyais près d'une autre fille à la récréation.

— Moniba, je répondais, c'est toi qui m'as ignorée !

Le pire était quand Moniba refusait de me parler. Je me mettais en colère contre elle parce qu'elle était en colère contre moi. Parfois ces fâcheries duraient plusieurs jours. Finalement, elle me manquait trop et j'endossais la responsabilité de la dispute. (Il semblait que c'était toujours moi la coupable !) Alors, elle faisait une drôle de tête, nous nous pliions en deux de rire et nous oubliions notre différend. Jusqu'à ce qu'une fille vienne se mettre entre nous une nouvelle fois.

Comment un lieu où j'apprenais et riais autant aurait-il pu être mauvais ?

# LECTURE ACTIVE 1

→ Voir aussi étape 1, p. 248-249

## Chapitres 1 à 5 • L'enfance de Malala au Pakistan

### *As-tu bien lu ?*

1 **Prologue.** Relie chaque mot à sa traduction en français.

| | |
|---|---|
| jani (mot persan) • | • chaton |
| aba (mot pachto) • | • papa |
| pisho (mot pachto) • | • ma chérie |

2 **Chapitre 1. a.** Combien Malala a-t-elle de frères et sœurs ?
**b.** Comment peut-on définir le *pashtunwali* ?

☐ C'est un code secret inventé par les enfants.

☐ C'est le code d'honneur des pachtounes.

☐ C'est la langue parlée au Pakistan.

3 **Chapitre 2.** Cite au moins une raison pour laquelle Malala est considérée comme une « fille de la ville » par sa famille du Shangla.

4 **Chapitre 4.** Que s'est-il passé au Pakistan le 8 octobre 2005 ?

5 **Chapitre 5.** Pourquoi le mufti veut-il fermer l'école de Malala ?

### Atelier géographie

## Découvrir le Pakistan

► ***Objectif.*** Se représenter le cadre du récit.

► ***Préparation.*** Au CDI et sur Internet, effectuez des recherches sur le Pakistan (situation géographique, différentes régions, villes principales, monuments, etc.).

► ***Réalisation.*** Par groupes (4 à 5 élèves), réalisez un panneau d'exposition composé d'une carte illustrée de documents iconographiques puis présentez à la classe le résultat de vos recherches.

► ***Réfléchir ensemble.*** Aviez-vous déjà entendu parler de ce pays ?
Que vous a apporté la recherche que vous venez de faire ?

# Deuxième Partie :
# Une ombre
# sur notre vallée

## Chapitre 6
## Radio Mollah

J'étais chez un de nos parents, à Mingora, un soir, quand j'ai entendu d'étranges sanglots qui venaient de la radio. Après une longue journée passée à cuisiner, les femmes s'étaient rassemblées autour du poste pour laver la vaisselle. Comme à mon habitude, je faisais de mon mieux pour m'esquiver sans avoir à m'occuper des plats mais je me suis arrêtée en entendant ces étranges plaintes.

Au début, cela ressemblait juste à un *imam*[1] qui donnait des conseils pour mener une vie vertueuse. « Arrêtez de fumer, disait-il aux hommes, et priez tous les jours. » Les femmes ont eu un murmure d'approbation, ma mère comme les autres.

Puis il s'est mis à geindre. « Arrêtez d'écouter de la musique, a-t-il imploré. Cessez de danser. Cessez, a-t-il supplié, ou Dieu enverra un nouveau tremblement de terre pour nous punir tous. » Quelques femmes se sont mises à pleurer. Les souvenirs terribles du séisme de l'année précédente étaient encore frais dans les mémoires. Certaines d'entre elles avaient enterré enfants et mari, et elles étaient toujours en deuil.

Je savais que ce qu'affirmait Radio Mollah n'était pas vrai.

1. ***Imam*** : prédicateur local (qui fait des sermons).

Un tremblement de terre est un événement géologique que la science peut expliquer ; je voulais le leur dire. Mais ces femmes, dont beaucoup n'avaient aucune instruction et avaient été élevées pour suivre les diktats[1] de leurs chefs religieux, étaient effrayées. Si le *mollah* pleurait, elles pleuraient aussi.

Même à l'école, tout ce dont mes amies pouvaient parler, c'était Radio Mollah, quand bien même mon père nous avait dit de ne pas l'écouter. Notre vieux poste était cassé, aussi n'avais-je pas pu entendre les dernières émissions, mais je les ai écoutées ensuite chez des amis ou des parents, outre qu'ils répétaient les sermons nocturnes du *mollah* presque mot pour mot. Toute musique était *haram*, disait-il, interdite par l'islam. Seule sa station de radio était autorisée. Les hommes devaient se laisser pousser les cheveux et la barbe et non les porter courts selon une mode qu'il qualifiait d'« innovatrice ». Et les femmes, disait-il, devaient demeurer chez elles, et respecter le *purdah* à tout moment : elles ne pouvaient sortir qu'en cas d'urgence, et à condition de porter la *burqa* et d'être escortées par un homme de la proche famille.

Au début, ma mère avait apprécié les sermons du *mollah* quand elle les écoutait avec nos parentes – surtout quand il insistait sur la nécessité de prier quotidiennement. Les gens, et tout particulièrement les femmes, l'idéalisaient. Ils pensaient que c'était un bon interprète du Coran et admiraient son charisme. Ils aimaient l'entendre réclamer le retour de la loi islamique parce que tout le monde était déçu par le système judiciaire pakistanais, lent et corrompu. Ses partisans chantaient

1. **Diktat (mot allemand)** : exigence impérieuse, absolue.

des poèmes qui semblaient beaux mais qui, en fait, étaient des messages pour inciter les filles à cesser de fréquenter l'école. Mon père l'a désapprouvé depuis le début.

— Aucune Radio Mollah ne va me dire ce que je dois faire ! a-t-il déclaré. Ce *mollah*, ce n'est qu'absurdités et problèmes.

— Ne parle pas comme ça ! a répondu ma mère. Dieu sera fâché contre toi.

Il s'est avéré que mon père voyait juste.

Il s'était un peu renseigné sur l'homme qui était derrière la mystérieuse voix à la radio.

— Ce « *mollah* » a été renvoyé du lycée, a-t-il dit. Il ne possède aucune compétence en matière de religion. Ce prétendu *mollah* ne répand que l'ignorance !

La voix de la radio appartenait à *maulana* Fazlullah, un des chefs du TNSM ➲. Ses partisans avaient aidé énormément de gens après le tremblement de terre, mais lui profitait du traumatisme qu'il avait causé pour distiller la peur en même temps.

Bientôt, les attaques de Fazlullah sont devenues personnelles. Il a donné les noms d'hommes qui s'étaient prononcés contre lui en public. Des gens que nous connaissions. Des gens que nous ne connaissions pas. Des gens qui faisaient campagne pour la paix dans la vallée mais aussi des gens qui pensaient s'être exprimés en privé. Brusquement – publiquement – ils se faisaient traiter de « pécheurs ». Tout se passait comme si Radio Mollah et ses hommes pouvaient voir à travers les murs.

➲ **Le TNSM est un mouvement pour le renforcement de la loi islamique, fondé en 1992 par Sufi Muhammad et repris ensuite par son gendre le *maulana* Fazlullah. On l'appelle aussi le Mouvement des talibans du Swat.**

À présent que je devenais plus grande, il m'était moins facile de m'asseoir sans me faire remarquer parmi les hommes quand ils causaient. Aussi me proposais-je de leur servir du thé – si c'était le moyen de pouvoir entendre de quoi ils parlaient !

À cette époque-là, il n'y avait que deux sujets de discussion : Radio Mollah et les combats, juste de l'autre côté de la frontière, en Afghanistan. J'avais quatre ans quand l'attentat du 11 septembre 2001 ➲ a eu lieu mais j'avais grandi en entendant prononcer le nom d'Oussama ben Laden. Dans notre pays, tout le monde connaît le 11 Septembre et Oussama ben Laden. On disait qu'il avait planifié les attentats pas très loin, en Afghanistan, et, pendant des années, les États-Unis et leurs alliés avaient mené une guerre pour le retrouver – et pour venir à bout d'Al-Qaïda et du gouvernement des talibans en Afghanistan qui le protégeaient.

Les talibans. Aussitôt que j'ai entendu ce mot, mes oreilles se sont dressées. J'ai repensé à une conversation que nous avions eue avec mon père alors que nous nous trouvions au Shangla. Les talibans apparaissaient alors comme quelque chose de lointain, quelque chose de mauvais mais à bonne distance. Beaucoup d'amis de mon père considéraient que, en dépit de la popularité qu'acquérait Fazlullah et de son association avec les talibans du Pakistan, ils étaient encore trop loin de chez nous pour devenir un souci. Il les a prévenus que le jour viendrait où ils atteindraient notre vallée.

➲ **Le 11 septembre 2001, les militants islamistes d'Al-Qaïda détruisent les deux tours du World Trade Center, à New York, à l'aide d'avions détournés. Cet attentat-suicide terroriste fait 2977 victimes.**

— Ils sont déjà dans les régions tribales, a-t-il dit, et ils approchent.

Après quoi, il a cité un proverbe :

— Les événements qui se préparent projettent toujours des ombres pour les annoncer.

Fazlullah a avancé lentement au début mais, au cours des deux années qui ont suivi le tremblement de terre, il a projeté une grande ombre, vraiment. J'étais en train de grandir et, pour la première fois, il m'est venu à l'idée que le monde changeait sous mes yeux, et pas pour s'améliorer. Quand j'allais au lit, chaque soir, j'avais une conversation avec Dieu : « S'il te plaît, Dieu, dis-moi ce que je peux faire. Je suis une petite fille, mais peut-être as-tu un petit travail pour moi ? »

Un jour, je me suis réveillée avec un plan. J'ignorerais tous les ragots de Fazlullah quand j'irais à l'école. Mes amies et moi parlerions de Bella et d'Edward, ou de Fruity, le héros de l'émission indienne *Son Pari*. Si ces sujets étaient interdits pour le moment, nous pourrions parler de cricket, des petits frères qui étaient pénibles ou d'une centaine d'autres choses.

Mais quand je suis arrivée à l'école, mes amies étaient toutes rassemblées dans un coin, à parler du dernier sermon. La veille, Fazlullah avait proclamé que les écoles de filles étaient *haram*. Cet homme avait tout simplement déclaré que notre paisible sanctuaire était interdit par le Coran.

À ce moment-là, il n'était rien qu'une voix à la radio. Ce que nous ne savions pas, c'était qu'il irait beaucoup plus loin dans sa campagne contre les écoles de filles au cours des jours suivants.

## Chapitre 7
## Les talibans dans le Swat

Radio Mollah a poursuivi sa campagne contre tout ce que Fazlullah jugeait non islamique et occidental. Les gens écoutaient régulièrement ses émissions – beaucoup d'entre eux pour l'entendre donner des listes de noms et s'assurer qu'ils n'y figuraient pas. Par le biais de sa radio illégale, il a incité les parents à refuser les vaccins contre la polio pour leurs enfants. Il affirmait que cette mesure de santé ne visait pas à leur bien, que c'était un stratagème des pays occidentaux pour nuire aux enfants musulmans.

Mais il ne se contentait pas de se mêler de santé publique et de se prononcer contre les écoles de filles, il menaçait également les coiffeurs qui proposaient de prétendues coupes à l'occidentale, et faisait détruire les magasins de musique. Il persuadait les gens de donner leurs bijoux et de l'argent, et utilisait ces fonds pour fabriquer des bombes et entraîner ses combattants. Dans les petites villes qui se trouvaient sur le chemin quand nous allions rendre visite à la famille dans la montagne, nous avions vu les partisans de Fazlullah, avec leurs barbes et leurs cheveux longs, leurs turbans noirs et leurs *shalwar kamiz* blancs.

**Un taliban est un extrémiste, un intégriste religieux.**

Ces hommes portaient des armes à feu et se promenaient, l'air menaçant, dans les rues. Même si nous ne les avions pas croisés à Mingora à proprement parler, nous sentions la présence de Fazlullah. C'était comme s'il parlait depuis le ciel, en faisant planer un nuage noir au-dessus de notre vallée. La police essayait de le stopper mais son mouvement ne faisait que devenir plus fort. En mai 2007, il a signé un accord de paix avec le gouvernement. Il a dit qu'il cesserait sa campagne contre les vaccinations et l'instruction des filles ainsi que ses attaques contre les propriétés de l'État. Le gouvernement lui a permis de continuer ses émissions de radio.

En juillet, tout a changé.

À peu près au moment de mon dixième anniversaire, l'armée pakistanaise a assiégé une *médersa* de femmes à Islamabad, la capitale fédérale. Un groupe d'agitateurs qui avait mené des actions violentes contre le gouvernement venait de prendre des gens en otages et les retenait dans la *médersa* de *Lal Masjid*, la Mosquée Rouge. Après l'assaut de l'armée qui a duré plusieurs jours et fait de nombreuses victimes, Fazlullah a diffusé une de ses annonces les plus étranges : il a déclaré la guerre au gouvernement et appelé le peuple à se révolter. Le traité de paix qu'il avait signé est devenu un simple souvenir.

Le gouvernement l'a ignoré, comme on le fait d'une mouche importune. Et il nous a ignorés, nous aussi, les gens du Swat, qui étions sous sa coupe. Nous étions en colère contre le gouvernement et contre ces terroristes qui essayaient de détruire notre façon de vivre. Mais mon père a dit que notre famille devait faire de son mieux pour les ignorer, elle aussi.

— Nous devons vivre pleinement, a-t-il dit, ne serait-ce que dans nos cœurs.

Aussi, comme d'habitude, nos conversations familiales au dîner portaient sur des choses de l'esprit : Einstein, Newton, les poètes et les philosophes. Et comme d'habitude, mes frères et moi nous nous disputions, à propos de la télécommande, de qui avait eu les meilleures notes, à propos de tout et de rien. D'une certaine façon, je pouvais ignorer les talibans mais pas ces deux dérangeants personnages. Se disputer avec ses frères, ai-je dit à mon père, c'était aussi exister pleinement !

Fazlullah n'a pas tardé à unir ses forces aux talibans du Pakistan (Tehrik-i-Taliban-Pakistan : TTP) ; il a annoncé que les femmes étaient interdites dans les lieux publics. Les hommes devaient faire respecter cette consigne, a-t-il dit, et « garder un strict contrôle de leur famille sans quoi eux-mêmes seraient punis ».

En six mois, les rues sont devenues bizarrement vides de femmes parce qu'elles avaient peur de sortir faire leurs courses. Les magasins de DVD qui vendaient des films de Bollywood et des dessins animés pour les enfants ont baissé leurs rideaux et cessé leur commerce. Fazlullah proclamait que regarder des films et des émissions de télévision était un péché parce que cela signifiait que les femmes regardaient des hommes – et les hommes, des femmes – qu'il leur était interdit de voir.

Face aux menaces de ses partisans, les gens étaient terrifiés. Certains apportaient leurs postes de télévision, leurs DVD et leurs CD sur la place publique où les hommes de Radio Mollah les brûlaient. Des histoires couraient selon lesquelles ces mêmes hommes patrouillaient dans les rues sur des camion-

Bollywood (contraction de *Hollywood* et de *Bombay*) désigne l'industrie du cinéma indien qui produit principalement des comédies musicales grand public.

nettes et criaient les ordres de leur chef avec des mégaphones. Puis nous avons entendu dire qu'ils écoutaient aux portes ; s'ils entendaient le son d'un téléviseur, ils défonçaient la porte pour entrer et réduisaient le poste en miettes.

Après l'école, mes frères et moi, nous nous faisions discrets devant notre téléviseur bien-aimé – le volume réduit jusqu'à n'être plus qu'un murmure. Nous adorions nos émissions, et ne parvenions pas à comprendre pourquoi des catcheurs avec des noms rigolos et un petit garçon avec un crayon magique étaient à ce point mauvais. Mais chaque fois qu'on frappait à la porte, nous sursautions. Quand mon père est rentré à la maison, un soir, je lui ai demandé :

— *Aba*, nous faudra-t-il brûler notre poste de télé, nous aussi ?

Finalement, nous l'avons mis dans un placard. Si des étrangers venaient chez nous, au moins, ils ne pourraient pas le voir.

Comment en était-on arrivés là ? Comment un fanatique inculte était-il devenu une sorte de dieu à la radio ? Et comment pouvait-il n'y avoir personne qui se soit préparé pour lui résister ?

En dépit de tout cela, l'école Khushal a continué comme d'habitude. Quelques-unes de nos camarades l'ont quittée à leur tour mais nous, les restantes, n'en avons que davantage apprécié notre scolarité.

Nous avons même eu une discussion en classe : il se pouvait que le gouvernement ne se comporte pas comme il l'aurait dû, cependant pouvions-nous gérer notre salle de classe un peu plus comme une démocratie ? Il nous est venu une idée : comme les filles les plus studieuses s'asseyaient toujours devant, nous changerions de place. Celles qui occupaient le premier rang une semaine passeraient derrière, celle d'après. C'était un peu un jeu mais, en même temps, notre façon à nous de dire que toutes les filles – comme tous les gens – sont égales entre elles.

Cependant, au-delà des murs de notre école, Mingora était devenu comme une prison.

Des bannières annonçant que les femmes n'étaient pas admises pendaient à l'entrée du marché. Tous les magasins de musique et d'électronique étaient fermés. Fazlullah avait même prohibé un jeu d'enfants démodé appelé *carrom*, qui consiste à faire glisser des pions sur un plateau en bois.

Il avait commencé à mentionner des noms d'écolières à sa radio. « Mlle Unetelle a cessé de fréquenter l'école et ira au paradis », disait-il. Ou encore : « Mlle Unetelle a quitté l'école ; je félicite ses parents ! » Désormais, ma mère insistait pour que je n'aille pas à l'école à pied sans être accompagnée, de peur que je sois aperçue seule dans mon uniforme par les talibans.

Chaque jour, je constatais que de nouvelles camarades de classe manquaient. Et chaque soir, à la radio, Fazlullah poursuivait ses attaques en disant que les filles qui fréquentaient l'école n'étaient pas de bonnes musulmanes et qu'elles iraient en enfer ➘.

Un jour, un de nos professeurs est venu dire à mon père qu'il n'enseignerait plus aux filles. Un autre a annoncé qu'il s'en allait pour aider Fazlullah à bâtir un centre religieux. Ç'a été une journée noire. L'école Khushal, qui avait toujours été notre refuge, était passée dans la zone d'ombre de Radio Mollah.

**➔ Malala nous montre combien il est difficile de s'instruire lorsqu'on est une fille au Pakistan.**
**Pourtant, jusque dans les années 2000, les enfants allaient presque tous à l'école dans ce pays : les musulmans ismaéliens (plus modérés) estimaient que l'instruction des filles était indispensable pour que le pays se développe et se modernise.**

Fazlullah avait instauré un tribunal public pour faire respecter ses diktats ; désormais, ses hommes fouettaient ou tuaient des policiers, des fonctionnaires gouvernementaux et des hommes ou des femmes qui lui désobéissaient. Des centaines de gens se pressaient pour assister aux exécutions et criaient « *Allahu akbar !* » (Dieu est grand !) à chaque coup de fouet. Parfois, disait-on, Fazlullah arrivait pour les superviser, au galop sur un cheval noir.

Beaucoup de la « justice » de Fazlullah était exercée au plus profond de la nuit. Plus tard, dans la période de terreur qu'il a fait régner, les « violateurs » ont été arrachés à leur foyer et tués. Leurs cadavres étaient exposés sur la place Verte ➲ le lendemain matin. Souvent, une note était épinglée sur le corps : *Voilà ce qui arrive aux espions et aux infidèles* ou *Ne touchez pas à ce corps avant 11 heures sinon vous serez le prochain*. Bientôt les gens ont eu un autre nom pour désigner la place Verte : ils se sont mis à l'appeler la « place Sanglante ».

Je frémissais en entendant ces histoires. Que devenait ma ville ? Et qu'allions-nous devenir ?

« Dieu, disais-je en allant au lit, je sais que tu es occupé par beaucoup, beaucoup de choses partout dans le monde. Mais ne vois-tu pas ce qui se passe ici dans le Swat ? »

➲ **La place Verte, généralement très animée, est l'un des plus grands ronds-points de Mingora.**

Un soir, j'ai entendu mes parents parler à voix basse.

— Tu dois le faire, disait ma mère. Avoir peur n'est pas une solution.

— Je n'irai pas sans ta bénédiction, a répondu mon père.

— Dieu te protégera, a-t-elle dit. Parce que tu dis la vérité.

Je leur ai demandé ce qui arrivait. Mon père a dit qu'il allait à une réunion ce soir-là pour y prendre la parole contre les talibans. Et qu'après ça il ferait le voyage jusqu'à Islamabad pour reprocher au gouvernement de ne pas protéger les citoyens.

Mon père, un simple directeur d'école, se dressait contre les deux forces les plus puissantes et les plus dangereuses du pays. Et ma mère le soutenait.

La plupart des femmes pachtounes auraient pleuré, supplié, se seraient pendues aux manches de leur mari. Mais la plupart des hommes pachtounes ignoraient leurs épouses. Bien peu auraient commencé par la consulter. Mes parents, cependant, n'étaient pas comme les autres parents. Mon père est pareil à un faucon, celui qui a osé voler là où les autres ne seraient pas allés. Et ma mère est celle qui a les pieds solidement plantés au sol.

Pour ma part, j'ai pris en charge de fermer la porte à clef chaque soir, quand mon père était absent. Je faisais le tour de la maison à une, deux, trois reprises pour m'assurer que portes et fenêtres étaient fermées. Certaines fois, il rentrait à la maison très tard. Certaines autres, pas du tout. Il a pris l'habitude de dormir chez ses amis à l'occasion, au cas où on l'aurait suivi. Il nous protégeait en restant loin mais ne pouvait pas nous protéger contre l'inquiétude. Ces nuits-là, j'ai entendu ma mère prier jusqu'à pas d'heure[1].

1. **Jusqu'à pas d'heure** : jusque très tard dans la nuit.

Un jour, je me rendais dans le Shangla avec ma mère et mes frères. Nous ne possédions pas de voiture, et un de nos cousins nous conduisait. Comme le trafic était très ralenti, il a mis une cassette[1] pour faire passer le temps. Brusquement, il l'a éjectée. Et il a fouillé dans la boîte à gants pour y prendre toutes les autres.

— Vite ! a-t-il dit à ma mère, cache-les dans ton sac à main !

Deux hommes se sont approchés de notre voiture. Ils portaient des turbans noirs et des vestes de camouflage par-dessus leur *shalwar kamiz*. Ils avaient les cheveux longs, la barbe également, et portaient des kalachnikovs[2]. J'étais face à face avec des talibans. Ils fouillaient les voitures en quête de tout ce qui, selon eux, était interdit par l'islam. Aucun d'entre nous n'a pipé mot mais je voyais les mains de ma mère trembler tandis qu'elle serrait son sac où étaient cachés les objets *haram*. Elle a descendu son voile plus bas sur son visage et a baissé les yeux pour fixer ses genoux.

Le taliban s'est penché par la vitre arrière. Ses yeux se sont fixés dans les miens.

— Sœurs, nous a-t-il dit à ma mère et à moi, vous devez porter une *burqa*. Vous faites honte.

Il y avait un taliban avec un fusil automatique juste à quelques centimètres de mon visage. Comment pouvais-je faire honte ? Je voulais le lui demander. J'étais une enfant, une fille de dix ans. Une petite fille qui aimait jouer à cache-cache et étudier les sciences. J'étais en colère mais je savais qu'il ne servirait à rien de vouloir raisonner avec lui. J'aurais dû avoir peur, mais j'ai ressenti seulement de la frustration.

1. **Cassette** : boîtier contenant une bande magnétique sur laquelle on a enregistré du son ou des vidéos. Ici, il s'agit de musique.
2. **Kalachnikov** : fusil automatique ou mitraillette.

Quand nous sommes rentrés de notre visite au Shangla, nous avons trouvé une lettre pour mon père collée au portail de l'école :

*Monsieur, l'école que vous dirigez est occidentale et infidèle. Vous enseignez aux filles et avez un uniforme qui est non islamique. Arrêtez, sinon vous aurez des ennuis et vos enfants pleureront et auront du chagrin pour vous.*

Elle était signée : des *fedayin* de l'islam.

Les talibans avaient menacé mon père. À présent, j'avais peur.

Les élèves de l'école Khushal lors de la fête des sciences.

Les *fedayin* (en arabe « ceux qui se sacrifient pour une cause ») désignent ici les adeptes de l'islam extrémiste.

## Chapitre 8
## Personne n'est en sécurité

Le lendemain, mon père a répondu aux talibans par une lettre adressée au journal.

*S'il vous plaît, ne faites pas de mal aux enfants de l'école, parce que le Dieu auquel vous croyez est le même Dieu qu'ils prient tous les jours. Vous pouvez prendre ma vie mais, s'il vous plaît, ne tuez pas mes écoliers.*

Sa lettre a paru dans le journal – avec son nom complet et l'adresse de notre école alors que mon père n'avait écrit que son nom.

Notre téléphone s'est mis à sonner ce soir-là. Des amis appelaient pour remercier mon père d'avoir élevé la voix.

— Tu as jeté la première pierre dans la mare, a dit l'un d'eux. Maintenant, beaucoup de gens auront le courage de s'exprimer, eux aussi.

Mais peu l'ont fait.

Mon père avait toujours été un homme occupé. Il participait à des *mushaira*, des concerts de poésie chantée ; il travaillait tard à l'école ; il aidait les voisins à régler leurs différends[1]. Désormais,

1. **Différends** : querelles, litiges.

quand il quittait la maison, je me sentais comme la petite fille de trois ans que j'étais naguère, quand il descendait l'échelle pour réparer le puits à l'école. Je me demandais chaque soir s'il reviendrait.

Après la découverte de la lettre, mon père a pris une décision. À l'école Khushal, les garçons ne porteraient plus l'uniforme composé d'une chemise et d'un pantalon. Aux yeux des partisans de Fazlullah, ces vêtements supposément « occidentaux » les désignaient comme s'identifiant aux « infidèles ». Aussi, pour leur sécurité, il a fait revenir les garçons à la tunique et au pantalon traditionnels du *shalwar kamiz*. Pour ma part, je portais toujours mon *shalwar kamiz* bleu et blanc mais les talibans disaient que les filles ne devaient pas porter de pantalon blanc. L'uniforme que j'aimais jadis me faisait me sentir comme une criminelle. Tout d'un coup il m'a semblé que, où que je regarde, les talibans poussaient comme de la mauvaise herbe.

Puis j'ai pensé : « Qu'ai-je fait de mal qui pourrait me rendre inquiète ? Tout ce que je veux, c'est aller à l'école. Et ça, ce n'est pas un crime. C'est mon droit ! »

De plus, j'étais la fille de Ziauddin Yousafzai, l'homme qui avait osé répliquer aux talibans. Je garderais la tête haute – même si mon cœur tremblait.

Cet automne-là, en octobre 2007, il s'est produit quelque chose qui nous a donné du courage. Benazir Bhutto, qui avait

Femme d'État pakistanaise, Benazir Bhutto a été la dirigeante du Parti du Peuple Pakistanais (PPP) de 1984 à 2007, et deux fois Première ministre.

été la première femme Premier ministre du Pakistan, était de retour au pays pour participer aux élections. Elle avait vécu en exil au Royaume-Uni depuis que j'avais deux ans mais j'avais entendu parler d'elle pendant tout ce temps-là. En tant que femme, elle était un modèle pour les filles comme moi. Et, parmi les politiques, elle était la seule à avoir eu le courage de se prononcer contre les terroristes.

Toute notre famille est restée collée à la télévision quand son arrivée a été diffusée. Nous l'avons regardée pleurer quand elle a foulé le sol pakistanais pour la première fois depuis presque neuf ans. Ma mère était émue mais, également, inquiète pour elle. Elle a dit, en s'adressant au poste :

— Es-tu venue pour mourir ?

Tout le monde savait que, pour elle, revenir était périlleux mais nous espérions qu'elle ne risquait rien.

Quelque temps après, juste un peu plus de deux mois plus tard, elle était morte. C'est arrivé en plein devant mes yeux alors qu'une nouvelle fois je la regardais à la télévision.

« Nous vaincrons les forces de l'extrémisme et de la rébellion par le pouvoir du peuple », a-t-elle déclaré. Puis elle s'est mise debout sur le siège de sa voiture blindée pour saluer ses partisans de la main. Il y a eu le claquement d'un coup de feu et le grondement d'une explosion. Le souffle coupé, je l'ai vue tomber à l'intérieur de la voiture.

Mon père, ma mère et ma grand-mère ont éclaté en sanglots. Benazir Bhutto a été la première femme prise pour cible par les terroristes. Malgré l'inquiétude que nous éprouvions pour elle, nous ne nous attendions pas à ce qu'ils attaquent une femme. L'assassinat des femmes est interdit par le *pashtunwali*. Nous étions sous le choc.

Je me suis trouvée étrangement calme. Ma première pensée a été la suivante : « Si Benazir Bhutto peut mourir, personne n'est en sécurité. »

En fait, personne n'était en sécurité au Pakistan. Pas les femmes, qui n'avaient pas le droit de marcher dans les rues de leur propre ville. Pas les hommes, qui étaient fouettés à mort pour des motifs insignifiants. Pas les enfants, qui travaillaient dans les monceaux d'ordures. Pas même les enfants comme moi qui voulaient juste aller à l'école.

Tandis que je regardais la télé, une petite voix a murmuré au fond de moi : « Pourquoi ne vas-tu pas te battre pour le droit des femmes ? Te battre pour faire du Pakistan un endroit meilleur ? »

Peu avant, j'avais donné des interviews à la chaîne d'information Dawn and Khyber News à propos de l'éducation des filles. Même si je m'étais sentie nerveuse, je l'avais fait jusqu'au bout. Et j'avais aimé ça. Tandis que tout le monde pleurait autour de moi, j'ai gardé mon secret. Je me suis dit :

« Je continuerai ce parcours afin de lutter pour la paix et la démocratie dans mon pays. »

J'avais seulement dix ans mais je savais déjà que, d'une façon ou d'une autre, je trouverais un moyen.

*Dawn and Khyber News* est une chaîne de télévision du Pakistan, dédiée à l'information.

## Chapitre 9
## Des bonbons tombés du ciel

Un jour de l'automne 2007, alors que nous étions assises en classe, nous avons entendu un terrible grondement venir de l'extérieur. Tout le monde, élèves comme professeurs, a couru dans la cour pour regarder en l'air. Un essaim d'énormes hélicoptères noirs de l'armée obscurcissait le ciel. Ils provoquaient un grand courant d'air autour de nous et soulevaient une tempête de sable et de poussière. Nous nous sommes bouché les oreilles avec les mains et avons tenté de parler en criant mais nos voix se perdaient dans le vacarme. Puis il y a eu un bruit sourd, comme si quelque chose tombait au sol à nos pieds. *Ploc ! Ploc ! Ploc !* Nous avons crié, puis applaudi. Des caramels ! Les soldats nous envoyaient des sucreries ! Nous avons ri comme des folles en nous dépêchant de ramasser les bonbons.

Nous étions tellement ravies qu'il nous a fallu une minute pour comprendre ce qui se passait. L'armée était venue sauver le Swat de l'emprise de Fazlullah ! Nous nous sommes exclamées, avons applaudi, fait des bonds sur place. Des sucreries tombaient du ciel ! La paix n'allait pas tarder à revenir dans le Swat.

Bientôt, il y a eu des soldats partout. On a même parqué des hélicoptères sur le terrain de golf de Mingora. C'était étrange de voir l'armée dans le Swat. Nous avions prié pour que quelqu'un s'oppose à Fazlullah et à ses hommes en turbans noirs avec des kalachnikovs. À présent, la ville grouillait d'hommes armés en uniformes verts.

Pratiquement du jour au lendemain, les hommes de Fazlullah ont disparu comme la neige fond sur le sol. Mais, même s'ils n'étaient plus visibles, nous savions qu'ils n'étaient pas allés loin, juste à quelques kilomètres. Mingora demeurait en proie à la peur. Tous les jours, après l'école, mes frères et moi, nous nous précipitions à la maison et fermions la porte à clef. Plus de parties de cricket dans l'allée. Plus de cache-cache dans la rue. Plus de bonbons tombant du ciel.

Un soir, nous avons entendu une annonce faite par les haut-parleurs de la mosquée. L'armée avait décrété le couvre-feu. Nous ne connaissions pas ce mot, « couvre-feu », aussi ai-je frappé au mur mitoyen avec la maison de Safina pour que quelqu'un de l'autre côté s'approche du trou dans les murs et nous l'explique. Safina, sa mère et son frère n'ont pas tardé à venir chez nous pour nous dire que cela signifiait qu'il fallait rester à la maison à certaines heures du jour et, tout le temps, la nuit. Mes frères et moi avons eu si peur que nous ne sommes même pas sortis de nos chambres.

Nous sommes restés enfermés, à regarder la rue vide devant la maison à travers les rideaux.

Cette nuit-là, un éclair de lumière blanche et brillante a illuminé le ciel, éclairant ma chambre l'espace d'une seconde, comme le flash d'un appareil photo. Boum ! Un choc sourd a ébranlé le sol. J'ai sauté du lit et couru dans la chambre de mes parents. Khushal et Atal sont arrivés au galop nous rejoindre. Nous nous sommes serrés les uns contre les autres en tremblant. Les assiettes cliquetaient, les meubles bougeaient, la fenêtre ferraillait. Pendant plusieurs minutes, les tirs de l'armée se sont poursuivis à la périphérie de la ville. À chaque tir, chaque explosion, nous nous sommes agrippés les uns aux autres un peu plus fort, jusqu'au moment où, finalement, nous nous sommes endormis.

Le lendemain, nous nous sommes réveillés comme au sortir d'un rêve long et agité. Après une nuit pleine de bombardements, l'atmosphère semblait étonnamment tranquille. Nous avons osé espérer. Était-il possible que l'armée ait vaincu les talibans ? Nous avons passé le nez au-delà du portail et nous avons vu des groupes de gens qui papotaient. Mon père est allé voir ce qui était arrivé. Il est revenu en fronçant les sourcils. La rumeur de la rue prétendait que les talibans allaient prendre le contrôle du Swat. Les opérations militaires étaient sans résultat.

Nos cœurs ont sombré.

L'armée a envoyé dix mille hommes de plus, et les combats ont fait rage encore et encore, nuit après nuit, pendant un an et demi. J'étais toujours la première à rejoindre nos parents, mes frères me suivaient de près. Et comme le lit était alors trop envahi, je devais me coucher par terre, sur une pile de couvertures. (Même au beau milieu d'une guerre, j'arrivais à en vouloir à ces deux-là qui me volaient ma place !)

Si étrange que cela puisse paraître, nous nous sommes habitués aux bombardements et aux pilonnages[1]. Parfois, Atal dormait pendant qu'ils avaient lieu. Khushal et moi avons mis au point un système pour nous figurer où avaient lieu les combats. S'ils se déroulaient à proximité, l'électricité était coupée. Si c'était plus loin, le courant restait.

1. **Pilonnage** : bombardement intensif.

Il y avait trois différents types d'attaques que nous avons appris à distinguer. Les attentats à la bombe étaient le fait des seuls talibans, parfois perpétrés grâce à des télécommandes, parfois par des commandos suicides. Le pilonnage à partir des hélicoptères et par des canons tirant depuis le haut des montagnes était pratiqué seulement par l'armée. Quant aux attaques du troisième genre, à la mitrailleuse, les deux camps y recouraient.

J'avais peur la nuit, en particulier quand explosaient les bombes. Dans mon coin, sur le sol de la chambre de mes parents, je récitais un verset particulier du Coran, le *Ayat al-Kursi* ➲. Dites-le trois fois, et votre maison sera protégée des démons et de toutes les sortes de danger. Dites-le cinq fois, et votre voisinage est indemne. Dites-le sept fois, et toute votre ville est sauve. Je le récitais sept, huit, neuf, tellement de fois que j'en perdais le compte. Après quoi je parlais à Dieu : « Bénis-nous et protège-nous. Bénis notre père et notre famille. » Ensuite je me corrigeais : « Non ! Bénis notre rue. Non, tout le voisinage ! Bénis tout le Swat ! » Puis je disais : « Non, tout le Pakistan ! Non, pas seulement le Pakistan. Bénis le monde entier ! »

Je tentais de me boucher les oreilles, et je me représentais ma prière qui montait en flottant jusqu'à Dieu. Le fait est que, matin après matin, nous nous réveillions sains et saufs. Je ne savais pas quel était le sort de tous les autres gens pour qui j'avais prié mais je souhaitais la paix pour tout le monde. Et tout spécialement la paix pour le Swat.

➲ Appelé aussi Verset du trône, le *Ayat al-Kursi* est le verset du Coran le plus récité par les musulmans pour sa fonction protectrice.

Un jour, ma prière a été entendue. L'armée n'avait pas gagné mais, au moins, elle avait poussé les talibans à se cacher, même si ce n'était pas bien loin.

Malala, à l'école Khushal, récompensée pour son excellence.

## Chapitre 10
## 2008 : Ce que le terrorisme fait ressentir

En dépit de tout, des explosions et des assassinats, la vie continuait. L'école demeurait un asile contre la folie d'une ville plongée dans la guerre. Entre les bombardements et le couvre-feu qui pouvait être imposé à n'importe quel moment de la journée, il n'était pas toujours possible d'y aller. Quelquefois, des hélicoptères volaient au-dessus de nos têtes en faisant tant de bruit que nous ne pouvions rien entendre ; ces jours-là, on nous renvoyait à la maison. Mais si l'école ouvrait ses portes, j'étais là, prête à passer du temps avec mes amies et à apprendre auprès des professeurs.

Mes camarades et moi étions désormais passées à l'école secondaire, et notre compétition était devenue encore plus vive. Nous ne voulions pas seulement avoir de bonnes notes, nous voulions avoir les meilleures. Ce n'était pas juste parce que chacune de nous voulait être la première – même si nous appréciions beaucoup quand nous l'étions. C'était parce que, quand notre professeur nous disait, comme le faisait Mlle Urfat à l'école primaire, « Excellent ! » ou « Bravo ! », notre cœur s'envolait. Parce que, quand un professeur vous estime, vous pensez : « Je suis véritablement quelqu'un ! » Dans une société où les gens croient que les filles sont des êtres faibles incapables de rien faire d'autre que la cuisine et le ménage, vous pensez : « Je suis bonne à quelque chose ! » Quand un professeur vous rappelle que tous les grands dirigeants politiques et tous les savants ont été des enfants eux aussi, vous songez : « Peut-être que nous pourrons être les grands personnages de demain. » Dans un pays où tant de gens considèrent que c'est du gaspillage d'envoyer les filles à l'école, ce sont les professeurs qui vous aident à croire dans vos rêves.

J'avais trouvé un nouveau grand professeur en la personne de notre directrice adjointe, Mme Mayram. Elle était brillante et indépendante – tout ce que je voulais être. Elle était allée à l'université. Elle avait un métier et gagnait elle-même sa vie.

À présent que nous étions dans le secondaire, les matières devenaient plus difficiles. Nous avions algèbre, chimie et physique – ma matière préférée. Et même si nos professeurs ne disposaient que d'un tableau noir et d'une craie, nous étions libres d'aller aussi loin que notre curiosité nous mènerait. Alors que nous étions en train d'étudier la chimie, une fille interrompait le cours pour poser une question :

— Si tout est constitué d'atomes, de quoi sont constitués les atomes ?

Une autre demandait :

— Si les électrons sont toujours en mouvement, pourquoi la chaise sur laquelle je suis assise ne bouge-t-elle pas ?

Le professeur mettait de côté le programme du jour et nous posions des questions jusqu'à ce que nous soyons satisfaites.

Mais ce dont nous parlions principalement à cette époque-là, c'était de l'armée et des talibans. Tout le monde dans le Swat était pris entre les deux. Une de mes amies aimait bien m'embêter en me répétant : « Les talibans sont bons, l'armée, non. » Et, toujours, je lui répondais : « Quand on est coincé entre les militaires et les militants extrémistes, rien n'est bon. »

Le retour de l'école était devenu stressant et effrayant, aussi voulais-je me détendre une fois que j'étais en sûreté à la maison. Un jour, je suis arrivée avant mes frères, surexcitée à l'idée que, pour une fois, je n'aurais pas à disputer la télécommande à Khushal. Je me suis installée, m'apprêtant à regarder ma nouvelle émission préférée, *Shararat*, ce qui signifie « En faisant des bêtises ». Ce n'était qu'une comédie de Bollywood mais je l'aimais bien. J'ai allumé le téléviseur. Tout ce que j'ai pu obtenir, ç'a été de la neige. J'ai changé de chaîne. Je les ai toutes essayées. Rien que de la neige.

J'ai d'abord pensé qu'il s'agissait d'une autre de ces pannes d'électricité si pénibles comme nous en avions tous les jours. Mais le soir, nous avons appris que les hommes de Fazlullah avaient coupé tous les canaux du câble. Ils ont dit que la télévision était *haram,* qu'elle montrait le monde occidentalisé où les femmes ont des histoires d'amour et ne se couvrent pas les cheveux. Sans autre chose à regarder que la chaîne officielle du gouvernement, nous n'étions rien moins que coupés du reste du monde.

Pendant ce temps, Fazlullah continuait à diffuser ses sermons. Les filles devaient rester à la maison, prêchait-il. Nous avons fait de notre mieux pour l'ignorer, jusqu'au jour où je suis rentrée à la maison pour y trouver mon père la tête entre les mains.

— Oh, *jani* ! a-t-il dit, le monde est devenu fou. Fazlullah et ses hommes ont fait sauter l'école de filles de Matta.

Mon cœur s'est serré. L'établissement que Fazlullah avait détruit était une école primaire, pas même un collège qui accueillait des adolescentes. Il avait fait exploser les bombes la nuit, quand la bâtisse était vide. Mais que cet homme était cruel, à poser des bombes incendiaires là où des petites voulaient juste apprendre à lire, écrire et compter ! Pourquoi ? me suis-je interrogée. Pourquoi les bâtiments d'une école constituaient-ils une menace si grave pour les talibans ?

J'ai murmuré une petite prière pour les enfants qui avaient perdu leur école et une autre pour demander que la mienne soit épargnée. « S'il te plaît, Dieu, ai-je prié, aide-nous à protéger notre vallée et à stopper cette violence ! »

Tous les jours, les hommes de Fazlullah frappaient une nouvelle cible. Des magasins, des routes, des ponts. Et des écoles. Pour la plupart, les attaques se produisaient hors de Mingora, mais, bientôt, elles se sont rapprochées. Encore et encore. Un jour, j'étais dans la cuisine à laver des plats – malgré tous mes efforts pour y échapper – quand une bombe a explosé si près que toute la maison a tremblé et que le ventilateur au-dessus de la fenêtre est tombé. Avant que j'aie pu réagir, l'électricité a été coupée. J'ai appris que c'était ainsi que ça se passait : la bombe, puis l'obscurité. Les talibans nous attaquaient à la bombe, et nous restions sans courant pendant une heure, au moins.

Quelques jours plus tard, les talibans ont frappé de nouveau. Les funérailles d'une des victimes de leur attaque précédente se déroulaient dans un bâtiment voisin. Tandis que les gens en deuil se réunissaient pour rendre hommage au mort, un kamikaze[1] s'est fait exploser. Plus de cinquante-cinq personnes ont été tuées, parmi lesquelles des membres de la famille de Moniba.

1. **Kamikaze** : personne qui se suicide lors d'un attentat ou une action militaire, par exemple en faisant exploser une bombe qu'il transporte sur lui.

J'avais grandi en entendant prononcer le mot « terrorisme » mais je n'avais jamais compris ce qu'il pouvait signifier. Jusqu'à ce moment-là. Le terrorisme est différent de la guerre où les soldats se font face pour se battre. Le terrorisme, c'est la peur tout autour de soi. C'est aller se coucher le soir sans savoir quelles horreurs le lendemain matin apportera. C'est se réfugier avec sa famille dans la pièce centrale de la maison parce qu'on a décidé d'un commun accord que c'est l'endroit le plus sûr où se tenir. C'est descendre sa propre rue sans savoir à qui on peut faire confiance.

Le terrorisme, c'est la crainte, quand votre père passe la porte pour sortir le matin, de ne pas le voir revenir le soir. Désormais l'ennemi était partout, les attaques venaient de nulle part. Un jour, un magasin était détruit. Le lendemain, une maison. Des rumeurs couraient. Le propriétaire du magasin avait fâché Fazlullah et aidé l'armée. L'homme dont la maison avait été visée était un militant politique. Un pont était détruit un jour, une école le lendemain. Aucun endroit n'était sûr. Personne n'était en sécurité.

Notre famille a essayé de vivre comme d'habitude mais nous étions tout le temps sur les nerfs. Les explosions de bombes sont devenues un élément si régulier de nos vies quotidiennes que nous tombions dans une sorte de routine chaque fois que nous entendions une déflagration. Nous nous appelions entre nous pour être sûrs que tout le monde allait bien : « *Khaista, pisho, bhabi* ➘, Khushal, Atal ! » criions-nous. Puis nous écoutions les sirènes. Puis nous priions.

➔ **Termes affectueux signifiant par exemple « beauté » ou « chaton » en pachto et ourdou (langues parlées au Pakistan).**

Ce genre de terreur aléatoire[1] nous amenait à faire des choses étranges. Chaque soir, mon père rentrait à la maison en prenant un chemin différent, au cas où quelqu'un aurait étudié ses habitudes. Ma mère évitait le marché, et mes frères restaient à l'intérieur, même pendant les journées les plus ensoleillées. Et comme je me trouvais dans la cuisine les deux fois où une bombe avait explosé tout près de chez nous, je me tenais aussi loin que possible de cette pièce. Mais comment une personne peut-elle vivre quand elle a peur d'une pièce située dans sa propre maison ? Comment une mère peut-elle acheter à manger pour sa famille si le marché est une zone de guerre ? Comment les enfants peuvent-ils se retrouver pour jouer au cricket si une bombe risque d'exploser sous leurs pieds ?

Quand l'obscurité tombait, nous sursautions à chaque craquement, nous bondissions dès que nous voyions une ombre. C'était pendant la nuit que les hommes de Fazlullah procédaient à la plupart de leurs attaques, en particulier les destructions d'écoles. Aussi, chaque matin, avant de tourner le dernier coin de rue avant l'école Khushal, je fermais les yeux et récitais une prière – en tremblant de les rouvrir pour découvrir que l'école avait été réduite en miettes durant la nuit. C'était ça que le terrorisme nous faisait ressentir.

Pendant la seule année 2008, les talibans ont fait exploser deux cents écoles. Les attaques suicides et les assassinats ciblés étaient choses courantes. Les magasins de musique fermaient, on empêchait filles et Sœurs d'aller en classe et, pendant le mois de Ramadan, nous n'avons pas eu d'électricité ni de gaz à

1. **Aléatoire** : que l'on ne peut prévoir, qui arrive par hasard.

Mingora parce que les hommes de Fazlullah ont fait sauter le réseau électrique et les tuyaux d'alimentation.

Un soir, comme une explosion s'était produite juste à côté de notre maison, je suis allée auprès de mon père.

— As-tu peur à présent ? ai-je demandé.

— La nuit, notre peur est forte, *jani*, a-t-il répondu. Mais le matin, à la lumière, nous retrouvons notre courage.

Destruction d'écoles à la bombe, dans le Swat.

# LECTURE ACTIVE 2

→ Voir aussi étape 2, p. 250-251

## Chapitres 6 à 10 • La montée du terrorisme

### As-tu bien lu ?

1 **Chapitre 6. a.** Où Malala entend-elle le maulana Fazlullah pour la première fois ?

☐ à la télévision ☐ au téléphone ☐ à la radio ☐ sur Internet

**b.** Que condamne le maulana Fazlullah ?

☐ la danse ☐ le tabagisme ☐ la musique ☐ la religion

2 **Chapitre 9.** Complète les phrases suivantes.
Depuis des hélicoptères, des militaires envoient des ............................ aux enfants de la région du Swat.
Quelque temps après, l'armée décrète le ............................ : les habitants doivent rester chez eux à partir d'une certaine heure.
Une nuit, ce sont des ............................ qui tombent du ciel.

3 **Chapitre 10.** Quelles sont les cibles principales des talibans ?

## Atelier diaporama

### Découvrir les médias du Pakistan

▶ ***Objectifs***. Développer son esprit critique ; comprendre le principe de la liberté d'information.

▶ ***Préparation***. Sur Internet, effectuez des recherches sur les médias importants au Pakistan (radio, télévision, presse), les personnes qui les dirigent, leur nombre, leur langue de diffusion, leur évolution depuis 1947 (création de l'État pakistanais). Comparez-les avec les médias français.

▶ ***Réalisation***. Par groupes (4 ou 5 élèves), réalisez un court diaporama pour présenter le résultat de vos recherches.

▶ ***Réfléchir ensemble***. Pourquoi les talibans interdisent-ils la télévision et Internet ?

# Troisième Partie : Trouver ma voix

## CHAPITRE 11
## UNE CHANCE DE PARLER

De jour comme de nuit, le courage de mon père semblait ne jamais vaciller en dépit des lettres de menaces qu'il recevait ou des avertissements inquiets de ses amis. Comme les destructions d'établissements scolaires continuaient, il a pris la parole pour les dénoncer ; il s'est même rendu sur le site d'une école attaquée alors qu'elle était encore un tas de débris fumants. Et il a fait des allers et retours jusqu'à Islamabad et Peshawar, pour demander de l'aide au gouvernement et s'exprimer contre les talibans.

Je voyais que ma mère était soucieuse par moments. Elle nous serrait contre elle et priait pour nous avant que nous partions en classe et après que nous en étions revenus. Elle restait éveillée tard dans la nuit, le téléphone à la main, en essayant de ne pas appeler mon père toutes les heures. Elle nous parlait de ce que nous ferions si les talibans venaient. Elle pensait qu'elle pourrait dormir avec un couteau sous son oreiller. Je disais que je pourrais me glisser dans les toilettes et appeler la police.

Je pensais au crayon magique qu'autrefois j'avais l'habitude de demander dans mes prières. Le moment aurait été aussi bon que n'importe quel autre pour que je sois finalement exaucée. En classe, mes amies et moi nous demandions ce que nous pourrions faire. Aussi Mme Mayram et mon père travaillaient-ils avec nous à la rédaction d'essais et de discours. Nous y exprimions nos sentiments sur la campagne de destruction des écoles de filles par les talibans et disions ce que notre école signifiait pour nous.

Nous avons organisé une réunion au cours de laquelle nous ferions nos discours. Nous l'avons appelée un « rallye pour la paix », mais il n'allait y avoir qu'une poignée d'entre nous, les filles du secondaire.

Le jour de la réunion, une équipe de la télévision pachtoune s'est présentée à notre école. Nous avons été ravies et surprises – nous n'imaginions pas que quiconque s'intéresserait à ce qu'un groupe de filles avait à dire sur la paix. Quelques-unes parmi nous étaient nerveuses mais, à ce moment-là, j'avais déjà donné quelques interviews ; j'étais un peu plus à l'aise devant les caméras même si, pour dire la vérité, j'avais toujours le trac.

À l'école Khushal, nous étions une démocratie, de sorte que chaque fille avait sa chance de s'exprimer. Les plus âgées sont venues en premier. Elles ont parlé de nos camarades qui avaient quitté l'école à cause de la peur. Elles ont dit à quel point nous aimions apprendre.

Ensuite est venu le tour de Moniba, notre championne d'art oratoire ; elle s'est avancée et a parlé comme un poète.

— Nous autres, Pachtounes, sommes un peuple qui aime la religion, a-t-elle dit. À cause des talibans, le monde entier affirme que nous sommes des terroristes. Ce n'est pas le cas. Nous aimons la paix. Nos montagnes, nos arbres, nos fleurs... tout dans notre vallée parle de paix.

Après que Moniba a parlé, ç'a été mon tour. J'avais la bouche aussi sèche que de la poussière. J'étais anxieuse, comme je l'étais souvent avant les interviews, mais je savais que c'était une occasion importante de propager notre message pour la paix et l'éducation. Aussitôt qu'on a tendu les micros devant moi, les mots sont sortis, sûrs et fermes, forts et fiers.

— Ce n'est pas l'époque de pierre, ai-je dit, mais il semble que nous reculons. Nous, les filles, on nous prive de plus en plus de nos droits...

J'ai dit à quel point j'aimais l'école. Combien il était important de continuer à apprendre.

— Nous n'avons peur de personne, ai-je poursuivi, et nous continuerons de nous instruire. C'est notre rêve !

J'ai su à ce moment-là que ce n'était pas moi, Malala, qui parlais : ma voix était celle de beaucoup d'autres qui auraient voulu parler mais ne le pouvaient pas.

Les micros m'ont donné l'impression que je m'adressais au monde entier. J'avais parlé seulement à la télévision et aux journaux locaux, pourtant, il me paraissait que le vent pourrait emporter mes paroles, de la même façon qu'il charrie le pollen au printemps, et planter des graines partout sur la Terre.

J'avais pris une habitude amusante : par moments, je me surprenais à me mettre face au miroir et à faire des discours. Notre maison était souvent remplie de parents du Shangla qui venaient à Mingora quand ils avaient besoin d'aller chez le docteur ou de faire des courses. Le salon était envahi d'oncles qui discutaient. Et la maison pleine de petits enfants qui jouaient. Et qui criaient. Au milieu de tout ce chaos qui nous entourait, je m'échappais jusqu'à la salle de bains pour me tenir devant le miroir. Mais quand je regardais dedans, ce n'était pas moi que j'y voyais. J'y voyais des centaines de gens qui m'écoutaient.

Ma mère me tirait brusquement de ma rêverie.

— *Pisho*, disait-elle, que fais-tu là-dedans ? Nos invités ont besoin d'utiliser la salle de bains.

Je me sentais tout à fait sotte par moments, quand je me rendais compte que j'étais en train de faire un discours face à un miroir. « Malala, je me demandais à moi-même, que fais-tu ? »

Je pensais peut-être que j'étais encore cette petite Malala qui faisait la classe à une salle vide. Mais peut-être, aussi, était-ce quelque chose de plus. Cette fille dans le miroir, elle qui s'imaginait s'adresser au monde entier, peut-être était-ce la Malala que je deviendrais.

Ainsi, tout au long de 2008, alors que notre Swat subissait des attaques, je ne suis pas restée silencieuse. J'ai parlé à la télévision, sur les chaînes locales et nationales, à la radio, dans les journaux –, j'ai parlé à qui voulait bien écouter.

## Chapitre 12
## Le journal d'une écolière

« Après le 15 janvier, aucune fille, grande ou petite, n'ira à l'école. Sinon, vous savez ce que nous sommes capables de faire. Les parents et le directeur d'école seront responsables. »

C'est la nouvelle qu'a diffusée Radio Mollah à la fin décembre 2008. Au début, j'ai cru que c'était juste une des annonces folles de Fazlullah. Nous étions au XXI^e^ siècle. Comment un homme pouvait-il empêcher plus de cinquante mille filles d'aller en classe ?

Je suis une personne pleine d'espoir – mes amis peuvent dire trop optimiste, peut-être même un peu folle. Mais je n'ai simplement pas cru que cet homme pouvait nous arrêter. L'école était notre droit !

Nous avons débattu de ce diktat en classe.

— Qui l'arrêtera ? ont dit les autres filles. Les talibans ont déjà fait sauter des centaines d'écoles, et personne n'a rien fait.

— Nous le ferons, nous, ai-je répondu. Nous en appellerons au gouvernement pour qu'il vienne mettre fin à cette folie.

— Le gouvernement ? a dit une fille. Le gouvernement ne parvient même pas à fermer la radio de Fazlullah.

Le débat a tourné en rond. Je n'ai pas cédé. Mais, même à moi, mes arguments semblaient un peu minces.

L'une après l'autre, les filles ont cessé de venir en cours. Leurs pères le leur interdisaient. Leurs frères le leur interdisaient.

En quelques jours, nous sommes passées, dans notre classe, de vingt-sept élèves à dix.

J'étais triste et frustrée, mais je comprenais. Dans notre culture, les filles ne défient pas les éléments mâles de la famille. Et j'ai compris que les pères, les frères, les oncles qui faisaient rester mes amies à la maison agissaient par souci de leur sécurité. C'était difficile de ne pas se sentir déprimée par moments, de ne pas avoir l'impression que les familles qui gardaient les filles chez elles capitulaient devant Fazlullah, tout simplement. Mais chaque fois que je me surprenais en train de céder à un sentiment de défaite, j'avais une de mes conversations avec Dieu.

« Aide-nous à apprécier les jours d'école qui nous restent, Dieu, et donne-nous le courage de nous battre encore plus fort pour qu'il y en ait plus ! »

L'école devait s'interrompre à la fin de la première semaine de janvier pour nos habituelles vacances d'hiver. Mon père a décidé de les retarder. Nous aurions cours jusqu'au 14 janvier. De cette façon, nous pourrions profiter de chaque minute qui nous restait. Et les dix filles encore présentes dans ma classe traînaient chaque jour après l'heure au cas où ce seraient nos dernières occasions d'être ensemble. À la maison, le soir, je me suis demandé ce que je ferais de ma vie si je ne pouvais plus fréquenter l'école. Une des élèves avait été mariée avant le décret de Fazlullah. Elle avait douze ans. Je savais que mes parents ne me feraient pas ça, mais je me demandais ce que je deviendrais. Passer le reste de ma vie à l'intérieur, hors de vue, sans télévision à regarder ni livres à lire ? Comment finirais-je mes études pour devenir médecin – ce qui était mon plus grand désir à ce moment-là ? J'ai joué avec mes poupées miniatures en songeant : « Les talibans veulent faire des filles du Pakistan des poupées sans vie, identiques à celles-là. »

Pendant que nous autres élèves savourions nos journées jusqu'au 15 janvier, Fazlullah frappait et frappait encore. L'année précédente avait été dure mais les jours de janvier 2009 ont été parmi les plus sombres de notre vie. Chaque matin, quelqu'un arrivait à l'école avec la nouvelle d'un autre assassinat, parfois de deux ou de trois, dans la nuit. Les hommes de Fazlullah ont tué une femme à Mingora parce que, ont-ils dit, elle faisait *fahashi*[1], des choses indécentes, du fait qu'elle était danseuse. Et ils ont tué un homme dans la vallée parce qu'il refusait de porter son pantalon court comme le faisaient les talibans. Et désormais, on allait nous interdire d'aller à l'école.

Une après-midi, j'ai entendu mon père au téléphone.

« Tous les professeurs ont refusé, disait-il. Ils ont trop peur. Mais je verrai ce que je peux faire. »

Il a raccroché et s'est précipité dehors. Un ami qui travaillait à la BBC, la puissante chaîne de télévision britannique, lui avait demandé de trouver quelqu'un de l'école – un professeur ou une élève en fin de scolarité – pour tenir un journal intime racontant la vie sous les talibans. C'était pour son site en ourdou ➲, sur Internet. Tous les professeurs avaient dit non mais la plus jeune sœur de Mme Mayram, Ayesha, une des élèves les plus âgées, avait accepté.

Le lendemain, nous avons eu un visiteur : le père d'Ayesha. Il ne voulait pas laisser sa fille raconter son histoire. « C'est trop risqué », a-t-il dit. Mon père n'a pas discuté avec lui. Les talibans

1. *Fahashi* : comportement indécent, choquant.

➲ **L'ourdou est une langue parlée dans le nord de l'Inde et au Pakistan, dont il est la langue officielle.**

sont cruels, aurait-il voulu lui dire, mais ils ne feraient pas du mal à une toute jeune fille. Cependant, il a respecté la décision du père d'Ayesha et s'est apprêté à appeler la BBC pour annoncer la mauvaise nouvelle.

J'avais seulement onze ans mais j'ai dit :

— Pourquoi pas moi ?

Je savais qu'il aurait voulu quelqu'un de plus vieux, pas une enfant.

J'ai regardé le visage optimiste – et inquiet – de mon père. Il avait été tellement courageux en prenant la parole publiquement. C'était, certes, quelque chose de s'exprimer dans les médias locaux et nationaux, mais ce journal pourrait être lu par des gens hors du Pakistan. C'était la BBC, après tout. Mon père m'avait toujours soutenue. Pourrais-je le soutenir ? Je savais, sans même y avoir réfléchi, que c'était le cas. Je ferais n'importe quoi pour pouvoir continuer à aller à l'école. Mais, d'abord, nous avons consulté ma mère. Si elle avait peur, je ne le ferais pas. Parce que si je n'avais pas son appui, ce serait comme parler avec seulement la moitié de mon cœur.

Ma mère a accepté. Elle nous a donné sa réponse en citant un verset du Coran : « La fausseté doit mourir. Et la vérité doit s'avancer ! » Dieu me protégerait, a-t-elle assuré, parce que ma mission était bonne.

Dans le Swat, beaucoup de gens voyaient du danger partout où ils regardaient. Mais ma famille n'envisageait pas la vie de cette façon. Nous percevions des possibilités. Et nous nous sentions tenus de défendre notre patrie. Mon père et moi sommes du genre à nous émerveiller de tout. « Les choses doivent forcément s'arranger », disons-nous toujours. Ma mère est notre roc. Pendant que nous avons la tête dans le ciel, elle a les pieds sur terre. Mais nous croyons tous qu'il y a un espoir. « En parler est le seul moyen d'améliorer les choses », a-t-elle dit.

Je n'avais jamais tenu de journal intime auparavant, et je ne savais pas comment commencer ; aussi le correspondant de la BBC m'a-t-il dit qu'il m'aiderait. Il a dû m'appeler sur le portable de ma mère parce que, même si nous avions un ordinateur, il y avait de fréquentes coupures de courant et peu d'endroits à Mingora disposaient d'un accès à Internet. La première fois qu'il a téléphoné, il m'a dit qu'il utilisait l'appareil de sa femme car le sien avait été mis sur écoute par les services secrets.

Il m'a suggéré d'utiliser un faux nom pour que les talibans ne sachent pas qui rédigeait le journal. Je ne voulais pas changer le mien mais il était inquiet pour ma sécurité. C'est pourquoi il m'a choisi un pseudonyme : Gul Makai. Cela signifie « bleuet », et c'est le nom de l'héroïne d'un conte traditionnel pachtoune.

La première publication de mon journal a eu lieu le 3 janvier 2009, un peu moins de deux semaines avant l'ultimatum de Fazlullah. Le titre en était « J'ai peur ». J'y expliquais combien il était dur de travailler ou de dormir avec le bruit constant des combats dans les collines au sortir de la ville. Et je racontais comment j'allais à l'école tous les matins en regardant par-dessus mon épaule de peur d'être suivie par un taliban.

J'écrivais dans le secret de ma chambre en utilisant une identité secrète mais, grâce à Internet, ce qui se passait dans le Swat est devenu visible pour le monde entier. Ç'a été comme si, au final, Dieu avait exaucé mon vœu de posséder le crayon magique.

Dans ma contribution suivante, j'ai expliqué pourquoi l'école était le centre de ma vie et combien j'étais fière de marcher dans les rues de Mingora en portant mon uniforme d'écolière.

Même s'il était excitant d'être Gul Makai, j'avais du mal à ne le dire à personne – en particulier à l'école. Le journal de cette jeune écolière pakistanaise, tout le monde ne parlait que de ça. Une fille l'a même imprimé pour le montrer à mon père.

— C'est très bien, a-t-il dit avec un sourire entendu.

Comme la menace de voir notre école fermer bientôt devenait une réalité, j'appréciais encore plus d'y aller. Dans les derniers jours, porter nos uniformes est devenu trop dangereux, de sorte qu'on nous a dit de venir avec nos vêtements ordinaires. J'ai résolu de ne pas me cacher par peur de la colère de Fazlullah. J'obéirais aux instructions concernant l'uniforme mais, ce jour-là, j'ai choisi mon *shalwar kamiz* du rose le plus éclatant.

À peine avais-je quitté la maison que j'ai songé à faire demi-tour. Nous avions entendu des histoires de gens qui lançaient de l'acide sur les filles en Afghanistan. Ça n'était encore jamais arrivé ici mais, avec tout ce qui s'était déjà passé, rien ne semblait impossible. Toutefois mes pieds m'ont portée, tout le long du chemin jusqu'à l'école.

Quel endroit étrange Mingora était devenu ! Tirs d'armes automatiques et coups de canon en fond sonore. Presque personne dans les rues (et, si on croisait quelqu'un, on ne pouvait pas s'empêcher de penser qu'il s'agissait peut-être d'un terroriste). Et une fille en *shalwar kamiz* rose qui prenait furtivement la direction de l'école.

Le correspondant de la BBC m'a demandé de donner d'autres nouvelles du Swat dans ma prochaine contribution au journal. Je n'ai pas su quoi lui répondre. Il souhaitait que je parle des assassinats. À ses yeux, il semblait tellement évident qu'il s'agissait de « nouvelles ». Mais, pour moi, ce dont on fait l'expérience tous les jours n'a rien de nouveau.

C'était comme si j'étais immunisée contre la peur. Jusqu'au jour où, alors que je rentrais à la maison après la classe, j'ai entendu un homme derrière moi dire : « Je te tuerai ! » Mon cœur s'est arrêté mais, d'une façon ou d'une autre, mes pieds ont continué d'avancer. J'ai accéléré l'allure jusqu'à ce que je sois loin devant lui. J'ai couru jusqu'à la maison, fermé la porte et, au bout de quelques secondes, j'ai glissé un regard dehors pour l'apercevoir. Il était là, m'ignorant totalement : il était en train de s'en prendre à quelqu'un en criant au téléphone.

Je me suis un peu moquée de moi-même. « Malala, me suis-je dit, il y a des choses réelles dont il faut avoir peur. Tu n'as pas besoin d'imaginer du danger là où il n'y en a pas ! »

Le vrai souci, me semblait-il, était d'être découverte. Et, bien sûr, c'est Moniba qui, la première, a deviné l'identité réelle de Gul Makai.

— La BBC publie un journal intime, m'a-t-elle dit un matin, et l'histoire ressemble à la nôtre, à ce qui se passe dans notre école. C'est toi, n'est-ce pas ?

Je ne pouvais pas mentir, pas à Moniba. Mais quand je le lui ai avoué, elle s'est mise dans une colère pire que jamais.

— Comment peux-tu prétendre être ma meilleure amie alors que tu me caches un secret de cette importance ?

Elle a tourné les talons et est partie. Je savais toutefois, toute fâchée qu'elle était, qu'elle ne révélerait pas mon secret.

C'est mon père qui l'a fait. Par accident, bien sûr. Il expliquait à un reporter combien il était terrifiant pour une enfant d'aller à l'école et d'en revenir. Sa propre fille, a-t-il ajouté, a cru qu'un homme qui parlait au téléphone menaçait de la tuer. À peu près tout le monde a reconnu l'histoire que j'avais racontée dans le journal. Début avril, mes jours en tant que Gul Makai, l'auteur mystère du blog, se sont achevés.

Le journal, néanmoins, avait atteint son but. Dorénavant, un certain nombre de reporters suivaient les tentatives de Fazlullah pour faire fermer les écoles de filles du Pakistan. Et parmi eux figurait un journaliste du *New York Times*.

Une rue de Mingora, en 1998.

# Chapitre 13
# Class Dismissed

Depuis que j'avais commencé à donner des interviews, des gens, à Mingora, venaient parfois me dire que je le faisais bien. Mais beaucoup d'amies de ma mère étaient scandalisées que j'aie montré mon visage à la télévision. Certaines lui ont même affirmé qu'elle irait en enfer pour ne pas m'avoir élevée mieux. Et bien qu'elle ne me dise jamais rien, je savais qu'elle aurait probablement préféré que je porte un voile. Mais même si elle était en désaccord avec mes choix – et si ses amies la critiquaient – elle me soutenait.

Au même moment, quelques-unes de mes propres amies ont demandé pourquoi j'avais laissé le monde voir mon visage.

— Les hommes de Fazlullah portent des masques, ai-je répondu, parce que ce sont des criminels. Mais je n'ai rien à cacher, et je n'ai rien fait de mal. Je suis fière d'être une voix qui se fait entendre en faveur de l'éducation des filles. Et fière de révéler mon identité.

Un fou s'apprêtait à jeter cinquante mille filles hors de l'école dans quelques jours, et tout ce dont les gens semblaient vouloir parler, c'était : aurais-je dû porter un voile ?

**Class Dismissed** : *Class Dismissed* (« La classe est finie ») est le titre du documentaire posté en ligne en 2009 par Adam B. Ellick, journaliste du *New York Times*.

Sur ces entrefaites, mon frère Khushal s'est mis à prétendre que, pour une fois, il aimerait être une fille afin de ne plus avoir à aller à l'école. Par moments, je me demandais si le monde n'était pas sens dessus dessous.

Mon père et ma mère aimaient regarder mes interviews mais, en général, je courais hors de la pièce quand elles étaient diffusées. J'aimais toujours en donner, parce que je mesurais combien il était important de parler des droits des filles, mais je n'aimais certes pas les voir. Je ne sais pas pourquoi. C'était bien que le monde entier me regarde, mais je ne voulais pas me voir moi-même.

Et je suppose qu'il me faut admettre que je ressemble beaucoup à tous ces gens que mon apparence préoccupait tellement. J'ai brusquement remarqué toutes sortes de détails dans mon physique – des choses qui ne m'avaient jamais gênée jusqu'alors. J'avais la peau trop sombre. Les sourcils, trop épais. J'avais un œil plus petit que l'autre. Et je détestais les petits grains de beauté qui parsemaient ma joue.

Deux jours avant la fermeture officielle de l'école, mon père s'est rendu à Peshawar pour y rencontrer deux journalistes vidéo du *New York Times*. Je suis allée avec lui. Ils l'avaient invité pour savoir s'ils pourraient le suivre pendant le dernier jour de classe mais, à la fin, l'un des deux s'est tourné vers moi et m'a demandé :

— Que ferais-tu si le jour venait où tu ne pourrais plus retourner dans ta vallée ni aller à l'école ?

Vu que j'étais, à la fois, têtue et pleine d'espoir, j'ai répondu :

— Cela ne se produira pas.

Il a insisté en disant que cela pouvait arriver, et je me suis mise à pleurer. Je crois que c'est à ce moment qu'ils ont décidé de centrer aussi leur documentaire sur moi.

Le matin de notre dernier jour à l'école, une équipe de prise de vues composée de deux hommes s'est présentée à la maison. Je dormais encore quand ils sont arrivés. Ils ont dit à mon père qu'ils étaient là pour filmer ma journée, du début à la fin. Il a été surpris. Il avait accepté la présence des caméras à l'école mais pas à notre domicile. Je l'ai entendu qui tentait de dissuader le reporter. Finalement, il a cédé, et le tournage a commencé.

— Ils ne peuvent pas m'arrêter, j'aurai mon instruction, ai-je dit au cameraman. Que ce soit à la maison, à l'école ou n'importe où ailleurs. C'est la demande que nous faisons au monde : sauvez notre école, sauvez notre Pakistan, sauvez notre Swat.

Mon ton était optimiste mais, au fond du cœur, j'étais soucieuse. Tandis que mon père me regardait avec un sourire inconfortable fait d'un mélange de fierté et de tristesse, je m'imaginais coincée à la maison à lire tous les livres que je pouvais trouver jusqu'à ce que je n'en aie plus aucun. J'avais onze ans. Est-ce que ma scolarité allait vraiment s'arrêter à ce moment-là ? Est-ce que j'allais finir comme les filles qui abandonnent l'école pour faire le ménage et la cuisine ? Ce que je ne savais pas, c'était que mes propos atteindraient de très nombreuses oreilles. Quelques-unes dans des parties éloignées du monde, quelques-unes dans le Swat même, dans les forteresses des talibans.

Plus tard, au moment où mes amis et moi passions le portail alors que la caméra filmait tous nos mouvements, j'ai eu le sentiment d'aller à un enterrement. Nos rêves étaient en train de mourir.

Les deux tiers des élèves sont restées à la maison ce jour-là, même si nous avions souhaité être toutes présentes pour le dernier jour. Puis une fille est arrivée précipitamment. Son père et ses frères lui avaient interdit d'aller à l'école mais, aussitôt qu'ils avaient été partis, elle s'était faufilée dehors. Quel étrange monde que celui-ci où, si elle veut aller en classe, une fille doit défier des terroristes équipés d'armes automatiques – en plus de sa propre famille !

Tandis que la journée s'écoulait, les professeurs ont essayé d'agir comme si tout était normal. Certains nous ont même donné des devoirs à faire à la maison, comme s'ils devaient nous revoir après les vacances d'hiver. Finalement, la cloche a sonné pour la dernière fois, et Mme Mayram a annoncé que c'était la fin du trimestre. Seulement, à la différence des autres années, aucune date n'a été annoncée pour le début du trimestre suivant. Mes amies et moi sommes restées debout dans la cour, à nous serrer dans les bras les unes les autres, trop tristes pour nous quitter. Puis, ensemble, nous avons pris une décision : notre dernier jour, ce serait le meilleur de tous.

Nous nous sommes attardées, juste pour le rendre aussi long que possible. Nous sommes allées jusqu'au bâtiment de l'école élémentaire où nous avions commencé notre scolarité et nous avons joué aux mêmes jeux que quand nous étions petites. À *mango mango*, à la marelle, à *parpartuni*. Nous avons joué à des jeux stupides, chanté des chansons ineptes – et fait comme si, du moins pendant ces quelques heures, il n'existait pas de talibans. Malheureusement, ce jour-là, Moniba ne me parlait pas car nous nous étions disputées quelque temps auparavant.

Quand je suis revenue à la maison, j'ai pleuré, et pleuré. Ma mère a pleuré aussi. Mais quand mon père est rentré, il a dit :

— Ne t'inquiète pas, *jani*. Tu iras à l'école.

Toutefois, il était préoccupé. Les écoles de garçons rouvriraient après les vacances d'hiver mais la fermeture de l'établissement pour filles signifiait une baisse importante de revenus. Or nous en avions besoin pour payer le traitement[1] des professeurs et le loyer des bâtiments. Comme d'habitude, beaucoup de familles étaient en retard dans le règlement des frais de scolarité, et d'autres avaient cessé de payer quand Fazlullah avait promulgué son diktat. Mon père avait passé les derniers jours avant les vacances à essayer de trouver un moyen de faire face aux loyers, aux factures de fournitures et aux salaires des enseignants.

Cette nuit-là a été pleine de tirs d'artillerie, et je me suis réveillée trois fois. Le lendemain, ma famille a parlé sans enthousiasme de quitter le Swat ou de m'envoyer dans une pension loin de là. Mais mon père a dit que le Swat était notre patrie. Nous le soutiendrions en ces temps difficiles.

---

1. **Traitement** : salaire.

## Chapitre 14
## L'école secrète

Mon père voulait que je continue à améliorer mon anglais. Aussi m'a-t-il encouragée à regarder un DVD qu'un des journalistes m'avait donné à Islamabad. C'était une série qui s'appelait *Ugly Betty*. J'aimais Betty, avec ses gros appareils dentaires et son grand cœur. J'étais impressionnée de les voir, elle et ses amies, arpenter librement les rues de New York, sans voile pour leur couvrir le visage ni hommes pour les accompagner. Mes moments favoris, toutefois, c'était de voir son père cuisiner pour elle, et pas l'inverse.

J'ai appris une autre leçon en regardant cette série : même si Betty et ses amies jouissaient de certains droits, les femmes, aux États-Unis, n'étaient pas encore complètement les égales des hommes. On utilisait leur image pour vendre des choses. D'une certaine façon, ai-je conclu, les femmes sont des éléments décoratifs dans la société américaine aussi.

Tout en suivant l'histoire, j'ai noté leurs ourlets, si hauts, et leurs encolures, si basses, et je me suis demandé s'il y avait pénurie de tissu aux États-Unis.

Quelle folie de penser que ce petit disque en plastique, avec des images d'une fille portant de grosses lunettes et des appareils dentaires luisants, était illégal ! Et quel effet bizarre, aussi, de voir que Ugly Betty et ses amies étaient libres de déambuler dans les rues de New York alors que nous, nous étions enfermées à la maison sans rien à faire !

On m'a donné encore une autre série, une comédie britannique des années 1970. Elle s'appelait *Mind Your Language* (« Attention à ton langage ») et montrait une classe pleine d'adultes venus de partout dans le monde pour essayer d'apprendre l'anglais. C'est à mon père que Mme Mayram l'avait donnée mais je l'ai regardée et elle m'a fait rire, rire. Elle ne vaut rien pour apprendre l'anglais, toutefois, car tout le monde dans la série le parle très mal. Mais c'est là que j'ai appris quelques-unes de mes expressions favorites comme *jolly good* (super !), *h'okay* (d'accord), *excooze me* (excusez-moi) et *thassalrye* (*that's all right*) (ça va ; c'est bien).

Pendant ce temps, Atal, mon plus jeune frère, et ses amis s'étaient mis à un nouveau jeu. Au lieu du classique gendarmes et voleurs, ils jouaient à « armée contre talibans ». Tous les enfants du voisinage se fabriquaient des armes à partir de ce qu'ils pouvaient trouver. Ils bricolaient des fusils avec des bâtons ou du papier plié et des grenades avec de vieilles bouteilles d'eau. Les combats et le terrorisme étaient devenus des jeux d'enfants.

Quelquefois, mes propres petits frères, sans savoir ce que cela signifiait réellement, faisaient semblant d'être des terroristes talibans ou des soldats de l'armée. Ils avaient même installé un bunker sur notre toit, où ils jouaient à la guerre.

Un jour, j'ai trouvé Atal dans la cour de derrière en train de creuser un trou avec acharnement.

— Qu'est-ce que tu fais ? lui ai-je demandé.

J'ai frémi en entendant la réponse qu'il a donnée d'un ton habituel, avec beaucoup de naturel.

— Je fais une tombe, a-t-il dit.

Pendant toute cette période, j'ai continué de poster sur mon blog en tant que Gul Makai. Quatre jours après que toutes les écoles de filles ont été fermées, les hommes de Fazlullah en ont fait sauter cinq autres. *Je suis très surprise,* ai-je écrit. *Ces établissements avaient déjà été fermés. Quel besoin y avait-il, en plus, de les détruire ?*

De son côté, l'armée ne faisait rien sinon paraître occupée. Les soldats étaient assis dans leurs bunkers, à fumer des cigarettes ; ils pilonnaient tout le jour et tiraient au canon en direction des collines toute la nuit. Mais le matin n'apportait pas la nouvelle que les militaires avaient gagné du terrain mais plutôt que les talibans avaient assassiné deux ou trois personnes. La population du Swat continuait d'aller assister aux séances de flagellation qu'annonçait Radio Mollah. Et les filles qui désiraient seulement s'instruire étaient prisonnières dans leur propre maison.

Au cours de ces journées mornes et sombres, nous avons entendu des rumeurs à propos de négociations secrètes avec les talibans. Ensuite, depuis nulle part, Fazlullah a accepté de lever l'interdiction des écoles élémentaires de filles. C'était bien pour les petites filles d'aller en classe, a-t-il dit, mais il a insisté sur le fait que celles qui avaient plus de dix ans devaient rester chez elles, à respecter le *purdah* ➲.

J'avais onze ans, mais je n'allais pas me laisser arrêter par mon âge. Surtout que je pouvais facilement passer pour une enfant de dix ans.

➲ Voir note page 37.

Mme Mayram a envoyé un message à toutes les élèves de l'école secondaire. Si elles voulaient passer outre ce nouveau décret, elle ouvrirait les portes de l'école. « Simplement, ne portez pas votre uniforme, a-t-elle précisé. Mettez vos habits de tous les jours, un *shalwar kamiz* banal qui n'attire pas l'attention. » Aussi, le lendemain, me suis-je habillée de façon ordinaire avant de quitter la maison en cachant mes livres sous mon châle et en gardant la tête bien haute.

Mais Mingora avait changé en un mois. Désormais les rues étaient d'un calme fantomatique[1]. Les magasins étaient fermés, les maisons étaient sombres et même le fond sonore habituel du trafic se réduisait à un simple murmure. Un tiers de la population avait fui.

Mes amies et moi avions un peu peur en allant à l'école, ce premier jour où elle était interdite. Cependant, nous avions un plan. Si un taliban nous arrêtait, nous dirions simplement : « Nous sommes en CM1. »

Quand j'ai atteint l'école, ce matin-là, j'ai été plus heureuse que jamais de franchir la grille. Mme Mayram nous attendait, pour nous prendre dans ses bras et nous dire que nous étions braves. Elle était courageuse elle aussi, bien sûr. Elle prenait un grand risque en étant là. Des jeunes filles comme nous pouvaient être punies. Une femme adulte, elle, serait fouettée.

Ou tuée.

— Cette école secrète, a-t-elle dit, c'est notre protestation silencieuse.

---

1. **Fantomatique** : irréel, comme surnaturel.

## CHAPITRE 15
## LA PAIX ?

Un matin de février, nous avons été tirés du sommeil par des coups de feu. Il n'était pas inhabituel d'être réveillé plusieurs fois dans la nuit par des détonations. Mais, cette fois, c'était différent.

La population de Mingora tirait des coups de feu en l'air pour célébrer un accord de paix. Le gouvernement avait accepté d'instaurer la *charia* si les talibans cessaient les combats.

La *charia* signifiait que tous les aspects de la vie – depuis les conflits de propriété jusqu'à l'hygiène personnelle – seraient réglementés par des juges religieux. Même si des gens critiquaient ce traité de paix, j'étais contente car il signifiait que j'aurais le droit de retourner en classe.

Depuis 2007, plus d'un millier de gens avaient été tués. Les femmes avaient dû observer le *purdah*, des écoles et des ponts avaient été détruits, les affaires étaient au point mort et la population du Swat avait vécu dans une terreur constante. Désormais, tout cela allait cesser. Peut-être les talibans allaient-ils s'apaiser, ils retourneraient dans leurs foyers et nous laisseraient vivre comme de tranquilles citoyens.

Le mieux était qu'ils avaient cédé sur la question des écoles de filles. Les filles plus âgées elles-mêmes pouvaient y retourner. Nous aurions à le payer un certain prix : nous pourrions aller à l'école tant que nous resterions couvertes en public. « C'est bien, ai-je pensé, si c'est ce que ça coûte ! »

Pendant que l'école était fermée, j'avais continué de donner des interviews concernant le droit à l'instruction. Mon père et moi assistions à des réunions et à des meetings pour diffuser notre message aussi largement et aussi loin que nous le pouvions. Mais voilà que GEO TV, la plus importante chaîne de télévision du pays, voulait interroger une fille à propos de l'accord de paix. L'interview a eu lieu sur le toit d'un hôtel, la nuit. Ils m'ont équipée d'un microphone et ont compté à rebours : cinq, quatre, trois, deux, un.

Le reporter m'a demandé comment ce traité de paix allait affecter les filles et si je pensais qu'il serait appliqué. L'accord venait seulement d'être annoncé et, déjà, quelqu'un l'avait violé – un journaliste qui avait interviewé mon père récemment avait été tué.

Le traité me décevait déjà. Je l'ai dit.

— Nous sommes tristes de constater que la situation empire. Nous nous attendions à avoir la paix et à pouvoir retourner à l'école. L'avenir de notre pays ne pourra pas être brillant si on n'éduque pas les jeunes générations. Le gouvernement devrait agir et nous aider.

Mais je n'avais pas encore fini. J'ai ajouté :

— Je n'ai peur de personne. J'aurai mon éducation. Même si je dois m'asseoir par terre pour continuer ma scolarité. Je dois poursuivre mes études, et je le ferai.

Comment étais-je devenue aussi directe ? Je m'en suis étonnée. « Eh bien, Malala ! me suis-je dit, tu ne fais rien de mal. Tu parles en faveur de la paix, pour défendre tes droits, les droits des filles. Ce n'est pas mal. C'est ton devoir. »

Après l'entretien, un ami de mon père lui a demandé :

— Quel âge a Malala ?

Quand mon père lui a répondu que j'avais onze ans, il a eu un choc.

— Elle est *pakha jenai*, a-t-il dit, sage au-dessus de son âge.

Puis il a demandé :

— Comment est-elle devenue ainsi ?

Mon père a répondu :

— Ce sont les circonstances qui l'ont rendue ainsi !

Mais on nous avait trompés. Après l'instauration de la *charia*, les talibans sont devenus encore plus méchants. Dorénavant, ils patrouillaient dans les rues de Mingora avec des fusils et des bâtons comme s'ils étaient l'armée régulière. Ils tuaient des policiers et abandonnaient leurs cadavres sur le bas-côté. Ils ont fouetté un boutiquier[1] parce qu'il avait autorisé une femme à acheter du rouge à lèvres chez lui alors qu'elle n'était pas accompagnée. Et ils menaçaient les femmes au bazar, y compris ma mère.

Un jour qu'elle était allée acheter un cadeau pour le mariage d'une cousine, un gros taliban de forte carrure l'a accostée et lui a barré le passage.

— Je pourrais te fouetter pour être sortie de ta maison sans une *burqa* convenable, a-t-il dit. Tu comprends ?

Ma mère était furieuse et très effrayée. Il voulait dire une *burqa* à volant qui dissimule tout le visage avec seulement une grille en filet pour permettre d'y voir. Elle portait une *burqa* à la mode et n'en possédait même pas une de l'autre type.

1. **Boutiquier** : commerçant.

— Oui, d'accord, a-t-elle répondu. Je porterai l'autre à l'avenir !

Elle n'avait jamais dit un mensonge jusqu'alors. Mais en même temps elle n'avait encore jamais été confrontée, en allant au marché, à un individu portant une arme automatique.

— Bien, a dit l'homme. La prochaine fois, je ne serai pas aussi gentil avec toi.

Bientôt, cependant, nous avons appris que porter une *burqa* ne protégeait pas des lubies[1] des talibans.

Un jour, en rentrant chez nous, j'ai trouvé mon père et ses amis en train de regarder, choqués, une vidéo sur son téléphone. Je me suis penchée pour voir ce qui causait leur émotion. Sur l'écran, une adolescente portant une *burqa* noire et un pantalon rouge était allongée au sol face contre terre et, en plein jour, en pleine lumière, un barbu en turban noir la fouettait. « S'il vous plaît, arrêtez ! suppliait-elle tout en criant et en gémissant chaque fois qu'un coup était donné. Au nom d'Allah, je meurs ! » On pouvait entendre le taliban crier : « Maintenez-la au sol ! Tenez-lui les mains ! » À un moment de la flagellation, la *burqa* a glissé en découvrant le pantalon. Les coups de fouet se sont interrompus pour que les hommes puissent couvrir la fille, puis ils ont continué à la battre. Une foule s'était rassemblée mais personne ne faisait rien. Un des parents de la malheureuse s'est même porté volontaire pour la maintenir au sol. Quand le supplice s'est achevé, elle avait reçu trente-quatre coups de fouet.

Quelques jours plus tard, la vidéo a été visible partout – même à la télévision – et les talibans l'ont assumée. « Cette femme est sortie de chez elle avec un homme qui n'était pas son mari,

1. **Lubie** : fantaisie, caprice extravagant.

a déclaré un de leurs porte-parole. Il y a des limites qu'il ne faut pas franchir ! »

Une femme ? C'était une adolescente qui avait, peut-être, six ans de plus que moi. Effectivement, une limite venait d'être franchie. Des hommes adultes s'étaient mis à battre des adolescentes.

Bientôt les pilonnages ont repris. Tout en nous réfugiant dans la salle à manger, nous avions une seule question en tête : quel genre de paix était-ce là ?

Le documentaire du *New York Times* avait été diffusé ; il avait suscité encore plus d'intérêt pour la situation désespérée des filles dans le Swat. Nous commencions à recevoir des messages de soutien d'un peu partout dans le monde. J'ai constaté alors quelle pouvait être la puissance des médias. Nous avons même reçu des nouvelles d'une Pakistanaise âgée de dix-neuf ans qui était étudiante à Stanford, aux États-Unis, Shiza Shahid. Finalement, elle allait jouer un rôle important dans notre campagne en faveur de l'éducation. Pour la première fois, nous savions que notre histoire était entendue au-delà des frontières du Pakistan.

Le 20 avril, Sufi Muhammad, le chef du TNSM ➲ qui avait aidé à la conclusion de l'accord de paix entre le gouvernement et les talibans (il était aussi le beau-père de Fazlullah) est venu à Mingora pour faire un discours. Ce matin-là, mes frères et moi avons passé la tête par le portail pour regarder dehors. Des centaines de gens remontaient la rue pour se rendre à la réunion.

➲ **Voir note page 65.**

Quelques très jeunes combattants talibans sont passés ; ils diffusaient des chants de victoire sur leurs téléphones mobiles et chantaient en même temps, d'une voix forte, surexcitée. Finalement, une énorme foule – près de quarante mille personnes – s'est rassemblée. Et même si le meeting avait lieu assez loin de la maison, nous avons pu entendre le bourdonnement des milliers de voix qui chantaient des chants talibans.

Notre père était sorti ce matin-là pour observer le rassemblement depuis le toit d'un immeuble voisin. Quand il est rentré, le soir, il semblait avoir vieilli de cent ans.

Le discours a été une déception. Nous avions pensé que Sufi Muhammad dirait à ses partisans de déposer les armes.

Au contraire, il a qualifié la démocratie de « non islamique » et les a encouragés à continuer de se battre.

— Ils ne se contentent pas d'avoir investi le Swat, a dit mon père. Les talibans marchent sur Islamabad.

Il y a même eu des partisans de Sufi Muhammad qui ont été mécontents de la tournure que prenaient les événements.

En quelques jours, les talibans se sont emparés de Buner, une ville située juste au sud du Swat, à seulement cent kilomètres de la capitale. Toutefois, à présent que cette dernière courait un risque, l'armée a préparé une contre-attaque. Une fois de plus, Mingora était en plein milieu.

Cette fois, ma mère et moi avons dit que nous devions partir nous réfugier dans le Shangla.

# Chapitre 16
## Déplacés

« Nul Pachtoune ne quitte sa terre de gaîté de cœur ;
Il s'en va par pauvreté ou s'en va par amour. »

C'est ce que dit un *tapa* fameux, un couplet que ma grand-mère m'a enseigné. Mais voilà que nous nous trouvions jetés hors de chez nous par une force que l'auteur de ces vers n'aurait jamais pu imaginer : les talibans.

Je me suis tenue sur notre toit, à regarder les montagnes, les allées dans lesquelles nous jouions au cricket, les abricotiers qui commençaient à fleurir. Je me suis efforcée de retenir chaque détail, au cas où je ne reviendrais jamais chez moi.

Puis je suis descendue pour essayer de faire mes bagages. Mes frères négociaient avec ma mère la permission d'emporter leurs poulets familiers, et la femme de mon cousin était dans la cuisine, en larmes. Quand je l'ai vue pleurer, je me suis mise à pleurer, moi aussi. J'avais le cœur gros mais, parfois, ce n'est pas avant de voir quelqu'un d'autre pleurer que mes larmes se sentent libres de couler. J'ai couru dans ma chambre afin de penser à ce que je pourrais prendre avec moi. J'allais faire le voyage dans la voiture des parents de Safina, si bien qu'il n'y

Le *tapa* est un poème traditionnel pachtoune très court (un vers de neuf syllabes, un vers de treize syllabes).

avait pas beaucoup de place. (Le reste de la famille partait dans une autre voiture, avec un ami de mon père.) J'ai d'abord fait mon cartable. Avec mes livres et mes papiers. J'ai jeté un dernier coup d'œil à mes trophées avant de leur dire au revoir. Puis je me suis mise à entasser des vêtements dans un sac. Dans ma hâte, j'ai pris des pantalons de *shalwar kamiz* en même temps que des tuniques. Du coup, par la suite, je me suis retrouvée avec des hauts et des bas qui n'étaient pas assortis.

Quand j'ai fermé la porte de ma chambre, peut-être pour la dernière fois, et que je suis revenue dans la cuisine, j'ai entendu ma mère dire de nouveau à Atal qu'il ne pouvait pas emporter les poulets.

— Imagine qu'ils fassent des saletés dans la voiture ! a-t-elle essayé de dire.

Mais Atal ne s'est pas laissé démonter. Il a suggéré de leur acheter des petites couches de bébé. Pauvre Atal ! Il avait cinq ans seulement, et avait déjà connu deux guerres dans sa courte existence. C'était un enfant : l'armée et les talibans s'apprêtaient à transformer notre maison en champ de bataille, et tout ce qui le tracassait, c'était ses petits oiseaux. Ils ne pouvaient pas venir avec nous, bien sûr, et quand ma mère a déclaré qu'il leur faudrait rester avec une ration supplémentaire d'eau et de nourriture, Atal a éclaté en sanglots. Ensuite, quand elle a ajouté qu'il me faudrait abandonner mes livres de classe, j'ai failli pleurer, moi aussi. J'aimais l'école, et tout ce dont je me souciais, c'était mes livres ! Nous étions des enfants, après tout, avec des préoccupations enfantines, même si une guerre approchait.

J'ai caché mes livres dans un sac que j'ai posé au salon, l'endroit où ils me semblaient le plus en sûreté, puis j'ai murmuré quelques versets du Coran, pour les protéger. Ensuite, toute la famille s'est réunie pour dire au revoir à la maison. Nous avons récité quelques prières afin de placer notre doux foyer sous la protection de Dieu.

Dehors, les rues étaient bloquées par le trafic. Des voitures, des rickshaws, des charrettes que tiraient des mules et des camions – le tout rempli de gens et de leurs bagages, de sacs de riz et de literie. Il y avait des motos avec des familles entières en équilibre dessus et des gens qui couraient, avec juste les vêtements qu'ils portaient sur eux. Peu de gens savaient où ils allaient : ils savaient seulement qu'il leur fallait partir. Deux millions de personnes fuyaient leur foyer. C'était le plus grand exode[1] de l'histoire pachtoune.

Ma mère, mes frères et moi devions demeurer auprès de notre famille, dans le Shangla. Mais mon père disait que son devoir était d'aller à Peshawar pour informer tout le monde de ce qui se passait. Aucun d'entre nous n'aimait cette idée, et surtout pas ma mère, mais nous comprenions. Il était entendu qu'il ferait une partie du trajet avec nous, puis que nous le laisserions à Peshawar.

Le voyage, qui d'ordinaire durait quelques heures, nous a pris deux jours. D'abord, nous avons dû nous écarter de notre route habituelle parce que c'est par là que l'ami de mon père et la famille de Safina allaient et que nous voyagions avec eux, faute d'avoir une voiture à nous. Quand nous sommes arrivés à Mardan, nous avons continué seuls. Nous avons pris l'autocar de la Flying Coach aussi loin qu'il a voulu nous mener. À la fin du voyage, nous étions à pied. Pour faire les vingt-cinq derniers kilomètres, nous avons dû marcher sur des routes défoncées et

1. **Exode** : déplacement massif de population.

traîtresses. Il faisait presque nuit et le couvre-feu allait entrer en vigueur dans quelques minutes quand nous avons atteint l'embranchement du Shangla. Il y avait un barrage, et un officier de l'armée nous a arrêtés.

— Couvre-feu. Personne ne peut passer ! a-t-il dit.

— Nous sommes des personnes déplacées à l'intérieur du pays, lui avons-nous répondu. Nous devons aller dans le village de notre famille.

Mais il ne voulait toujours pas nous laisser passer.

Personnes déplacées à l'intérieur. Voilà ce que nous étions désormais. Pas des Pakistanais ni des Pachtounes. Notre identité avait été réduite à ces quelques mots.

Nous avons supplié cet homme et, après que notre grand-mère s'est mise à pleurer, il nous a permis de passer. Pendant que nous franchissions les derniers kilomètres dans l'obscurité, des frissons nous parcouraient la colonne vertébrale de haut en bas. Nous redoutions qu'un véhicule de l'armée n'arrive et, nous confondant avec des terroristes, ne nous tire dans le dos.

Finalement, quand nous sommes arrivés tout chancelants au village, nos parents ont été choqués. Les talibans n'avaient quitté les montagnes que depuis peu, et il y avait une rumeur affirmant qu'ils reviendraient.

— Pourquoi êtes-vous venus ici ? ont-ils demandé.

Pour des personnes déplacées à l'intérieur, il n'y avait pas de lieu qui soit sûr.

Nous avons essayé de démarrer une nouvelle vie dans les montagnes, sans savoir combien de temps nous resterions là. Je me suis inscrite dans la même école que ma cousine Sumbul qui avait un an de plus que moi, et je me suis rendu compte qu'il me faudrait lui emprunter des vêtements parce que j'avais emporté un méli-mélo de pantalons et de tuniques.

Il nous a fallu plus d'une demi-heure pour atteindre l'école. Quand nous y sommes arrivées, j'ai vu qu'il n'y avait que trois filles dans la classe de Sumbul. Pour la plupart, les filles du village arrêtaient leur scolarité quand elles atteignaient leurs dix ans, de sorte que celles, peu nombreuses, qui la continuaient fréquentaient les mêmes cours que les garçons. J'ai causé une certaine émotion parce que je ne me couvrais pas le visage comme le faisaient les autres filles, que je parlais librement en cours et que je posais des questions.

Je n'ai pas tardé à recevoir une leçon à la manière de la campagne. Ça s'est passé dès le deuxième jour, quand Sumbul et moi sommes arrivées en retard. C'était ma faute – j'aime toujours dormir tard – et j'ai commencé à l'expliquer. Je suis d'abord restée perplexe quand l'enseignant nous a demandé, à ma cousine et à moi, de tendre les mains, puis étonnée, quand il nous a frappées toutes les deux sur les paumes avec un bâton. Je suis retournée à ma place, brûlante de confusion. Mais, peu après, mon embarras s'est dissipé : j'ai compris que cette punition signifiait tout simplement qu'on me traitait comme n'importe qui d'autre appartenant au groupe.

J'étais contente d'être avec mes cousines mais, oh ! comme ma maison me manquait ! Et mon ancienne école ! Et mes livres ! Et, même, Ugly Betty !

La radio était notre bouée de sauvetage dans les montagnes ; nous l'écoutions en permanence. Un jour de mai, l'armée a annoncé qu'elle avait parachuté des troupes à Mingora en prélude à un affrontement avec les talibans. Les combats ont fait rage pendant quatre jours dans la ville même. Il était impossible de

**Martin Luther King à la marche pour les droits civiques, le 28 août 1963, à Washington.**

Voir groupement de documents page 260.

**Discours de Robert Badinter sur l'abolition de la peine de mort, le 18 septembre 1981, à l'Assemblée nationale, à Paris.**
Voir groupement de documents page 262.

**Portrait de l'anthropologue Françoise Héritier, en décembre 2013.**
Voir groupement de documents page 263.

**La militante suédoise Greta Thunberg lors de la grève climatique au Civic Center Park de Denver, dans le Colorado, le 11 octobre 2019. Des milliers de manifestants ont assisté à l'événement déclenché par le mouvement #FridaysForFuture de Thunberg.**

Voir groupement de documents page 266.

dire qui gagnait. Et à la fin, il y a eu des combats au corps à corps dans les rues.

J'ai essayé de m'imaginer la scène… Des talibans en train de livrer bataille dans l'allée où nous jouions au cricket. Des soldats tirant par les fenêtres des hôtels. Finalement, l'armée a annoncé qu'elle avait mis les talibans en fuite. Elle avait détruit Imam Deri, la forteresse de Fazlullah. Puis elle a pris l'aéroport. Au bout de quatre semaines, elle a annoncé qu'elle avait reconquis l'ensemble de la ville.

Nous avons respiré plus librement mais nous nous sommes interrogés : où les talibans iraient-ils en battant retraite ? Viendraient-ils ici, dans les montagnes ?

Pendant tout ce temps, nous nous sommes terriblement inquiétés pour mon père. Il était à peu près impossible d'accéder au réseau téléphonique là-haut et, parfois, ma mère devait escalader un gros monticule au milieu d'un champ pour obtenir une seule barre de réseau sur son écran. De sorte que nous n'avions presque jamais de nouvelles de lui.

Il était à Peshawar. Il habitait une chambre d'hôtel avec trois autres hommes, et s'efforçait de faire comprendre aux médias et aux officiels ce qui se passait dans le Swat. Puis, au bout de deux semaines environ, il nous a appelés pour nous dire de le rejoindre à Peshawar.

Nous avons tous pleuré de joie quand nous avons été réunis finalement. Il avait une grande nouvelle : Richard Holbrooke ➲,

➲ **Richard Holbrooke (1941-2010) est un haut diplomate américain. Il a été nommé par le président Obama « envoyé spécial pour l'Afghanistan et le Pakistan ».**

l'émissaire spécial des Nations unies, allait participer à une réunion à Islamabad, et nous étions invités. Seulement, le matin de la rencontre, nous nous sommes réveillés en retard. Je n'avais pas réglé le réveil correctement, et mon père a été un peu en colère contre moi. Malgré tout, nous avons pu arriver à l'hôtel à l'heure.

C'était une conférence réunissant vingt militants sociaux des différentes zones tribales affectées par la guerre dans tout le Pakistan. Nous étions réunis autour d'une grande table – et j'étais assise juste à la droite de l'ambassadeur.

M. Holbrooke s'est tourné pour me regarder.

— Quel âge avez-vous ? m'a-t-il demandé.

Je me suis redressée pour paraître aussi grande que possible.

— J'ai douze ans, ai-je répondu.

C'était presque vrai : j'aurais douze ans quelques jours plus tard.

J'ai pris une profonde inspiration.

— Respectable ambassadeur, ai-je dit, je demande que vous nous aidiez, nous autres filles, à recevoir une éducation.

Il a ri.

— Vous avez déjà beaucoup de problèmes, et nous faisons beaucoup pour vous, a-t-il dit. Nous avons investi des milliards de dollars dans l'aide économique, nous travaillons avec votre gouvernement à la fourniture d'électricité et de gaz, mais votre pays est confronté à beaucoup de problèmes.

Je n'aurais pas pu dire ce que son rire signifiait. Mais j'ai compris ses paroles. L'éducation des filles était très loin sur la liste des difficultés auxquelles le Pakistan devait faire face. Peut-être me suis-je un peu tassée. Peut-être mon sourire s'est-il un peu fané. Mais je n'ai pas réellement montré que j'étais déçue. En plus, je le savais désormais : le simple fait de passer à la télévision pour parler en faveur de l'éducation des filles était déjà la moitié de la bataille. L'autre moitié était devant nous. Et je continuerais à me battre.

Après Islamabad, où nous avons tenu une conférence de presse pour raconter notre histoire afin que les gens soient informés de ce qui arrivait dans le Swat, nous ne savions pas trop où nous allions nous rendre. Mingora fumait encore. Les talibans se retiraient dans les montagnes de la province. Aussi avons-nous accepté une invitation à Abbottabad.

Le meilleur de tout était que Moniba s'y trouvait aussi. Elle et moi ne nous étions plus parlé depuis notre dispute, quelque temps avant le dernier jour d'école. Pourtant, elle était toujours ma meilleure amie.

Je l'ai appelée pour lui proposer qu'on se retrouve dans un jardin public. J'ai pris du Pepsi et des biscuits en guise de cadeau de paix.

— Tout était ta faute, a-t-elle dit.

J'ai été d'accord. Je ne me souciais pas de savoir qui avait raison ou tort (même si j'étais bien sûre de n'avoir rien fait de mal). J'étais juste heureuse que nous soyons de nouveau amies.

Entre-temps, mon anniversaire est arrivé. J'ai attendu la journée entière qu'on le fête mais, dans le chaos ambiant, tout le monde l'avait oublié. J'ai essayé de ne pas me sentir triste pour moi-même, pourtant je n'ai pas pu m'empêcher de penser combien mes derniers anniversaires avaient été différents. J'avais partagé un gâteau avec mes amies, il y avait eu des ballons et j'avais fait un vœu pour la paix dans notre vallée.

J'ai fermé les yeux et j'ai fait le même vœu pour mon douzième anniversaire.

## CHAPITRE 17
## À LA MAISON

Après trois mois à vivre ici et là, chez des étrangers ou des parents, nous avons finalement repris le chemin de notre foyer. Quand nous avons commencé à descendre la pente, après le col, et que nous avons aperçu la rivière Swat, mon père s'est mis à pleurer. Et quand nous avons vu dans quel état était notre pauvre ville de Mingora, nous avons tous fondu en larmes.

Partout où nous regardions, nous ne voyions que des immeubles en ruine, des voitures incendiées, des fenêtres détruites. Les lourds rideaux de fer des devantures avaient été arrachés, les vitrines étaient béantes, les étagères, vides. Il semblait que tous les bâtiments étaient grêlés d'impacts de balles.

Cela me faisait l'effet de me trouver encore dans une zone de guerre. Des soldats de l'armée nous examinaient depuis leurs nids de mitrailleuses installés sur les toits, les armes braquées sur les rues. Même si le gouvernement avait assuré qu'il n'y avait plus de risque à rentrer, la plupart des gens avaient encore trop peur pour revenir. La gare routière, d'ordinaire si animée par un chaos d'autocars brillamment colorés et de centaines de voyageurs, était déserte. Des herbes folles poussaient dans les interstices entre les pavés. Mais il n'y avait aucune trace des talibans.

Quand nous avons tourné le coin de la rue où se trouvait la maison, nous nous sommes préparés au pire. Nous avions appris que les habitations voisines de la nôtre avaient été pillées : téléviseurs et bijoux avaient été volés. Nous avons retenu notre souffle jusqu'à ce que notre père ouvre le portail. La première chose que nous avons vue a été que le jardin, devant la maison, était devenu une jungle. Mes frères se sont précipités pour s'assurer du sort de leurs poulets familiers. Ils sont revenus en pleurant : tout ce qu'il en restait était un tas d'os et de plumes. Leurs oiseaux étaient morts de faim. Pendant ce temps, j'ai couru au salon où j'avais caché mes livres de classe. Ils étaient sains et saufs. J'ai récité une prière de remerciements et les ai feuilletés. Quelles délices de revoir mes équations du second degré, mes notes de sociologie et ma grammaire anglaise ! J'ai presque pleuré de joie avant de songer que nous ne savions toujours pas si notre école avait survécu.

— Quelqu'un est venu ici, a dit mon père en passant le portail d'entrée.

Le bâtiment de l'autre côté de la rue avait été frappé par un missile mais, par miracle, notre établissement scolaire était intact. À l'intérieur, des mégots et des emballages de nourriture jonchaient le sol. Pupitres et chaises étaient renversés dans un grand désordre. L'enseigne de l'école Khushal était dans le coin où mon père l'avait déposée pour la mettre en sûreté. Je l'ai soulevée et j'ai hurlé. Dessous, il y avait un petit tas de têtes de chèvres. Il m'a fallu un moment pour comprendre qu'il s'agissait là des reliefs d'un dîner.

Des slogans antitalibans étaient gribouillés sur les murs. Et dans les salles de classe, des douilles[1] parsemaient le plancher. Sur un tableau noir était griffonné : « Army Zindabad ! » – ce

1. **Douille** : enveloppe de cartouche de fusil.

qui signifie « Vive l'armée ! » Nous avons compris alors qui avait demeuré là. Dans un des murs à l'étage, les soldats avaient fait un trou par lequel on pouvait apercevoir la rue. Peut-être l'avaient-ils utilisé pour y poster un sniper[1]. Mais, bien qu'elle soit tout en désordre, notre école tenait toujours debout. Après avoir observé les dommages causés aux salles, mon père et moi sommes allés dans son bureau. Il y a trouvé une lettre que l'armée avait déposée là à son intention. Elle blâmait la population du Swat pour avoir laissé les talibans prendre le contrôle de notre patrie.

*Nous avons un très grand nombre de nos soldats qui ont perdu une vie précieuse,* disait-elle, *et c'est à cause de votre négligence. Vive l'armée du Pakistan !*

Mon père a haussé les épaules.

— C'est bien typique ! a-t-il dit. D'abord la population du Swat tombe sous la coupe des talibans, ensuite elle est massacrée par les talibans, enfin, on la blâme à cause des talibans.

Voilà qui était embarrassant. J'avais toujours voulu devenir médecin mais, après tout ce que nous venions de traverser, j'ai commencé à penser que devenir politicien pourrait constituer un meilleur choix. Notre pays avait tant de problèmes ! Peut-être que, un jour, je pourrais contribuer à les résoudre.

1. **Sniper** : tireur d'élite, embusqué pour ne pas être touché lui-même.

## CHAPITRE 18
### UNE HUMBLE REQUÊTE ET UNE ÉTRANGE PAIX

Le Swat était enfin en paix. L'armée restait mais les boutiques rouvraient, les femmes fréquentaient librement les marchés – et j'ai battu Malka-e-Noor pour la première place ! J'étais si optimiste pour notre vallée que j'ai planté un noyau de mangue devant la maison. Je savais qu'il faudrait longtemps avant que cette graine donne des fruits, tout comme la réconciliation et la reconstruction que le gouvernement nous avait promises, mais c'était ma façon d'affirmer à quel point j'espérais un futur long et prospère à Mingora.

Un de mes plus gros soucis durant cette période a été que, quand j'ai eu treize ans, j'ai cessé de grandir. Alors qu'auparavant j'étais une des plus grandes de ma classe, voilà que j'étais parmi les plus petites. Aussi avais-je une humble requête : tous les soirs je priais Allah de me faire grandir. Après quoi, je me mesurais contre le mur de ma chambre avec une règle et un crayon. Et tous les matins, je me mettais dans la même position pour voir si j'étais plus grande. J'ai même promis que, si je grandissais ne serait-ce qu'un petit peu – même de deux ou trois centimètres – je réciterais en offrande une centaine de *raakat nafl*, en plus de mes prières quotidiennes. Je prenais la parole

**Dans le rituel musulman, le *raakat nafl* est une sorte de refrain constituant une partie de prière.**

lors de nombreux événements mais je sentais que la taille contribuait à avoir de l'autorité : j'étais si petite que, parfois, j'avais du mal à attirer l'attention des gens.

Au début de 2010, notre école a été invitée à participer à l'assemblée des enfants du district du Swat. Celle-ci était organisée par l'Unicef et par la fondation Khpal Kor (Mon Foyer) pour les orphelins. Soixante élèves originaires de tout le Swat ont été choisis comme membres. Pour l'essentiel, il s'agissait de garçons mais onze filles de mon école y prenaient part. Et quand on a élu le président, j'ai gagné ! C'était étrange de me tenir sur une estrade et d'entendre les gens s'adresser à moi comme à « madame la présidente ». Mais j'ai pris cette responsabilité très au sérieux.

L'assemblée s'est tenue presque chaque mois pendant un an et nous avons voté neuf résolutions. Nous avons appelé à mettre fin au travail des enfants. Nous avons réclamé des aides pour envoyer à l'école les enfants malades et ceux des rues. Nous avons demandé que toutes les écoles détruites par les talibans soient reconstruites. Une fois ces résolutions adoptées, elles étaient envoyées aux officiels – et certaines ont effectivement été mises en œuvre. On nous entendait, nous faisions une différence, et ça faisait du bien.

L'été 2010 a apporté des torrents d'eau, des pluies de mousson qui ont tout balayé sur leur passage. À travers tout le pays, plus de deux mille personnes se sont noyées, et sept mille écoles ont été détruites. Notre maison était située un peu en hauteur de sorte que nous n'avons pas souffert des inondations, mais notre école, près de la rivière, a été durement touchée. Quand l'eau s'est retirée, il y avait des marques de crue à hauteur de poitrine ; nos chaises et nos pupitres étaient recouverts d'une boue épaisse et malodorante. Les réparations allaient coûter très cher. Dans le Shangla, les dégâts ont été pires, et un fondamentaliste religieux a suggéré une fois encore que Dieu avait envoyé une catastrophe naturelle pour punir des comportements non islamiques.

Quand est venu l'automne, les nuages avaient recommencé à s'amonceler. Un ami de mon père – un homme qui avait pris parti publiquement contre les talibans – est tombé dans un guet-apens[1] alors qu'il rentrait chez lui. Un autre, un politicien qui avait critiqué les talibans, a été tué par un attentat-suicide à la bombe.

Puis une lettre anonyme adressée à mon père est arrivée à la maison. *Tu es le fils d'un religieux, mais tu te comportes en renégat*[2]. *Tu n'es pas un bon musulman. Tu t'es prononcé contre nous, et tu en subiras les conséquences. Les* moudjahidin *te retrouveront où que tu ailles sur la surface de la Terre.*

On commençait à avoir l'impression que les talibans n'étaient jamais réellement partis. J'ai tenté de me dire que cette lettre terrible n'était que le coup d'adieu dérisoire de talibans vaincus et sur le départ. Toutefois, je priais chaque jour pour la sécurité de mon père. Je priais pour que mon école reste ouverte et pour que toutes celles qui avaient été détruites soient rebâties. Je continuais aussi de demander à Dieu de me rendre plus grande. Si je voulais devenir politicienne et œuvrer pour mon pays, lui disais-je, il faudrait au moins que je sois capable de voir par-dessus mon pupitre.

1. **Guet-apens** : piège, embuscade tendue dans le but de tuer.
2. **Renégat** : traître.

**Les moudjahidin sont les combattants d'un groupe d'opposition, ici islamiste.**

## Chapitre 19
## De bonnes nouvelles, finalement

Un jour d'octobre 2011, mon père m'a appelée pour me montrer un courriel qu'il avait reçu. J'ai eu du mal à croire ce qu'il mentionnait : j'avais été nommée pour le prix international de la paix de la Kids Rights (Droits des Enfants), un groupe de défense de l'enfance basé à Amsterdam. Mon nom avait été proposé par l'archevêque Desmond Tutu ➲, le Sud-Africain, un des plus grands héros de mon père du fait de sa lutte contre l'apartheid.

Puis un autre message est arrivé : j'étais invitée à prendre la parole au cours d'une conférence sur l'éducation à Lahore. Le *chief-minister* (Premier ministre local) démarrait l'établissement d'un nouveau réseau d'écoles. Les enfants allaient recevoir des ordinateurs portables, et la province offrait des récompenses financières à tous ceux qui réussissaient leurs examens. À ma grande surprise, on m'a accordé aussi une de ces primes pour ma campagne en faveur des droits des filles.

Pour l'occasion, je portais mon *shalwar kamiz* préféré, le rose. J'ai décidé de dire à tout le monde comment mes amies de

➲ **L'archevêque anglican Desmond Tutu, né en 1931, a reçu le prix Nobel de la paix en 1984 pour sa lutte non violente contre l'apartheid et pour la réconciliation des peuples.**

l'école secondaire et moi avions défié les talibans en continuant d'aller en classe en secret. Je voulais que les enfants de tous les pays apprécient le fait d'être scolarisés, aussi ai-je dit que, désormais, je connaissais par expérience la souffrance de ceux qui, par millions, étaient privés de scolarité. « Malgré tout, ai-je affirmé à l'assistance, les filles du Swat n'ont eu et n'ont peur de personne ! »

J'étais revenue de Lahore depuis à peine une semaine quand une de mes amies est entrée précipitamment dans la salle de classe pour annoncer que j'avais gagné un autre prix. Le gouvernement m'avait octroyé le premier prix national de la jeunesse pour la paix. Je n'arrivais pas à le croire. Un si grand nombre de journalistes est venu dans notre école ce jour-là que c'en était une folie.

Je n'avais toujours pas grandi d'un centimètre à la date de la cérémonie. Mais j'étais déterminée à montrer quand même de l'autorité. Quand le Premier ministre m'a remis le prix, je lui ai présenté une liste de requêtes – au nombre desquelles figuraient celles de la reconstruction des écoles détruites par le TNSM ➲ et la création d'une université pour les filles dans le Swat. Cela a scellé ma décision de faire de la politique – ainsi je pourrais agir et non me contenter de demander de l'aide aux autres.

Quand on a annoncé que le prix serait décerné chaque année et qu'il s'appellerait le prix Malala, en mon honneur, j'ai remarqué que mon père tiquait. Selon les traditions de notre pays, nous n'honorons pas les gens de cette façon de leur vivant mais seulement une fois qu'ils sont morts. Il est un peu superstitieux, et il a pensé que c'était de mauvais augure.

➲ **Voir note page 65.**

Mes frères, bien sûr, m'ont fait rester humble[1]. Ils continuaient de se chamailler avec moi, de m'exaspérer et d'essayer de m'arracher la télécommande. J'avais beau avoir attiré l'attention un peu partout dans le monde, à leurs yeux, j'étais toujours la même vieille Malala. Je me demandais cependant comment mes amies prendraient toute cette publicité. Nous étions un groupe en compétition, après tout. Et, bien sûr, il y avait toujours les sentiments de Moniba à considérer. Je m'inquiétais à l'idée qu'elle avait pu penser que je l'avais abandonnée pendant tous mes voyages ou qu'elle s'était fait une nouvelle meilleure amie. Mais je n'ai pas eu le temps de songer à tout ça le jour où je suis revenue à l'école.

Quand j'y suis arrivée, on m'a dit qu'il y avait un groupe de journalistes qui m'attendait pour m'interviewer. Et quand je suis entrée dans la salle de classe, toutes mes amies, autour d'un gâteau, se sont mises à crier : « Surprise ! » Elles avaient fait une collecte pour acheter un gâteau avec un glaçage au chocolat blanc sur lequel était écrit : « *SUCCESS FOREVER* » (succès pour toujours).

Mes chères amies ! Elles étaient aussi généreuses qu'on peut l'être, et voulaient seulement partager mes succès. Je savais au fond du cœur que n'importe laquelle d'entre nous aurait pu accomplir ce que j'avais fait. J'avais la chance d'avoir des parents qui m'avaient encouragée malgré la peur que nous éprouvions tous.

— Et maintenant, vous pouvez vous remettre au travail, a dit Mme Mayram quand nous avons fini de manger le gâteau. Les examens, en mars, vont arriver vite !

1. **Humble** : modeste.

# LECTURE ACTIVE 3

→ Voir aussi étape 3, p. 252-253

## Chapitres 11 à 19 • Le début de l'exil

### *As-tu bien lu ?*

1 **Chapitre 12.** Malala écrit son journal sous le pseudonyme de Gul Makai.
Que signifie ce nom ?

2 **Chapitre 14.** Quel est le jeu favori des frères de Malala pendant les affrontements ?

3 **Chapitre 15.** Dans quelle région la famille de Malala se réfugie-t-elle pendant la guerre entre l'armée et les talibans ?

4 **Chapitre 16. a.** Complète cet extrait de poème pachtoune qui explique pourquoi Malala a du mal à quitter le Swat.
« Nul Pachtoune ne quitte sa terre de gaîté de cœur ;
Il s'en va par .............................. ou s'en va par .............................. . »
**b.** Que cache Malala dans le salon avant son départ ?

### Atelier débat

## Pourquoi choisir l'exil ?

▶ ***Objectif.*** Réfléchir à ce qui pousse certaines populations à quitter leur pays.

▶ ***Préparation.*** Relisez le dernier paragraphe des chapitres 13 et 15, ainsi que le chapitre 16. Par groupes (4 ou 5 élèves), demandez-vous : Pourquoi la famille de Malala hésite-t-elle à quitter Mingora ? Qu'est-ce qui lui fait finalement prendre cette décision ? Plus généralement, pourquoi les migrants quittent-ils leur pays ?

▶ ***Réalisation.*** En classe entière, présentez le résultat de votre réflexion, et organisez un débat.

▶ ***Réfléchir ensemble.*** Est-il facile de quitter son pays, même pour fuir la guerre ou la dictature ?

# Quatrième Partie : Prise pour cible

# Chapitre 20
## Une menace de mort contre moi

Un jour, au début de 2012, mon père et moi étions à Karachi, invités par GEO TV. Une journaliste pakistanaise qui vivait en Alaska s'est présentée pour nous rencontrer. Elle avait vu le reportage du *New York Times* et voulait me connaître. Elle a pris mon père à part pour lui dire quelque chose.

J'ai remarqué qu'elle avait les larmes aux yeux. Elle et mon père sont allés jusqu'à l'ordinateur. Elle semblait troublée et s'est empressée de refermer ce qu'ils avaient regardé. Un petit peu plus tard, le téléphone de mon père a sonné. Il a pris la communication à l'écart, de façon à ne pas être entendu, puis il est revenu en faisant grise mine.

— Que se passe-t-il ? ai-je demandé. Il y a quelque chose que tu ne me dis pas.

Il m'avait toujours traitée en égale mais là, visiblement, il essayait de décider s'il fallait me protéger ou partager avec moi ce qui le préoccupait. Il a soupiré profondément, puis m'a montré ce qu'il avait regardé sur l'ordinateur.

Il a googuelisé[1] mon nom. Malala Yousafzai, disaient les talibans, « doit être tuée ».

C'était là, écrit noir sur blanc. Une menace de mort contre

1. **Googueliser** : faire une recherche sur Internet à l'aide de Google.

moi. Je pense que je savais que ce moment pouvait arriver un jour. On y était. J'ai repensé à ce matin de 2009, quand l'école a rouvert en secret et que j'ai dû y aller à pied avec mes livres cachés sous mon châle. J'étais tellement anxieuse à cette époque-là ! Mais j'avais changé depuis lors. J'avais trois ans de plus. J'avais voyagé, fait des discours et gagné des prix.

Il y avait là un appel à me tuer – l'invitation d'un terroriste à un autre qui disait : « Vas-y, abats-la » – et j'étais aussi calme qu'on peut l'être. C'était comme si ce que je lisais concernait quelqu'un d'autre. J'ai jeté un dernier coup d'œil au message sur l'écran. Puis j'ai éteint l'ordinateur et n'ai jamais plus regardé ces mots. Le pire était arrivé, j'étais devenue une cible pour les talibans. Mais, à présent, j'allais revenir à ce que j'étais supposée faire.

Si j'étais calme, mon cher père, lui, était près de pleurer.

— Tout va bien, *jani* ? a-t-il demandé.

— *Aba*, ai-je répondu pour essayer de le rassurer, chacun sait qu'il va mourir un jour ou l'autre. Personne ne peut arrêter la mort. Cela n'a pas d'importance, qu'elle vienne d'un taliban ou d'un cancer.

Il n'était pas convaincu.

— Peut-être pourrions-nous interrompre notre campagne un moment, a-t-il dit. Peut-être devrions-nous tout mettre en veille pendant un certain temps.

Mon fier et téméraire Pachtoune de père était secoué comme je ne l'avais jamais vu. Et je savais pourquoi. C'était une chose pour lui d'être une cible pour les talibans. Il avait toujours dit : « Qu'ils me tuent ! Je mourrai pour ce en quoi je crois. » Mais il n'avait jamais cru qu'ils tourneraient leur rage contre une enfant. Contre moi.

En observant son visage ravagé, j'ai su qu'il se rendrait à mes desiderata[1] quoi que j'aie décidé. C'était ma vocation. Une force inconnue était venue résider en moi et, d'une certaine façon, elle était plus puissante que moi-même. Elle me rendait sans peur. Désormais, c'était à moi d'insuffler à mon père le courage qu'il m'avait toujours donné jusqu'alors.

— *Aba*, ai-je dit, c'est toi qui as affirmé que, si nous croyons en quelque chose de plus grand que nos vies, alors nos voix ne feront que s'amplifier même si nous sommes morts.

Nous ne pouvons pas nous arrêter maintenant.

Il a compris mais il a ajouté qu'il nous faudrait faire attention à ce que nous dirions et à qui nous le dirions.

Durant le voyage de retour, cependant, je me suis demandé ce que je ferais si un taliban se présentait pour me tuer.

Eh bien ! j'ôterais une chaussure pour le frapper.

Puis j'ai réfléchi : « Si tu frappes un taliban avec ta chaussure, il n'y aura aucune différence entre lui et toi. Tu ne dois pas traiter les autres avec cruauté. Tu dois les combattre par la paix et le dialogue. »

« Malala, me suis-je encore dit, explique-lui seulement ce qui est dans ton cœur. Que tu veux une éducation. Pour toi. Pour les filles. Pour sa sœur, pour sa fille. Pour lui. »

Voilà ce que je ferais. Puis j'ajouterais : « Et maintenant, tu peux faire ce que tu veux ! »

1. **Desiderata (mot latin)** : désirs, volontés.

## Chapitre 21
## La promesse du printemps

Au printemps, la vallée a commencé à se réchauffer, les peupliers s'étaient couverts de bourgeons et un miracle dans le cadre de la campagne pour l'éducation avait eu lieu dans ma propre maison. Ma mère avait entrepris d'apprendre à lire.

Tandis que mon père était occupé à sillonner le Swat pour prendre la parole au nom des filles de la vallée, ma mère avait commencé à travailler avec un des professeurs de l'école primaire Khushal. Chaque fois que Mlle Ulfat avait un trou dans son emploi du temps, ma mère lui rendait visite, son carnet de notes et un crayon à la main. Graduellement, les gribouillages étranges et les symboles figurant sur les pages se révélaient à elle. Elle avait été capable de lire l'ourdou ➲ assez rapidement et s'était mise à l'anglais. Elle aimait le travail scolaire encore plus que moi, si toutefois c'était possible. Mon père disait que c'était parce qu'elle en avait été privée pendant si longtemps. Le soir, il arrivait souvent qu'elle et moi fassions nos devoirs ensemble en sirotant du thé – deux générations de femmes pachtounes joyeusement penchées sur leurs livres.

À cette époque, mon propre travail s'était un peu détérioré du fait de tous mes voyages. J'avais eu du mal à le croire mais

➲ Voir note page 103.

Malka-e-Noor avait été première au trimestre précédent. Bien sûr, mon petit frère Khushal a sauté sur l'occasion pour me taquiner : « Pendant que tu étais occupée à devenir l'élève la plus célèbre du Pakistan, ta rivale t'a volé la couronne chez toi ! »

Mais cela comptait à peine. Mes amies et moi étions très enthousiastes parce que les examens étaient enfin finis et que nous allions partir pour notre premier voyage scolaire depuis des années. Durant la domination de Fazlullah, toutes les sorties scolaires avaient été annulées puisqu'il ne fallait pas que les filles soient vues en public.

À présent, notre rituel de printemps bien-aimé était de retour. Nous sommes allées en bus jusqu'au Palais-Blanc ➲, une merveille construite en marbre blanc de façon si peu terrestre qu'elle flottait comme un nuage. Mes amies et moi sommes restées béates devant ses salles et ses jardins. Puis nous avons couru tout autour, à nous poursuivre dans la forêt verte et dense. Quand nous sommes parvenues près d'une cascade cristalline, nous avons toutes posé pour des photos.

Nous nous sommes éclaboussées. Les gouttes d'eau illuminaient l'air comme des diamants. C'était une des plus belles choses que j'aie jamais vues. Nous nous sommes assises un moment pour rêver, en écoutant seulement l'eau qui tombait en cascade.

Après quoi, Moniba a recommencé à m'arroser. Je n'étais pas d'humeur, aussi lui ai-je demandé de cesser. Mais elle a recommencé. Et encore. Mon père m'a appelée, alors je me suis

➲ **Le Palais-Blanc est un lieu d'excursion célèbre. Entièrement réalisé en marbre blanc, il abrite aujourd'hui un hôtel, au cœur d'une région naturelle réputée pour sa beauté.**

éloignée. Quand je suis revenue, elle était en colère parce que j'étais partie. Et, une fois encore, notre folie habituelle a jeté un froid sur cette journée. Dans le bus du retour, nous nous sommes fait la tête, chacune assise de son côté.

Le lendemain, un homme s'est présenté à notre porte avec une lettre photocopiée. Quand mon père l'a lue, toute couleur s'est retirée de son visage.

*Chers frères musulmans,*

*Il y a une école, l'école Khushal... qui est un centre de vulgarité et d'obscénité. Ils emmènent des filles pique-niquer dans différents endroits. Allez trouver le directeur du White Palace Hotel et demandez-le-lui, il vous dira ce que ces filles ont fait...*

Il a posé la feuille de papier.

— Il n'y a pas de signature, a-t-il dit.

Nous sommes restés assis, stupéfaits. Nous savions qu'il ne s'était rien passé d'incorrect au cours de notre excursion.

Notre téléphone a commencé à sonner. Apparemment, les lettres avaient été distribuées dans tout le voisinage et collées sur les murs de la mosquée proche de l'école.

Il nous a paru clair que quelqu'un nous avait espionnées durant notre sortie scolaire. Et quelqu'un s'était donné beaucoup de peine pour répandre des mensonges sur notre compte et celui de l'école.

Il n'était pas question de le nier : les talibans avaient peut-être été vaincus mais leurs idées continuaient à se propager.

# Chapitre 22
## Présages

Cet été-là, j'ai eu quinze ans. Beaucoup de filles sont déjà mariées à cet âge. Et beaucoup de garçons ont quitté l'école pour travailler et soutenir leur famille. J'avais de la chance. Je pourrais rester à l'école aussi longtemps que je le voudrais. Et aussi longtemps qu'on serait en paix – enfin, une paix relative. Le nombre d'explosions de bombes avait baissé à deux ou trois par an, et on pouvait passer la place Verte sans y voir les conséquences de la folie meurtrière d'un taliban. Mais la paix véritable semblait ne pouvoir être rien d'autre qu'un souvenir ou un espoir.

Cet anniversaire, je l'ai ressenti comme un tournant. J'étais déjà considérée comme une adulte – cela arrive à quatorze ans dans notre société – mais il était temps pour moi de faire le point, de penser à mon avenir. Je savais de façon certaine désormais que je voulais devenir un leader politique.

Je sentais bien que le terme « politique » était un peu terni, mais je serais différente. Je ferais ce dont les politiciens se contentent de parler. Je commencerais par l'éducation, spécialement celle des filles. Ce n'était pas parce que je n'avais plus à me battre pour aller à l'école que j'étais moins passionnée par cette cause.

J'avais reçu de nombreuses récompenses, et je commençais à sentir que c'était trop. Que je ne méritais pas tout ça. Je voyais un si grand nombre d'enfants souffrir encore, pourquoi aurais-je profité de galas et de cérémonies ? J'ai dit à mon père que je voulais dépenser une partie de l'argent que j'avais reçu à aider des gens qui en avaient besoin. Je n'avais pas oublié les enfants que j'avais vus trier des ordures à la décharge toutes ces années auparavant. Je voulais aider des gosses comme eux. Aussi ai-je décidé de créer un fonds[1] pour l'éducation.

J'ai organisé une réunion à l'école avec vingt et une camarades. Nous avons discuté de la façon dont nous pourrions aider chacune des filles du Swat à recevoir une instruction. Nous avons décidé de nous concentrer sur les enfants des rues et ceux qui travaillaient. Nous avons prévu de poursuivre les discussions et, en automne, de décider précisément ce que nous allions faire.

Au début du mois d'août, mon père a reçu des nouvelles effrayantes. Un de ses amis proches, Zahid Khan, avait été agressé. Comme mon père, c'était un ferme opposant aux talibans.

Alors qu'il rentrait de la prière, un soir, on lui avait tiré dessus – à bout portant, en plein visage.

Quand mon père a appris ce drame, il est tombé à genoux. Comme si c'était sur lui qu'on avait tiré.

— Nous étions tous les deux sur les listes des talibans, a-t-il confessé à ma mère. Les gens se demandaient juste lequel serait le premier.

Même si on nous avait dit que les talibans avaient fui, il y avait toujours des violences dans la vallée. Quelque temps auparavant, dans la région, quiconque se trouvait entre les deux lignes de feu se mettait en danger. Désormais, la menace pesait sur

1. **Un fonds** : organisme gérant de l'argent destiné à une cause précise (ici, l'éducation).

ceux qui avaient pris parti contre les talibans dans le passé et qui continuaient à faire campagne pour la paix.

Par une espèce de miracle, Zahid Khan a survécu. Après cet événement, toutefois, j'ai noté un changement chez mon père. Il modifiait son emploi du temps quotidiennement. Un jour, il allait à l'école primaire le matin avant de faire autre chose. Le lendemain, c'était à l'école de filles. Le surlendemain, à l'école de garçons. Et avant d'entrer, il examinait la rue des deux côtés à quatre ou cinq reprises pour s'assurer qu'on ne le suivait pas.

Le soir, il apparaissait dans ma chambre en prétendant qu'il venait me dire bonne nuit. En fait, c'était pour s'assurer que toutes mes fenêtres étaient bien fermées. Je savais parfaitement ce qu'il faisait, alors je lui demandais :

— *Aba,* pourquoi as-tu fermé les fenêtres ?

Il répondait :

— *Jani,* je les ai fermées parce que je veux que tu sois en sécurité.

— Si les talibans avaient voulu me tuer, lui disais-je, ils l'auraient fait en 2009. C'était leur époque.

Il secouait la tête à mon intention en disant :

— Non, il faut que tu sois en sûreté !

Ma chambre était grande et se situait sur le devant de la maison. Elle avait de nombreuses fenêtres. Je m'inquiétais parfois à l'idée que quelqu'un pouvait escalader le mur de clôture et sauter dans ma chambre. Et penser que, peut-être, on avait oublié de fermer le portail à clef me tracassait en permanence. Aussi, quand tout le reste de la famille était endormi, je sortais sur la pointe des pieds vérifier la serrure.

Tout au long de cet automne, des choses bizarres se sont produites. Des inconnus sont venus à la maison poser des questions à mon père sur ses amis et sa famille. Il m'a dit qu'ils appartenaient au service de renseignement. Quelquefois ils venaient également à l'école et fouinaient par-ci par-là. Il y avait des petits faits, aussi. Un matin, une enseignante est arrivée à l'école complètement bouleversée en disant qu'elle avait fait un cauchemar à mon sujet : « Tu étais grièvement blessée, m'a-t-elle dit. Tes jambes étaient en feu ! »

Il y a eu une photo de moi qui était accrochée sur un mur de la maison et qui a mystérieusement été déplacée durant la nuit. Mon père, pourtant l'homme le plus gentil que je connaisse, était sens dessus dessous quand il l'a trouvée de travers le lendemain matin.

— S'il te plaît, a-t-il dit à ma mère d'un ton hargneux, remets-la droite !

Je m'étais mise à faire des cauchemars moi aussi. Des rêves où des hommes me lançaient de l'acide au visage, des rêves où des hommes arrivaient furtivement derrière moi. Parfois il me semblait entendre des bruits de pas faire écho aux miens quand je tournais au coin de l'allée, devant notre maison. Et parfois je croyais voir des silhouettes qui se faufilaient dans l'ombre tandis que je passais. J'ai également commencé à penser à la mort, en me demandant à quoi ça ressemblait.

Je n'ai rien dit de mes rêves et de mes peurs à mes parents ni à Moniba. Je ne voulais pas qu'on s'inquiète pour moi.

## Chapitre 23
## Un jour comme un autre

Le deuxième mardi d'octobre a débuté ainsi que n'importe quel autre jour. J'étais en retard, comme d'habitude, parce que j'avais dormi trop tard, comme d'habitude. J'étais restée debout très tard la veille, à parler à Moniba puis à étudier pour mon examen de fin d'année d'histoire du Pakistan. J'avais déjà été déçue par mon travail à l'examen de physique, aussi fallait-il que j'aie une note parfaite à celui-là si je voulais reprendre la place de numéro un à Malka-e-Noor. C'était une question de fierté. C'était aussi un enjeu entre frère et sœur : si je n'étais pas première, je n'en avais pas fini avec les remarques de Khushal.

J'ai avalé un peu d'œuf frit et de *chapati*[1] avec mon thé, et j'ai couru à la porte, juste à temps pour attraper le bus bondé d'autres filles qui allaient à l'école. J'étais heureuse ce matin-là, ridiculement heureuse. Avant que je parte, mon père taquinait Atal en disant qu'il serait mon secrétaire quand je serais Premier ministre. Atal répondait que non, qu'il serait, lui, Premier ministre, et que c'était moi qui serais sa secrétaire. Il semblait que tout allait bien dans ma vie. Ma mère apprenait à lire. J'étais en chemin pour me rendre à l'école que j'aimais. Moniba et moi étions amies de nouveau.

1. Voir note page 22.

Je me suis dit de ne pas me soucier de Malka-e-Noor et, à la place, de travailler dur. Et, ai-je pensé, il me fallait remercier Dieu pour tout ce que j'avais. Ce que j'ai fait. J'ai murmuré une prière de remerciement avant de me donner quelques minutes supplémentaires pour préparer l'examen. « Oh ! Dieu, n'oublie pas de m'accorder la première place, ai-je dit, vu que j'ai travaillé si dur. »

C'était toujours en période d'examens que je priais le plus. En général, je ne priais pas aux moments prescrits, c'est-à-dire cinq fois par jour, ce qui est notre devoir religieux. Seulement, à cette période de l'année, mes amies et moi priions toutes en temps voulu. Je demandais de l'aide pour mes examens ou de l'aide pour être la première de la classe. Néanmoins, nos professeurs nous disaient toujours : « Dieu ne vous fera pas avoir de bonnes notes si vous ne travaillez pas bien. Il nous inonde de ses bienfaits mais, en même temps, il est honnête. »

Le matin d'examen est passé, et je me suis sentie sûre d'avoir bien réussi. Après quoi, Moniba a suggéré que nous restions un peu pour attendre le second passage du bus scolaire, ce que nous faisions souvent, de façon à pouvoir bavarder avant de rentrer à la maison.

Quand le *dyna* est arrivé, j'ai cherché Atal du regard. Ma mère lui avait dit de rentrer à la maison avec moi ce jour-là. Mais j'ai très vite été distraite quand les filles se sont massées autour du chauffeur qui effectuait un tour de magie : il faisait disparaître un galet. Nous avons eu beau essayer, nous n'avons pas pu deviner son truc. J'ai complètement oublié Atal le temps que nous nous entassions dans le bus. Nous nous sommes serrées sur les bancs à nos places habituelles. Moniba était à côté de moi et le reste de nos amies en face de nous, sur l'autre banc. Une petite fille a pris la place près de moi. C'était là que, d'habitude, s'asseyait mon amie Shazia – ce qui l'a forcée à s'installer sur le banc du milieu, là où, très souvent, nous déposions nos sacs. Shazia semblait si malheureuse que j'ai demandé à la petite de se déplacer.

Juste au moment où la camionnette allait repartir, Atal est arrivé en courant. Il a sauté sur le hayon[1], à l'arrière. C'était un nouveau tour à lui, de revenir à la maison perché sur le hayon. C'était dangereux, et notre chauffeur en avait plus qu'assez.

— Assieds-toi à l'intérieur, Atal, a-t-il dit.

Mais Atal n'a pas bougé.

— Assieds-toi dedans avec les filles, Atal Khan Yousafzai, ou je ne t'emmène pas ! a dit le chauffeur avec plus de force, cette fois.

Atal a crié qu'il préférait rentrer à pied plutôt que de s'asseoir avec des filles. Il a sauté à terre et il est parti furibond.

Il faisait chaud et humide dans le *dyna* alors que nous tressautions le long des rues de Mingora bondées à l'heure de pointe. L'air était chargé de l'odeur familière du diesel, du pain et du kébab à laquelle se mêlait la puanteur de la rivière voisine où tout le monde jetait des ordures. Nous avons tourné pour quitter la rue principale au poste de contrôle de l'armée comme nous le faisions toujours. Nous avons dépassé l'affiche qui indiquait : *Terroristes recherchés.*

Juste après que nous avons longé l'usine de snacks de Little Giant, la rue est devenue étrangement tranquille, et le bus a ralenti pour faire halte. Je ne me souviens pas d'un jeune homme

---

1. Voir note page 26.

qui nous a arrêtés pour demander au chauffeur si c'était bien le bus de l'école Khushal. Je ne me rappelle pas l'autre jeune homme qui a sauté sur le hayon et s'est penché vers l'intérieur du *dyna* où nous étions toutes assises.

Je ne l'ai jamais entendu demander : « Malala, c'est qui ? »

Et je n'ai pas entendu le *bang, bang, bang* des trois balles.

La dernière chose dont je me souvienne, c'est d'avoir pensé à mes examens du lendemain. Après quoi, tout est devenu noir.

Vue aérienne de la ville de Mingora, dans le Swat.

# LECTURE ACTIVE 4

→ Voir aussi étape 4, p. 254-255

## Chapitres 20 à 23 • Face à la mort

### As-tu bien lu ?

1 **Chapitre 20. a.** Comment le père de Malala est-il informé du danger que court sa fille ? De quelle menace s'agit-il ?

**b.** Quand se produit l'attentat contre Malala ?

2 **Chapitre 21.** Comment s'appelle le lieu que visite Malala avec sa classe ?

3 **Chapitres 22 et 23.** Les événements suivants se déroulent la même année. Numérote-les dans l'ordre chronologique.

[......] Malala passe un examen sur l'histoire du Pakistan.

[......] Malala organise une réunion sur le droit à l'éducation.

[......] Malala fête ses 15 ans.

[......] Malala est victime d'un attentat en rentrant de l'école.

[......] Un ami du père de Malala est agressé.

### Atelier débat

## Agir pour le droit à l'éducation

▶ ***Objectif.*** À la façon de Malala, mettre en place un comité d'action.

▶ ***Préparation.*** Relisez les lignes 24 à 35 du chapitre 22. Par groupes (3 ou 4 élèves), faites la liste de situations de la vie quotidienne qui, en France, peuvent causer des inégalités d'accès à l'éducation (situations précaires, extrême pauvreté, etc.).
Réfléchissez ensuite à des actions qui pourraient améliorer ces situations, réduire les inégalités et favoriser la scolarisation.

▶ ***Réalisation.*** Présentez à vos camarades les actions concrètes auxquelles vous avez pensé, en détaillant les moyens mis en œuvre.

▶ ***Réfléchir ensemble.*** Est-il toujours nécessaire d'engager de grandes dépenses pour faire évoluer les choses positivement ?

# Cinquième Partie : Une nouvelle vie, loin de chez moi

## Chapitre 24
## Un endroit nommé Birmingham

Je me suis éveillée le 16 octobre pour voir un grand nombre de gens debout autour de moi qui me regardaient. Ils avaient tous quatre yeux, deux nez et deux bouches. J'ai cligné les yeux mais cela n'y a rien fait : je voyais tout en double.

La première chose que j'ai pensée a été : « Dieu merci, je ne suis pas morte. » Mais je n'avais aucune idée d'où j'étais ni de qui étaient ces personnes. Elles discutaient en anglais même si elles semblaient venir de différents pays. J'ai essayé de parler, puisque je sais parler anglais, mais aucun son n'est sorti. Il semblait que j'avais une espèce de tube dans la gorge, un tube qui avait volé ma voix. J'étais sur un lit haut et, tout autour de moi, des machines compliquées bipaient et ronronnaient. J'ai compris alors que je me trouvais dans un hôpital.

Mon cœur s'est serré, pris de panique. Si j'étais à l'hôpital, où se trouvaient mes parents ? Mon père était-il blessé ? Était-il en vie ? Je savais qu'il m'était arrivé quelque chose. Mais j'étais persuadée qu'il était arrivé quelque chose à mon père également.

Une femme sympathique qui portait un foulard sur la tête est venue à côté de moi. Elle m'a dit que son nom était Rehanah et qu'elle était l'aumônière[1] musulmane. Elle s'est mise à prier en

1. **Aumônière** : ici, femme chargée de la religion au sein de l'hôpital.

ourdou ➲ . Aussitôt, je me suis sentie calmée, réconfortée, en sécurité. Tout en écoutant les belles paroles du Coran, si apaisantes, j'ai fermé les yeux et me suis assoupie.

Quand je les ai rouverts, j'ai vu que j'étais dans une pièce verte sans fenêtre mais avec des lumières vives. La gentille musulmane était partie, un docteur et une infirmière se tenaient à sa place. Le docteur m'a parlé en ourdou. Sa voix était étrangement étouffée, comme s'il me parlait de très loin. Il m'a dit que j'étais saine et sauve et qu'il m'avait emmenée du Pakistan. J'ai essayé de parler mais je n'ai pas pu. J'ai essayé de tracer des lettres sur ma main en espérant que je parviendrais à formuler une question. L'infirmière est sortie avant de revenir avec une feuille de papier et un crayon à mon intention mais je n'ai pas pu écrire convenablement. Alors que je voulais poser une question, tout est venu en désordre. Finalement, l'infirmière a écrit un alphabet sur une feuille de papier, et j'ai pointé les lettres avec le doigt.

Le premier mot que j'ai formé a été « père ». Puis « pays ». Où était mon père ? C'était ce que je voulais savoir. Et quel était ce pays où nous étions ?

La voix du docteur était toujours difficile à percevoir mais il m'a semblé qu'il disait que j'étais dans un endroit appelé Birmingham. Je ne savais pas où c'était. C'est seulement plus tard que j'ai compris que je me trouvais en Angleterre. Il n'avait rien dit de mon père. Pourquoi ? Il lui était arrivé quelque chose. C'était la seule raison possible. J'avais dans la tête que ce docteur m'avait trouvée sur le bord de la route et qu'il ne savait pas que

➲ Voir note page 103.

mon père était blessé lui aussi. Ou qu'il ne savait pas comment trouver mon père. Je voulais lui donner son numéro de téléphone pour qu'il puisse l'appeler et lui dire : « Votre fille est ici. »

J'ai fait un mouvement extrêmement lent pour épeler « père » à nouveau quand une douleur aveuglante m'a traversé la tête. C'était comme s'il y avait une centaine de lames de rasoir dans mon crâne en train de s'entrechoquer et de tinter. J'ai essayé de respirer. L'infirmière s'est penchée sur moi et m'a tamponné l'oreille gauche avec un morceau de gaze. Du sang est apparu sur le tissu. Mon oreille saignait. Qu'est-ce que cela signifiait ? J'ai tenté de soulever la main pour la toucher mais j'ai remarqué, même si elle me semblait être très loin, qu'elle ne fonctionnait pas convenablement. Que m'était-il arrivé ?

Des infirmières et des docteurs sont entrés et sortis. Personne ne m'a rien dit. Au contraire, ils m'ont posé des questions. J'ai fait oui ou non de la tête pour y répondre. Ils m'ont demandé si je savais mon nom. J'ai hoché la tête. Ils ont demandé si je pouvais bouger la main gauche. J'ai secoué la tête. Ils avaient tellement de questions à poser et, pourtant, ils ne répondaient pas aux miennes.

C'en était beaucoup trop. Les questions, la douleur dans mon crâne, le souci pour mon père. Quand j'ai fermé les yeux, je n'ai pas perçu de l'obscurité, seulement une lumière vive, comme si le soleil brillait sous mes paupières. Je perdais puis reprenais conscience mais sans jamais me sentir comme si j'avais dormi. Il y avait juste de longues périodes où j'étais éveillée, avec les questions et la douleur, et ensuite je ne l'étais pas.

La salle dans laquelle je me trouvais appartenait à l'unité de soins intensifs ; comme elle n'avait pas de fenêtres, je ne savais jamais si c'était le jour ou la nuit. Je savais uniquement que personne n'avait répondu à la question que je répétais constamment : où était mon père ? À la fin, une nouvelle question est venue s'ajouter à celle-là, quand j'ai regardé autour de moi dans la salle et que j'ai vu tout cet équipement médical sophistiqué : qui allait payer tout ça ?

Une dame est entrée et m'a dit que son nom était « docteur Fiona Reynolds ». Elle s'adressait à moi comme si nous étions de vieilles amies. Elle m'a tendu un ours en peluche vert – ce qui, ai-je pensé, était une étrange couleur pour un ours – et un carnet rose. La première chose que j'ai écrite dessus a été : *Merci.*

Ensuite, j'ai écrit : *Pourquoi n'ai-je pas de père ? Et mon père n'a pas d'argent. Qui paiera tout ça ?*

— Ton père va bien, a-t-elle dit. Il est au Pakistan. Et ne t'inquiète pas du paiement.

Si mon père allait bien, pourquoi n'était-il pas ici ? Et où était ma mère ?

J'avais d'autres questions pour le docteur Fiona mais les mots dont j'avais besoin ne me venaient pas à l'esprit. Elle a semblé comprendre.

— Il t'est arrivé quelque chose de grave, a-t-elle dit. Mais tu es saine et sauve à présent.

Que s'était-il passé ? J'ai essayé de m'en souvenir. Toutes sortes d'images flottaient à travers ma tête. Je ne savais pas ce qui était réel et ce qui était du rêve.

Je suis dans un bus avec mon père, et deux hommes nous tirent dessus. Je vois une foule assemblée autour de moi tandis que je suis allongée sur un lit ou, peut-être, une civière. Je ne vois pas mon père et j'essaie de crier : « Où est *aba* ? Où est mon père ? » Seulement, je ne peux pas parler. Puis, je le vois, et j'éprouve de la joie et du soulagement.

Je sens quelqu'un qui se penche sur moi, un homme dont les mains sont posées sur mon cou, prêtes à m'étrangler.

Je suis sur une civière, et mon père parvient jusqu'auprès de moi. J'essaie de me réveiller, pour aller à l'école, mais je ne peux pas. Puis je vois mon école et mes amies, mais je ne peux pas les rejoindre. Je vois un homme en noir qui pointe une arme à feu sur moi.

Je vois des docteurs s'efforcer de placer un tube dans ma gorge. Je me dis : « Tu es morte. » Mais alors je me rends compte que l'ange n'est pas encore venu poser les questions qu'un musulman entend après sa mort : Qui est ton Dieu ? Qui est ton prophète ? Je comprends alors que je ne peux pas être morte, et je me bats, je lutte, je me débats pour essayer de me réveiller de ce cauchemar horrible.

Ces images semblaient très réelles, pourtant je savais qu'elles ne pouvaient pas être toutes vraies. Mais, d'une façon ou d'une autre, j'avais fini à cet endroit qui s'appelait Birmingham, dans une salle pleine de machines, avec seulement un ours en peluche vert à mon côté.

# Chapitre 25
## Problèmes, solutions

Au cours de ces premiers jours à l'hôpital, mon esprit a flotté et fait de constants allers et retours dans un monde de rêves. Je pensais qu'on m'avait tiré dessus mais je n'en étais pas sûre – s'agissait-il de faits imaginaires ou de souvenirs ?

Je ne parvenais pas à me rappeler les mots non plus. J'ai écrit aux infirmières pour demander du fil afin de me nettoyer les dents. J'avais en permanence un mal de tête lancinant[1] ; je voyais double ; je pouvais à peine entendre ; je n'arrivais pas à lever le bras gauche ni à fermer l'œil gauche. Mais, pour une raison quelconque, tout ce que je voulais faire, c'était utiliser du fil dentaire.

— Tes dents vont bien, m'ont dit les docteurs. Mais tu as la langue engourdie.

J'ai essayé de secouer la tête. Non, voulais-je expliquer, il y avait quelque chose qui était collé dans mes dents. Mais secouer la tête réveillait la douleur de lames de rasoir, aussi suis-je restée tranquille. Je n'arriverais pas à les convaincre. Et ils ne pourraient pas me convaincre non plus.

Puis j'ai vu que mon nounours vert n'était plus là. Un blanc avait pris sa place. Je ressentais une affection particulière pour

1. **Lancinant** : qui fait souffrir.

cet ours vert parce qu'il avait été à côté de moi le premier jour. Il m'aidait.

J'ai pris le bloc-notes pour écrire : *Où est l'ours en peluche vert ?* Personne ne m'a donné la réponse que je voulais. On m'a dit que c'était le nounours qui avait été près de moi depuis le début. Les lumières et les murs lui avaient donné un reflet vert mais il était blanc, m'a-t-on affirmé. Il avait toujours été blanc.

Les violentes lumières de ma chambre étaient atroces, comme des poignards blancs et brûlants pour mes yeux, en particulier pour mon pauvre œil gauche qui ne voulait pas se fermer. *Éteignez les lumières,* ai-je écrit sur mon carnet. Les infirmières ont fait de leur mieux pour rendre la pièce plus sombre mais, aussitôt que j'ai été un peu soulagée, mes pensées sont revenues à mon père.

*Mon père ?* ai-je écrit une nouvelle fois. Quand vous ne pouvez pas bouger, ni entendre, ni voir convenablement, votre esprit tourne et tourne en rond – le mien ne cessait d'en revenir toujours à la même question : où était mon père ?

Chaque fois qu'un nouveau docteur ou qu'une nouvelle infirmière entrait dans ma chambre pour changer ma couverture ou vérifier ma vision, je lui tendais le carnet pour lui montrer du doigt la question sur mon père. Chaque fois, on me répondait de ne pas m'inquiéter.

Mais je me tracassais vraiment. Je ne pouvais pas m'en empêcher.

J'avais aussi une autre obsession : comment allions-nous faire pour payer tout cela ? Dès que je voyais les docteurs et les infirmières parler entre eux, je m'imaginais invariablement qu'ils étaient en train de dire : « Malala n'a pas du tout d'argent. Malala est incapable de payer ses soins ! »

Il y avait un docteur qui paraissait toujours triste. Je lui ai écrit un petit mot. *Pourquoi êtes-vous triste ?* Je croyais que c'était parce qu'il savait que je ne pouvais pas payer.

Mais il m'a répondu :

— Je ne suis pas triste !

*Qui va payer ?* ai-je écrit. *Nous n'avons pas du tout d'argent !*

— Ne t'inquiète pas. Ton gouvernement le fera, m'a-t-il dit.

Après ça, il souriait toujours quand il me voyait.

Puis une nouvelle préoccupation s'est emparée de moi : mes parents savaient-ils où je me trouvais ? Peut-être étaient-ils en train d'arpenter les rues et les allées de Mingora à ma recherche ? Seulement, je suis quelqu'un d'optimiste et, quand je vois des problèmes, je pense toujours à des solutions. Aussi ai-je réfléchi que j'irais à la réception de l'hôpital demander un téléphone pour les joindre.

Seulement je me suis rendu compte que je n'avais pas l'argent pour payer un appel téléphonique aussi cher. Je ne savais même pas comment appeler le Pakistan depuis l'endroit où j'étais. Du coup, j'ai pensé qu'il me fallait sortir et me mettre à travailler pour gagner de l'argent. Ainsi, je pourrais acheter un portable, appeler ma famille, et nous serions à nouveau tous réunis.

Le docteur Fiona est entrée dans ma chambre et m'a tendu une coupure de journal. C'était une photographie de mon père, debout à côté du chef d'état-major de l'armée pakistanaise. Mon père était vivant ! Et, à l'arrière-plan de la photo, il y avait Atal !

J'ai souri. Quelque chose de grave m'était arrivé. Mais j'étais vivante et je savais que mon père était en vie. Une bonne raison d'être reconnaissante.

Puis j'ai remarqué une silhouette avec un châle qui était assise dans le fond auprès de mon frère. J'ai pu distinguer seulement des pieds. C'étaient ceux de ma mère.

*C'est ma mère,* ai-je écrit au docteur Fiona.

Cette nuit-là, j'ai dormi un peu mieux. D'un sommeil plein de rêves étranges. Rêves où j'étais sur un lit entourée de quantité de gens. Rêves où on me tirait dessus. Rêves où une bombe explosait. Je m'éveillais et je cherchais des yeux le nounours vert tout autour de moi. Mais, à chaque fois, il y avait seulement le blanc.

À présent que je savais que ma famille était sauve[1], je passais tout mon temps à me soucier de la façon dont nous paierions mes soins. Visiblement, mon père était chez nous puisqu'il vendait le peu que nous possédions pour les payer. Notre maison, nous l'avions en location, l'école aussi. Même en vendant tous nos biens, cela ne suffirait pas. Était-il en train d'emprunter de l'argent ? D'appeler ses amis pour leur demander un prêt ?

Plus tard ce même jour, l'homme qui m'avait parlé en ourdou, le docteur Javid Kayani, est arrivé avec son téléphone portable.

— Nous allons appeler tes parents, m'a-t-il dit d'un ton détaché.

Je ne parvenais pas à le croire.

— Tu ne pleureras pas, a-t-il dit fermement. Tu ne sangloteras pas. Tu seras forte. Nous ne voulons pas que ta famille s'inquiète.

J'ai fait oui de la tête. Je n'avais pas pleuré une seule fois

1. **Sauf, sauve (adjectif qualificatif)** : sauvé, hors de danger.

depuis mon arrivée. Mon œil gauche larmoyait sans arrêt, mais je n'avais pas pleuré.

Après toute une série de sonneries et de bips, j'ai entendu la chère voix familière de mon père.

— *Jani* ? a-t-il dit. Comment est-ce que tu te sens, *jani* ?

Je ne pouvais pas répondre à cause du tube dans ma gorge. Et je ne pouvais pas sourire parce que mon visage était paralysé. Mais je souriais à l'intérieur, et je savais qu'il le savait.

— Je viendrai bientôt, a dit mon père. Maintenant, repose-toi, et dans deux jours, nous serons là.

Sa voix était forte et joyeuse. Peut-être un peu trop joyeuse. Puis j'ai compris : à lui aussi, on lui avait dit de ne pas pleurer.

## Chapitre 26
## Une centaine de questions

J'ai noté une nouvelle requête dans mon carnet : *Miroir.* Quand mon vœu a été exaucé et que les infirmières m'ont apporté une petite glace, j'ai été surprise par ce que j'ai vu. J'avais la moitié de la tête rasée et mes longs cheveux avaient disparu. Des points de suture piquetaient mon sourcil gauche et, en dessous, une large meurtrissure bleu et jaune entourait l'œil. J'avais le visage gonflé, de la taille d'un melon. Et le coin gauche de ma bouche était rabattu vers le bas, comme si je grimaçais.

Qui était donc cette pauvre Malala toute tordue ? Et que lui était-il arrivé ?

J'étais perplexe[1] mais pas bouleversée. Juste curieuse. Et je ne savais pas comment exprimer ce que je ressentais. Tout ce que j'ai pu écrire a été que, désormais, mes cheveux étaient courts. Les talibans m'avaient-ils rasé la tête ? Je me le demandais. Qui m'avait fait ça ? J'ai écrit – mes lettres s'emmêlaient – : *Que m'est-il arrivé ?*

Le docteur Fiona a répété ce qu'elle disait toujours :

— Il t'est arrivé quelque chose de grave mais tu vas bien.

Seulement, cette fois, cela ne suffisait pas. *Est-ce qu'on m'a tiré dessus ?* ai-je écrit. Je ne parvenais pas à déplacer le crayon assez

1. **Perplexe** : embarrassé, qui n'arrive pas à comprendre.

vite pour garder le rythme de mes questions. *Quelqu'un d'autre a-t-il été blessé ? Y a-t-il eu une bombe ?*

Je commençais à me sentir frustrée avec ma tête qui me faisait mal, ma mauvaise mémoire et ce tube qui m'empêchait de parler. Je me suis mise à me tortiller. Je voulais sortir de là pour trouver un ordinateur, relever mes messages électroniques et demander à quelqu'un ce qui s'était passé. J'ai vu le téléphone portable à la ceinture du docteur Fiona et lui ai fait signe que je le voulais – j'ai fait semblant de composer un numéro dans la paume de ma main puis de porter le « téléphone » à l'oreille. Le docteur Fiona a posé gentiment la main sur mon poignet et a soupiré.

Puis elle a parlé, très lentement, très distinctement :

— On t'a tiré dessus. Dans le bus scolaire, sur le chemin, en rentrant chez toi.

Ainsi, ils l'avaient fait, ai-je pensé. Les talibans avaient fait ce qu'ils avaient dit qu'ils feraient. J'étais furieuse. Non pas qu'ils m'aient tiré dessus. Mais qu'ils ne m'aient pas accordé une chance de leur parler. Désormais, ils ne pourraient plus jamais entendre ce que j'avais à leur dire.

— Deux autres filles ont été blessées, a ajouté le docteur Fiona. Mais elles vont bien. Shazia et Kainat.

Je n'ai pas pu me rappeler qui étaient ces filles.

Elle a expliqué que la balle avait pénétré entre la tempe et l'œil gauche et parcouru quarante-cinq centimètres jusqu'à mon épaule gauche, où elle s'était arrêtée. Elle aurait pu m'arracher l'œil ou pénétrer dans le cerveau.

— C'est un miracle que tu sois vivante, a-t-elle dit.

J'ai voulu parler puis je me suis souvenu que je ne pouvais pas.

J'ai pris le miroir et j'ai montré un groupe d'éclaboussures noires près de ma tempe.

Le docteur Fiona a grimacé légèrement :

— De la poudre !

J'ai levé la main et lui ai montré d'autres taches noires sur les doigts de ma main gauche.

— C'est de la poudre également, a-t-elle expliqué. Tu dois avoir levé la main au dernier moment pour te protéger le visage.

Habituellement, je dois l'admettre, j'étais sensible à mon apparence. Je n'étais jamais satisfaite. Mon nez était trop gros. J'avais de drôles de points noirs sur le visage. Ma peau était trop sombre. Même mes orteils étaient trop longs. Mais là, j'ai contemplé cette Malala dans le miroir avec rien d'autre que de la curiosité. J'étais comme un savant étudiant un spécimen. Je voulais comprendre précisément ce qui s'était produit, où la balle était passée, ce qu'elle avait fait exactement. J'étais fascinée par ce que je voyais.

Je n'étais pas triste. Je n'avais pas peur. Je pensais juste : « Peu importe ce à quoi je ressemble, je suis vivante. » J'éprouvais de la reconnaissance.

J'ai jeté un coup d'œil au docteur Fiona. Elle avait placé une boîte de mouchoirs en papier entre nous deux ; j'ai compris qu'elle s'était attendue à ce que je pleure. Peut-être l'ancienne Malala aurait-elle pleuré. Mais quand vous avez presque perdu la vie, un visage grotesque dans le miroir est la preuve que vous êtes toujours ici, sur cette terre. Je voulais juste en apprendre plus sur ce que la balle avait causé. M'avait-elle traversé le cerveau ? Était-ce pour cela que je n'entendais pas bien ? Pourquoi ne pouvais-je pas fermer normalement l'œil gauche ? Et qu'est-ce que tout ça avait à voir avec ce qui arrivait à mon bras gauche ?

J'avais une centaine de questions pour le docteur Fiona, mais je lui en ai posé seulement une :

*Est-ce que je pourrai bientôt rentrer chez moi ?*

# Chapitre 27
## Passer les heures

Un jour, une autre Fiona est venue dans ma chambre. Elle s'appelait Fiona Alexander, et m'a dit qu'elle était responsable de la communication de l'hôpital. J'ai trouvé ça étonnant : je ne pouvais pas imaginer l'hôpital du Swat avec un service de communication.

Elle m'a dit que l'hôpital aimerait prendre une photo de moi. Ça m'a fait vraiment drôle : qui pourrait vouloir une photo de moi avec l'allure que j'avais ?

Ce serait possible de faire une photo ? Fiona a répété sa question. Je ne voyais pas l'intérêt d'une image de moi sur un lit d'hôpital avec le visage gonflé, mais tout le monde était très gentil et je voulais me montrer gentille en retour. J'ai aussi pensé que mes parents verraient peut-être la photo, qu'elle leur redonnerait espoir et les amènerait plus vite auprès de moi. J'ai accepté, mais en demandant deux choses : un châle pour me couvrir la tête et que la photo, s'ils le voulaient bien, soit prise depuis mon côté droit. Le côté gauche de mon visage ne voulait toujours pas coopérer.

Ce qu'il y avait de pire dans le fait de me trouver à l'hôpital, c'était l'ennui. Tout en attendant ma famille, je fixais la pendule de ma chambre. Le mouvement des aiguilles autour du cadran m'assurait à nouveau que j'étais bel et bien en vie et m'aidait à compter les minutes restantes avant l'arrivée des miens. À la maison, la pendule avait toujours été mon ennemie, en volant mon sommeil, le matin, quand me cacher sous la couverture était tout ce que je voulais. J'étais impatiente de pouvoir dire à ma famille que, finalement, j'étais devenue amie avec la pendule et que, pour la première fois de ma vie, je me réveillais très tôt. Chaque matin, en effet, j'avais hâte qu'il soit sept heures, le moment où des amies comme Yma, qui travaillait à l'hôpital, et les infirmières du service de pédiatrie arrivaient pour m'aider à faire passer le temps.

Quand j'ai vu suffisamment clair, elles m'ont apporté un lecteur de DVD et une pile de disques.

Au cours des premiers jours, elles avaient allumé la télévision pour moi. J'avais regardé la BBC pendant quelques minutes – on y parlait des élections américaines entre le président Barack Obama et cet autre homme –, puis elles avaient changé de chaîne et mis *MasterChef*, que j'avais déjà suivi au Pakistan. Seulement ma vision était tellement floue encore que je leur avais assez vite demandé d'éteindre le poste ; je n'avais plus eu envie de regarder la télévision.

Désormais, ma vue était meilleure même si je continuais de voir double encore un peu. J'ai eu à choisir entre *Joue-la comme Beckham*, *High School Musical*, *Hannah Montana* et *Shrek*. J'ai choisi *Shrek*. J'ai tellement aimé que j'ai regardé la suite juste après. Une des infirmières avait eu l'idée de couvrir mon

*Shrek* est un film d'animation pour enfants, en images de synthèse, sorti en 2001. C'est une parodie des contes de fées traditionnels.

œil malade d'un tampon de coton, ce qui rendait ma vision dédoublée beaucoup moins insupportable.

Mon oreille continuait de saigner et j'avais toujours des élancements dans la tête mais j'ai passé ma journée avec un ogre vert et un âne parlant tandis que j'attendais que mes parents viennent en Angleterre.

Le cinquième jour, on a ôté le tube de ma gorge, et j'ai retrouvé la voix. C'est à peu près à ce moment-là que j'ai posé la main sur mon estomac et que j'y ai découvert quelque chose d'étrange. Il y avait un morceau dur juste sous la peau.

— Qu'est-ce que c'est ? ai-je demandé aux infirmières.

— C'est le haut de ton crâne, ont-elles répondu.

Entre ma mauvaise audition et mes difficultés avec les mots, j'étais sûre d'avoir mal compris.

Le docteur Fiona est arrivée pour expliquer. Quand la balle m'a atteinte à la tempe, elle a fracturé l'os et envoyé des éclats dans les membranes qui entourent le cerveau. Le choc a fait enfler ce dernier. Si bien que les docteurs, au Pakistan, ont enlevé un morceau de mon crâne pour lui permettre de se dilater plus aisément. Pour garder mon morceau d'os en sécurité, ils l'ont placé sous la peau de mon abdomen.

J'avais des quantités de questions pour le docteur Fiona. C'était comme retourner en classe de biologie, à l'école. J'ai voulu savoir exactement comment ils avaient enlevé le morceau de crâne.

— Avec une scie, a répondu le docteur.

— Et qu'est-il arrivé après ça ? ai-je demandé.

Elle m'a expliqué que l'opération chirurgicale s'était bien passée mais qu'ensuite j'avais développé une infection. Mon état a commencé à se dégrader. Mes reins et mes poumons se sont mis à défaillir et, assez rapidement, j'ai été tout près de mourir. Alors les médecins m'ont placée dans un coma artificiel de façon que je puisse gagner l'Angleterre en avion pour y être mieux soignée.

— Tu as volé dans un jet privé, m'a-t-elle dit.

— Un jet privé ? Comment le savez-vous ? ai-je demandé.

— Parce que j'étais sur le vol avec toi.

J'ai appris par la suite que les Émirats arabes unis avaient prêté l'avion et qu'il était parfaitement équipé, avec une unité médicalisée embarquée.

Le docteur Fiona m'a raconté qu'elle et le docteur Javid se trouvaient alors au Pakistan parce qu'ils étaient venus conseiller les médecins militaires sur la mise en place d'une unité de transplantation du foie. On avait contacté le docteur Javid pour qu'il donne son avis à mon sujet, et il avait emmené le docteur Fiona, qui était spécialiste des urgences pédiatriques. Elle a admis qu'elle avait un peu hésité à aller jusqu'à Peshawar car l'endroit était devenu dangereux pour les étrangers. Mais quand elle avait su que je faisais campagne pour les droits des filles, elle était venue.

Elle et le docteur Javid ont dit aux médecins pakistanais que je ne survivrais pas à moins de me transférer dans un hôpital mieux équipé. Aussi mes parents ont-ils accepté de me laisser partir avec eux. Les docteurs Fiona et Javid étaient à mes côtés depuis presque deux semaines, rien d'étonnant à ce qu'ils se comportent comme s'ils me connaissaient depuis toujours.

Le docteur Fiona devait aller s'occuper de ses autres patients, des enfants qui étaient plus malades que moi. Cependant, j'avais une dernière question :

— J'ai été dans le coma pendant combien de temps ?

— Une semaine.

J'avais manqué une semaine de ma vie ! Et pendant ce laps de temps, on m'avait tiré dessus, j'avais subi une opération, j'avais manqué mourir et on m'avait emportée de l'autre côté du monde. La première fois que j'avais pris l'avion pour sortir du Pakistan, je l'avais fait en jet privé, pour sauver ma vie.

Le monde avait continué de tourner autour de moi, et je n'en savais rien. Je me suis demandé ce que j'avais pu rater d'autre.

Une rangée de maisons à Birmingham.

## Chapitre 28
## Nous sommes tous ici à présent

Après que le tube avait été ôté de ma gorge, j'avais eu une autre communication avec mon père, et cette fois j'avais pu vraiment parler. Il avait dit qu'il serait auprès de moi dans deux jours. Mais deux jours ont passé, puis deux encore.

Le docteur Javid a arrangé un troisième appel au Pakistan. Mon père a promis que toute la famille serait là bientôt – encore un jour.

— S'il te plaît, apporte-moi mon cartable, ai-je demandé. Les examens approchent !

Je pensais que je serais de retour à la maison très prochainement et que je reprendrais la compétition pour être la première de la classe.

Le lendemain, le dixième jour de mon séjour à l'hôpital, j'ai quitté l'unité de soins intensifs pour aller dans une autre chambre. Celle-là avait une fenêtre. Je m'attendais à ce que Birmingham ressemble à toutes les grandes cités que j'avais vues à la télévision. Comme New York, avec de hauts bâtiments, des voitures, du trafic, et des hommes d'affaires en complet et aussi des femmes en train de marcher dans les rues. Mais quand j'ai regardé dehors, tout ce que j'ai vu a été un ciel de la couleur d'une vieille bouilloire à thé, pluvieux et gris. Au-dessous, il y avait des maisons, proprettes et uniformes, calmes et bien rangées. Je ne pouvais pas imaginer un pays où toutes les maisons étaient identiques. Un pays où il semblait ne pas y avoir de soleil. Où étaient les montagnes ? Les cascades ?

Plus tard dans la journée, le docteur Javid m'a dit que mes parents venaient. Je ne l'ai pas cru jusqu'à ce qu'il soulève mon lit de façon que je sois assise pour les accueillir quand ils arriveraient. Seize jours avaient passé depuis que j'avais quitté la maison en courant, à Mingora, et crié « au revoir » alors que je partais pour l'école. Dans ce laps de temps, j'avais séjourné dans quatre hôpitaux – d'abord à Mingora, puis à Peshawar, puis à Rawalpindi et, enfin, ici, à Birmingham – et parcouru des milliers de kilomètres. J'avais rencontré des médecins et des infirmières et d'autres personnels hospitaliers, tous formidables. Je n'avais pas pleuré une seule fois. Ni quand les infirmières m'avaient ôté les agrafes du front. Ni quand les aiguilles me piquaient la peau. Ni quand la lumière était comme un poignard dans mes yeux.

Mais quand la porte s'est ouverte et que j'ai entendu des voix familières dire *jani* et *pisho*, et quand tout le monde s'est précipité vers moi, à verser des larmes et me baiser les mains parce qu'ils avaient peur de me toucher, finalement, j'ai pleuré. J'ai pleuré, pleuré, et encore pleuré un peu plus. Oh ! comme j'ai pleuré !

Et pour la première fois de ma vie, j'ai même été heureuse de voir ces petits frères à moi tellement embêtants.

Finalement, au terme des seize jours les plus effrayants de nos existences, nous étions de nouveau tous ensemble.

Après que nous nous sommes arrêtés de pleurer, nous avons pris un bon moment pour nous entre-regarder. J'ai été choquée de voir combien mes parents paraissaient vieillis et fatigués. Certes, ils étaient épuisés par le long vol depuis le Pakistan mais ce n'était pas tout. Soudain, j'ai remarqué qu'ils avaient des cheveux gris et des rides. Les avaient-ils toujours eus ? Ou cette épreuve les avait-elle fait vieillir ?

Je pourrais dire qu'eux aussi ont été choqués par ce qu'ils voyaient de moi. Ils ont essayé de le cacher mais j'ai pu percevoir leur préoccupation dans leurs yeux. Ils me touchaient avec précaution, comme si je risquais de me casser. Et qui aurait pu le leur reprocher ? Je savais, pour l'avoir constaté dans le miroir, que la moitié de mon visage ne fonctionnait pas. L'enflure avait disparu à ce moment-là mais mon œil gauche saillait[1], la moitié de mes cheveux avait disparu et ma bouche tombait d'un côté.

En plus, j'avais été tellement contente de retrouver ma voix que je ne m'étais pas bien rendu compte que je pouvais seulement énoncer des phrases très simples, en langage bébé, comme si j'avais trois ans. C'est seulement quand j'ai vu l'expression de stupéfaction peinte sur le visage d'Atal que j'ai compris combien cela devait être étrange de m'entendre.

J'ai essayé de sourire pour les rassurer. Ne vous souciez pas, voulais-je leur dire, l'ancienne Malala est toujours là.

Mais quand j'ai souri, une ombre a obscurci le visage de ma mère. Je pensais que je souriais largement mais tout ce que mes parents ont pu voir a été une espèce de grimace difforme.

— *Aba,* qui étaient ces gens ?

Il a compris ce que je demandais – je voulais apprendre de sa bouche qui étaient les gens qui m'avaient fait ça.

---

1. **Saillait** : ressortait, était proéminent.

— *Jani*, ne pose pas ces questions. Tout va bien. Nous sommes tous là à présent.

Puis il a voulu savoir comment je me sentais, si les maux de tête avaient disparu.

Il voulait changer de sujet et, même si j'avais envie qu'il réponde à ma question, j'ai laissé faire.

Mon père, mon fier père pachtoune, n'était pas lui-même. C'était presque comme s'il avait été blessé lui aussi. Il semblait souffrir physiquement.

Un jour que nous étions seuls tous les deux, il m'a pris la main.

— *Jani*, m'a-t-il dit, j'aimerais prendre chacune des cicatrices que tu as, chaque minute de souffrance, si je le pouvais.

Ses yeux étaient pleins de larmes.

— Ils m'ont menacé à maintes reprises. Tu as reçu ma balle. Ç'aurait dû être moi.

Et il a ajouté :

— Dans leur vie, tous les gens font l'expérience de la joie et celle de la douleur. Toi, tu as eu toute la souffrance à la fois, le reste de ta vie sera rempli seulement de joie.

Il n'a pas été capable de poursuivre.

Il n'avait pas besoin de prononcer un seul autre mot. Je savais qu'il souffrait lui aussi. Il n'avait jamais douté de la justesse de notre cause – mais cette cause avait conduit sa fille presque à la mort. Comme le monde peut être injuste parfois ! J'étais là, moi, la fille qui s'était exprimée devant les caméras du monde entier, mais mon pauvre cerveau ne parvenait pas à trouver les mots pour la personne que j'aimais entre toutes.

« Je ne souffre pas, *aba*, brûlais-je de lui dire. Tu n'as pas besoin de souffrir, non plus. »

J'ai souri – de mon sourire tordu – et j'ai simplement dit :

— *Aba !*

Mon père m'a souri en retour, les yeux mouillés de larmes. J'étais sûre qu'il savait exactement ce que je pensais. Nous n'avions pas besoin de mots. Nous avions partagé toutes les étapes de ce chemin qui, d'une façon ou d'une autre, nous avait menés jusqu'à cette chambre d'hôpital. Et nous partagerions toutes les étapes quand nous irions plus loin.

Un peu plus tard, ma mère nous a rejoints. Je venais juste de commencer à faire quelques petits pas mais j'avais besoin de quelqu'un pour m'aider dans la salle d'eau. Depuis le premier jour, elle avait essayé de ne pas fixer mon visage. Mais, alors qu'elle m'accompagnait jusqu'à la salle d'eau, j'ai remarqué son coup d'œil furtif à mon reflet dans le miroir. Nos yeux se sont croisés et elle a regardé ailleurs.

Puis, dans un murmure, elle a demandé :

— Ton visage... Est-ce qu'il va aller mieux ?

Je lui ai répété ce que les docteurs m'avaient dit : j'aurais à subir plusieurs opérations et à recevoir des soins pendant des mois mais, au bout du compte, mon visage ferait des progrès. Néanmoins, il ne serait jamais tout à fait le même qu'avant.

Quand elle m'a ramenée au lit, j'ai regardé mes parents.

— C'est mon visage, ai-je dit. Et je l'accepte. À présent, ai-je ajouté gentiment, il vous faut l'accepter aussi.

Il y avait tant d'autres choses que je voulais leur dire. J'avais eu le temps de m'habituer à mon nouveau visage. Seulement, pour eux, c'était un choc. Je voulais qu'ils sachent que peu m'importait à quoi je ressemblais. Moi qui avais passé des heures à me plaindre de mes cheveux et à me faire de la bile à cause de ma taille ! Quand on voit la mort, avais-je envie de dire, les choses changent. Cela ne faisait rien que je ne puisse plus cligner de l'œil ni sourire. J'étais toujours moi, Malala.

— Mon visage, ça n'a pas d'importance, ai-je dit. Dieu m'a donné une nouvelle vie.

Ma guérison était une bénédiction, un don de Dieu et de tous les gens qui s'étaient occupés de moi et avaient prié pour moi. Et j'étais en paix. Mais pendant que j'étais à Birmingham à regarder Shrek et son âne qui parle, mes parents étaient à des milliers de kilomètres de là, à endurer leur propre souffrance, terrible.

J'étais en train de me remettre pendant qu'eux étaient en train de souffrir. C'est seulement à partir de ce jour-là que notre famille a commencé à guérir.

Malala — et son nounours — en train de lire à l'hôpital de Birmingham.

## Chapitre 29
## Combler des lacunes

J'ai consacré les jours suivants avec mes parents à combler des lacunes : je me suis informée de ce qui s'était passé pendant les seize jours entre l'agression et nos retrouvailles.

Voici ce que j'ai appris :

Aussitôt que le chauffeur du bus scolaire, Usman Bhai Jan, a compris ce qui était arrivé, il m'a conduite tout droit au Swat Central Hospital. Les autres filles criaient et pleuraient. Je gisais sur les genoux de Moniba. Je saignais.

Mon père participait à une réunion de l'Association des écoles privées ; il venait de monter sur l'estrade pour prononcer un discours. Quand il a terminé et qu'il a appris ce qui venait de se passer, il s'est précipité à l'hôpital. Il m'a trouvée à l'intérieur du bâtiment, allongée sur une civière, un bandage sur la tête, les yeux fermés, les cheveux défaits et en désordre.

— Ma fille, tu es ma fille brave, ma fille magnifique ! m'a-t-il répété encore et encore, comme si le fait de le dire pouvait me réveiller.

Je pense cependant que, d'une certaine façon, j'ai su qu'il était là, même si je n'étais pas consciente.

Les docteurs lui ont dit que la balle n'avait pas atteint le cerveau et que la blessure n'était pas grave. Bientôt, l'armée m'a prise en charge et, vers 15 heures, j'étais dans une ambulance qui se dirigeait vers un hélicoptère ; il devait me transporter dans un autre hôpital, à Peshawar. Il n'y avait pas le temps d'attendre ma mère, aussi Mme Mayram, qui s'était présentée à l'hôpital peu après mon père, a insisté pour venir avec moi, dans le cas où j'aurais besoin d'une aide féminine.

Quant à ma mère, on lui avait d'abord annoncé qu'on m'avait tiré dans le pied. On lui a ensuite dit qu'on m'avait tiré dans la tête.

Les voisins avaient afflué à la maison quand ils avaient appris la nouvelle. Ils étaient en larmes.

— Ne pleurez pas, leur a dit ma mère, priez !

Quand l'hélicoptère a survolé notre maison, elle a couru sur le toit. Tout en le regardant passer, comme elle savait que j'étais dedans, elle a ôté son foulard de sa tête – un geste rare chez une femme pachtoune – et l'a levé vers le ciel en le tenant à deux mains, comme s'il s'agissait d'une offrande.

— Dieu, je te la confie ! a-t-elle dit.

Le malheureux Atal a appris l'attentat quand il a allumé le téléviseur, après l'école. Il s'est alors rendu compte que, s'il n'avait pas fait un caprice en voulant voyager sur le hayon, il se serait trouvé dans le bus, lui aussi.

Pendant les heures qui ont suivi, les chaînes de télévision pakistanaises ont diffusé des images de moi en même temps que des poèmes et des prières. Au moment où cela se produisait, j'arrivais au Combined Military Hospital, à Peshawar. Là, un neurochirurgien, le colonel Junaid, m'a examinée et a découvert quelque chose de surprenant : la balle était toujours à l'intérieur de mon corps. Il s'est aussi aperçu que ce que les médecins du Swat avaient dit à mon père était erroné : la balle, en réalité, était passée très près du cerveau.

Il a annoncé à mes parents que mon cerveau était en train d'enfler et qu'il avait besoin de m'enlever une partie du crâne pour lui donner plus de place.

— Nous devons l'opérer maintenant pour lui accorder une chance, a-t-il dit.

On a dit à ses supérieurs qu'on devrait m'envoyer à l'étranger immédiatement, mais le colonel Junaid s'en est tenu à sa décision – une décision qui m'a sauvé la vie.

Ma mère a prié tout au long des cinq heures qu'a duré l'opération. Aussitôt qu'elle a commencé ses prières, elle a senti un grand calme l'envahir. À partir de ce moment-là, elle a su que j'irais bien.

Seulement, deux jours après le coup de feu, mon état a empiré. Mon père était tellement convaincu que j'allais mourir qu'il a commencé à penser à mes funérailles. Il s'est efforcé de ne pas songer au passé et de ne pas se demander s'il avait eu tort de m'encourager à prendre la parole et à faire campagne.

Il s'est trouvé qu'il y avait deux médecins britanniques non loin de là, à Rawalpindi. L'armée les a appelés en consultation. Il s'agissait des docteurs Fiona et Javid. Ce sont eux qui, ensuite, m'ont sauvé la vie. Ils ont dit que, si je restais à Peshawar, j'aurais le cerveau endommagé ou que je mourrais. C'était la qualité des soins qui les inquiétait. Ils envisageaient un risque d'infection. Alors qu'elle devait reprendre l'avion pour Birmingham, le docteur Fiona est restée et a organisé mon transport aérien dans un autre hôpital, celui-là à Rawalpindi.

Dans ce nouvel hôpital, les mesures de sécurité étaient strictes à cause du risque d'une nouvelle attaque des talibans.

Ma famille a été installée dans une résidence militaire près de l'hôpital où elle avait très peu d'informations en provenance du monde extérieur. Cette résidence, en effet, ne disposait pas d'un accès à Internet. Ils ne savaient pas encore que mon histoire avait fait le tour du monde et que des gens voulaient que je sois transportée à l'étranger afin qu'on m'y soigne. C'est seulement quand un gentil cuisinier leur a apporté des journaux que mes parents l'ont su : le monde entier était au courant de mon agression.

On a rarement informé mes parents sur ce qui allait m'arriver quand mon état est devenu grave. Le temps manquait. Toutes les décisions ont été prises par l'armée. Le docteur Fiona a insisté pour que je sois hospitalisée à l'étranger afin de pouvoir recevoir de meilleurs soins. Finalement, on a décidé que j'irais dans l'hôpital du docteur Javid, à Birmingham, le Queen Elizabeth Hospital. Mais il fallait que je sois évacuée sous quarante-huit heures – soixante-douze, à la rigueur.

Ma mère et mes frères n'avaient pas de passeports ni de documents officiels avec eux, de sorte que l'armée a dit à mon père qu'il devrait faire le voyage seul avec moi. Il s'est trouvé dans une situation impossible. S'il quittait le pays avec moi, il laisserait sa femme et ses fils à Rawalpindi où ils couraient le risque d'être attaqués. Aussi a-t-il fait un choix.

— Ce qui est arrivé à ma fille est arrivé, a-t-il dit au docteur Javid. À présent, elle est entre les mains de Dieu. Je dois demeurer avec le reste de ma famille.

Le médecin l'a rassuré en disant qu'on prendrait bien soin de moi.

— N'est-ce pas un miracle que vous ayez tous été là au moment où Malala a été blessée ? a dit mon père.

— Ce que je crois, c'est que Dieu envoie d'abord la solution et, ensuite, le problème, a répondu le docteur Javid.

Mon père a signé le document qui faisait du docteur Fiona ma tutrice légale pour mon voyage en Angleterre. Il était en larmes quand il lui a remis mon passeport.

Quoique je ne m'en souvienne pas, mes parents m'ont dit au revoir à 23 heures, le 14 octobre. C'est la dernière fois qu'ils m'ont vue au Pakistan, et ils n'allaient pas me revoir avant onze jours. Mon père ne voulait pas que je me réveille dans un pays inconnu sans avoir ma famille à mes côtés. Il s'inquiétait en songeant à quel point je serais perdue, à quel point je pourrais me sentir abandonnée. Mais il a considéré que l'obtention des passeports et des visas était en cours, et que me rejoindre serait l'affaire de quelques jours.

Il ne s'était pas imaginé qu'un membre du gouvernement retarderait leur départ pour Birmingham parce qu'il voulait faire le voyage avec eux. L'attente leur a paru interminable.

C'est au cours des premiers jours, à Peshawar, au milieu de l'horreur et du chagrin, que mon père a demandé à ma mère :

— Est-ce que c'est ma faute ?

— Non, *khaista*[1], a-t-elle répondu, tu n'as pas envoyé Malala voler, tuer ou commettre des crimes. C'était une cause noble. Tu ne dois pas te blâmer. Ceux qui devraient avoir honte, ce sont les talibans, d'avoir tiré sur une jeune fille, et le gouvernement, de ne pas l'avoir protégée.

À ce moment-là, les talibans ont fait une déclaration publique pour dire qu'ils m'avaient tiré dessus parce que ma campagne était une « obscénité ». Ils indiquaient qu'ils avaient recouru à deux hommes du pays, deux Swatis[2], qui avaient recueilli

1. ***Khaista*** : « beauté » en pachto.
2. **Swatis** : habitants de la région de Swat.

des informations sur moi et sur l'itinéraire que j'empruntais pour aller et venir de la maison à l'école. Ils précisaient qu'ils m'avaient attaquée près du barrage de contrôle de l'armée pour montrer qu'ils pouvaient frapper n'importe où. Leur marque de fabrique était de tuer en tirant dans la tête des gens.

Shazia et Kainat, les deux autres filles qui avaient été blessées ce jour-là, se remettaient, elles aussi. Le bras de Kainat avait été transpercé par une balle, et Shazia avait été atteinte à la paume de la main et à la clavicule gauches. Deux balles, trois blessures.

J'avais raté tellement de choses. Et pourtant, alors que mes parents m'apprenaient tout ce qui s'était produit pendant que j'étais dans le coma ou dans ma chambre sans fenêtre à l'hôpital, j'ai eu l'impression qu'ils racontaient l'histoire de quelqu'un d'autre. J'ai eu la sensation que toutes ces choses étaient arrivées à une autre fille, pas à moi.

C'est peut-être parce que je ne me souviens de rien à propos de l'agression. Absolument rien.

Les docteurs et les infirmières m'ont proposé des raisons compliquées pour expliquer pourquoi je ne parvenais pas à me la rappeler. Ils ont dit que notre cerveau nous protégeait contre les souvenirs qui seraient trop douloureux. Ou que mon cerveau pouvait s'être fermé aussitôt que j'avais été blessée. J'aime la science et je n'aime rien tant que poser question sur question pour essayer de comprendre comment marchent les choses. Mais je n'ai pas besoin de la science pour deviner pour quelle raison je ne me souviens pas de cette attaque. Je sais pourquoi : Dieu est bon envers moi.

Les gens ne comprennent pas que je dise ça. Je suppose que, à moins d'avoir frôlé la mort, on ne peut pas comprendre. Mais, la mort et moi nous sommes trouvées très près l'une de l'autre. Et la mort, semble-t-il, n'a pas voulu de moi.

Apparemment, un grand nombre de gens avaient souhaité me rendre visite. Des journalistes, des célébrités et un bon nombre de politiques. Mais l'hôpital les avait gardés à distance, afin que je puisse guérir en paix et en privé.

Un jour, un ministre pakistanais de haut rang est venu s'entretenir avec mon père.

Il a dit que le gouvernement avait mis le pays sens dessus dessous pour retrouver l'homme qui m'avait visée. Mon père a tenu sa langue mais il savait que cet homme parlait en vain. On n'avait pas même retrouvé celui qui avait assassiné Benazir Bhutto.

Une seule personne se trouvait en prison après mon agression : notre malheureux chauffeur de bus. L'armée disait qu'elle le gardait en détention afin de pouvoir identifier le tireur. Mais pourquoi avaient-ils arrêté le chauffeur et pas le tireur ? C'était de la folie.

Le ministre a aussi demandé à mon père si je pouvais « offrir un sourire à la nation ». Il ignorait que c'était la seule chose que je ne pouvais pas faire. Mon père a été malheureux mais, une nouvelle fois, il a tenu sa langue. Lui qui avait osé s'opposer aux talibans, il apprenait que, parfois, ne rien dire c'est parler tout aussi fort.

Quand j'ai finalement regardé les informations, j'ai appris qu'un porte-parole de Fazlullah avait dit que les talibans avaient été obligés de me tirer dessus parce que je ne voulais pas arrêter de prendre la parole contre eux. Ils m'avaient avertie, ont-ils dit à la presse, mais je ne m'étais pas arrêtée.

Mes autres crimes ? Je parlais en faveur de l'éducation et de la paix. Selon leurs critères, je défendais l'éducation occidentale, qui était contre l'islam, de leur point de vue.

Les talibans essaieraient à nouveau de me tuer, a dit Fazlullah. « Que ça lui serve de leçon ! »

Ç'a été une leçon, effectivement.

Ma mère avait raison quand elle a cité le Coran. « La fausseté doit disparaître, m'avait-elle dit bien des années auparavant, alors que je me demandais si j'allais tenir ce blog pour la BBC. Et la vérité doit triompher. » La vérité triomphera toujours de la fausseté. C'est cet article de la véritable foi musulmane qui nous a guidés tout au long de notre parcours.

Les talibans m'avaient tiré dessus pour essayer de me faire taire. Finalement, c'était le monde entier qui écoutait mon message dorénavant.

## CHAPITRE 30
### DES MESSAGES EN PROVENANCE DU MONDE ENTIER

Fiona Alexander m'a apporté un sac de courrier. C'était l'Aïd al-Adha ➲, le « grand Aïd », les vacances pendant lesquelles ma famille allait dans le Shangla. Aussi ai-je pensé : « Que c'est gentil ! Mes amies m'envoient des lettres pour l'Aïd. » Mais comment savaient-elles où j'étais ? me suis-je demandé.

Puis j'ai remarqué les cachets de la poste : 16 octobre, 17 octobre. C'étaient les jours juste après mon agression. Ces lettres n'avaient rien à voir avec l'Aïd. Elles venaient de gens du monde entier qui me souhaitaient un prompt rétablissement. Beaucoup étaient écrites par des enfants. J'ai été étonnée de leur très grand nombre.

— Tu n'as encore rien vu ! m'a dit Fiona.

Elle a ajouté qu'il y avait huit mille lettres pour moi. Certaines étaient simplement adressées à *Malala, hôpital de Birmingham.* Une portait même cette adresse : *La fille à qui on a tiré dans la tête, Birmingham.*

Il y avait des colis également. Des boîtes de chocolats. Des ours en peluche de toutes les tailles. Le plus précieux de tous,

➲ L'Aïd al-Adha est une grande fête musulmane commémorant le sacrifice d'Abraham.

Quelques lettres et vœux de prompt rétablissement adressés à Malala, alors hospitalisée, parmi les milliers reçus du monde entier.

peut-être : un paquet envoyé par les enfants de Benazir Bhutto ➲. Dedans, il y avait deux écharpes qui avaient appartenu à leur mère.

Il y avait des messages de chefs de gouvernement, de diplomates, de vedettes de cinéma. Selena Gomez avait twitté à mon propos. Beyoncé m'avait souhaité le meilleur sur Facebook, et Madonna m'avait dédicacé une chanson. Il y avait même un courrier d'Angelina Jolie. C'était excitant, bouleversant et, vu que mon cerveau ne fonctionnait pas encore très bien, déroutant.

Comment Angelina Jolie avait-elle pu savoir qui j'étais ?

Pendant que je me trouvais dans une chambre aveugle sans savoir ce qui se passait dans le monde extérieur, le monde extérieur savait très exactement tout ce qui m'était arrivé.

Fiona m'a dit que plus de deux cents journalistes du monde entier étaient venus à l'hôpital pour me voir. À part le jour où j'avais essayé de regarder la BBC, je n'avais pas vu les informations. Mais à présent, je le comprenais : j'étais les informations.

Des gens avaient prié pour moi. Le docteur Fiona, le docteur Javid et tous les merveilleux médecins et infirmières, au Pakistan et en Angleterre, avaient sauvé mon corps. Les prières et le soutien de tous ces gens m'avaient sauvé la vie.

Comme c'était incroyable ! Alors que je me sentais tellement seule dans cet hôpital, à me demander ce que faisait ma famille, à me tracasser à propos de qui allait payer mes soins, des gens, dans le monde entier, s'inquiétaient pour moi. Je ne me suis plus du tout sentie seule. J'étais terriblement impatiente de rentrer à la maison, et de dire à Moniba pour Angelina Jolie.

➲ **Benazir Bhutto, dirigeante du Parti du Peuple Pakistanais de 1984 à 2007, deux fois Première ministre, a été assassinée en 2007.**

# LECTURE ACTIVE 5

→ Voir aussi étape 5, p. 256-257

## Chapitres 24 à 30 • Loin des siens, loin de tout

### *As-tu bien lu ?*

**1 Chapitres 24 et 27.** L'attentat a eu lieu le 9 octobre. Combien de temps Malala est-elle restée dans le coma ?

**2 Chapitre 24.** Vrai ou faux. Coche les bonnes réponses et justifie tes choix.

| | VRAI | FAUX |
|---|---|---|
| À son réveil, Malala voit en triple. | ☐ | ☐ |
| Un tube l'empêche de parler. | ☐ | ☐ |
| Elle communique uniquement par des signes. | ☐ | ☐ |

**3 Chapitres 24 à 26.** Cite au moins deux questions qu'elle se pose pendant son hospitalisation.

**4 Chapitre 29.** Au bout de combien de temps Malala peut-elle revoir ses parents et ses frères ?

## Atelier citoyenneté

### Concevoir une affiche convaincante

▸ ***Objectifs.*** Comprendre le fonctionnement du cerveau ; argumenter sur un sujet de prévention santé.

▸ ***Préparation.*** Effectuez des recherches au CDI et sur Internet : qu'est-ce qu'un traumatisme crânien, un coma ? Statistiquement, quelles en sont les principales causes et conséquences ?

▸ ***Réalisation.*** Par groupes (4 ou 5 élèves), réalisez une affiche de prévention que vous présenterez et pourrez ensuite exposer.
Pensez à illustrer vos textes (schémas, photos, dessins).

▸ ***Réfléchir ensemble.*** Pourquoi est-il si important de protéger le cerveau ? Que doit-on faire pour que cet organe se développe de façon optimale ? Que doit-on éviter ?

# Chapitre 31
## Une journée douce-amère

Les docteurs ont opéré derrière mon oreille – pendant près de huit heures – pour essayer de réparer le nerf facial que la balle avait coupé. C'est ce nerf qui m'empêchait d'ouvrir et de fermer l'œil gauche, de soulever le sourcil et de sourire. S'ils ne faisaient pas quelque chose sans tarder, avaient-ils dit, j'aurais le visage paralysé définitivement.

C'était une intervention compliquée. D'abord, les chirurgiens ont nettoyé le canal de mon oreille de tous les tissus morts et des éclats d'os. C'est à ce moment-là qu'ils ont découvert que le tympan était brisé. Rien d'étonnant à ce que je ne puisse rien entendre !

Ensuite, ils ont entrepris l'opération délicate consistant à ôter les portions du nerf endommagées et à reconnecter les deux parties. Après cette intervention, mon travail a consisté à faire des exercices faciaux devant un miroir tous les jours. Qui aurait pensé que de si menus mouvements représentaient un travail aussi ardu ? Il m'a fallu quatre mois avant de pouvoir cligner de l'œil et sourire. Mes parents attendaient ce moment avec impatience.

Tous les jours, je faisais de la physiothérapie[1] et je devais pratiquer des exercices : j'apprenais comment faire fonctionner

1. **Physiothérapie** : ensemble de techniques permettant de restaurer les capacités physiques du corps.

convenablement mes bras et mes jambes de nouveau. Qu'il était étrange de devoir travailler si dur sur quelque chose qui était autrefois si naturel. La première fois que j'ai essayé de marcher, c'était épuisant – comme se frayer un passage dans une grosse épaisseur de neige.

Un mois s'était écoulé depuis l'agression. Ma famille vivait dans un appartement situé dans une haute tour de Birmingham ; elle me rendait visite tous les jours. Et, signe que la vie revenait à la normale, mes frères me rendaient folle !

J'ai demandé à mes parents :

— Laissez donc ces deux-là à la maison ! Ils ne font rien d'autre que du bruit et essayer de me prendre les cadeaux que j'ai reçus.

Mes frères avaient cessé de me traiter comme une poupée de porcelaine (une phase qui n'avait duré qu'un seul jour) pour se mettre à m'agacer, me harceler et, en règle générale, m'ennuyer.

— C'est quoi tout ce tapage autour de Malala ? a dit Atal. Je l'ai vue. Elle a survécu.

J'ai enfin été capable de lire à nouveau et j'ai dévoré *Le Magicien d'Oz*, un livre que m'a offert l'ancien Premier ministre du Royaume-Uni, Gordon Brown. J'ai aimé la tournure d'esprit de Dorothée. J'ai été impressionnée par le fait que, même si elle cherchait le chemin pour rentrer chez elle, elle s'arrêtait pour aider ceux qui en avaient besoin, comme le lion peureux et le bûcheron en fer-blanc rouillé. À mes yeux, la morale de cette histoire est qu'il y aura toujours des obstacles dans la vie mais que, si vous voulez atteindre un but, il faut persévérer.

Le langage et la mémoire commençaient à me revenir également. J'ai été choquée quand j'ai regardé le carnet rose que le docteur Fiona m'avait donné et que j'ai vu les questions que j'avais notées peu après mon arrivée. Pour la plupart, elles étaient pleines de fautes d'orthographe et de grammaire. J'avais encore du mal à me rappeler le nom de certaines de mes amies et ne me souvenais de rien concernant mon agression. Alors j'ai travaillé pour montrer à tout le monde combien j'allais mieux.

Mes progrès étaient rapides et mon moral s'améliorait de jour en jour. Enfin, en décembre, après deux mois passés à l'intérieur de l'hôpital, on m'a autorisée à effectuer ma première sortie. J'avais la nostalgie des collines si vertes de ma vallée, aussi Yma, qui travaillait à l'hôpital, a-t-elle organisé une visite au jardin botanique de Birmingham. Ma mère est venue avec moi ainsi que deux infirmières. Mon père n'a pas suivi car, étant devenu aisément reconnaissable après ses passages à la télévision, il a craint d'attirer les appareils photo.

Durant le trajet, j'étais assise à l'arrière de la voiture et j'ai tourné la tête d'un côté et de l'autre pour capter tout ce que je pouvais d'un pays qui était totalement neuf pour moi.

Je ne savais pas ce que serait le temps dehors. J'avais espéré qu'il y aurait du soleil mais, à la place, j'ai été accueillie par un rude vent et un air froid et piquant. Il n'y a pas eu assez de vestes et d'écharpes pour me tenir au chaud !

Mais les plantes ! Elles étaient magnifiques ! Et étranges !

Et familières !

— Celle-ci pousse aussi dans ma vallée, ai-je dit à l'une des infirmières. Celle-là, aussi !

J'étais tellement transportée de joie d'être à l'extérieur qu'il m'a fallu un moment pour comprendre que pour n'importe qui d'autre dans le jardin, c'était un jour de sortie comme les autres.

Ma mère était tellement excitée qu'elle a appelé mon père. « Pour la première fois, lui a-t-elle dit, je suis heureuse ! » Deux jours plus tard, j'ai eu mon premier visiteur étranger à la famille : Asif Ali Zardari, le président du Pakistan (et l'époux de feue[1] Benazir Bhutto). L'hôpital redoutait un emballement médiatique mais sa visite était essentielle. M. Zardari avait promis, en effet, que le gouvernement couvrirait l'ensemble de mes frais médicaux. Aussi tout a-t-il été organisé pour éviter les journalistes. J'ai été empaquetée dans une parka pourpre et évacuée en douce du bâtiment par l'entrée du personnel. Nous sommes passés en voiture près d'un groupe de journalistes et de photographes ; ils ne nous ont même pas remarqués. C'était comme un épisode d'un roman d'espionnage.

On nous a conduits dans une espèce de bureau et, pendant que nous attendions, Atal, Khushal et moi avons joué à *Elf Bowling* sur l'ordinateur. C'était la première fois que j'y jouais mais je les ai quand même battus tous les deux. Une preuve de plus que l'ancienne Malala était de retour !

Quand le président est arrivé, il était avec sa fille, Asifa. Ils m'ont donné un bouquet de fleurs, puis Asifa m'a offert un châle traditionnel du Cachemire et M. Zardari a posé la main sur ma tête, ce qui est un signe de respect dans notre pays. Mon père a sursauté, de peur qu'il ne touche l'endroit où mon os crânien avait été enlevé – mais il n'y a eu aucun problème.

M. Zardari a annoncé qu'il avait fait en sorte que mon père ait un emploi à Birmingham. Il serait attaché à l'éducation pour le compte de notre pays. Il m'a dit que tout irait bien et que tout ce

1. **Feu, feue** : se dit d'une personne défunte, décédée.
Ce mot vient probablement du latin *fatum*, et signifie : « qui a accompli son destin ».

que j'avais à faire était de me concentrer sur ma guérison.

Par la suite, il a déclaré que j'étais « une fille remarquable et un honneur pour le Pakistan ». Il était le chef de mon pays mais il me traitait avec respect, comme si c'était moi la VIP[1].

Ç'a été une journée incroyable. Toutes mes inquiétudes à propos du paiement de mes soins et de l'endroit où allait vivre ma famille étaient dissipées. Mais, oh ! en même temps, c'était une journée douce-amère. Parce que je l'ai compris alors : nous ne rentrerions pas chez nous avant longtemps.

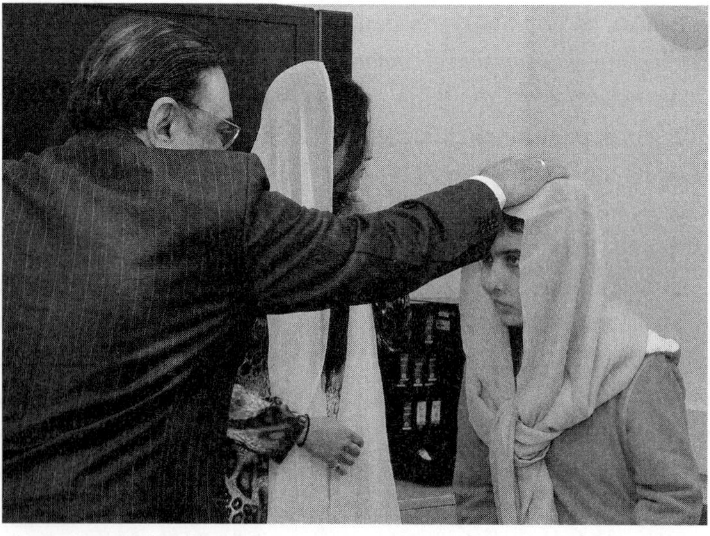

Le président pakistanais Asif Ali Zardari (à gauche) et sa fille Asifa Bhutto (au centre), rencontrent Malala Yousafzai au Queen Elizabeth Hospital de Birmingham, le 8 décembre 2012.

1. VIP : « Very Important Person » (personne très importante).

# Chapitre 32
# Miracles

Finalement, on m'a laissée sortir de l'hôpital, et 2013 a commencé de façon heureuse. C'était tellement bon d'être chez moi avec ma famille même si ce chez-moi était un appartement dans un immeuble élevé avec un ascenseur ! J'aurais donné n'importe quoi pour être dans notre modeste maison de naguère et taper au mur afin que Safina vienne jouer ou, même, porter les ordures à la décharge. Mais ce qui était important c'était que, finalement, nous étions tous ensemble à nouveau.

Nous avons fait des promenades dans l'air vif de Birmingham de façon à recouvrer des forces mais je me fatiguais vite. La vie à l'hôpital avait été calme comparée à tous ces gens, ces voitures, ces bus qui se hâtaient dans tous les sens. Comme je n'entendais pas encore correctement, je tournais sans arrêt la tête d'un côté ou de l'autre pour voir ce qui se passait. Un simple trajet jusqu'à l'épicerie pouvait se révéler accablant. Accablant et... fascinant !

Dans les cafés, nous apercevions des hommes et des femmes qui discutaient et se côtoyaient d'une façon qui aurait été inimaginable dans le Swat. Et dans les boutiques, nous voyions des vêtements qui dévoilaient tellement de peau que nous ne pouvions pas croire que les femmes de Birmingham puissent les porter sans se geler. Ici, elles mettaient de petits shorts, ayant les jambes nues, et des talons hauts, même en plein milieu de l'hiver.

— Ont-elles des jambes en fer, a demandé ma mère, pour ne pas sentir le froid ?

Parfois, au cours de ces sorties des premiers jours, quand je voyais un homme venir vers moi, je tiquais. Si je laissais aller mon imagination, j'étais capable de me figurer que chaque homme dans la rue cachait une arme à feu et attendait le moment propice pour m'agresser. Je ne l'ai pas dit à mes parents, cependant, pour qu'ils puissent profiter du spectacle un peu froid qu'offrait Birmingham sans être inquiets.

Ma maison me manquait terriblement. Mes amies de l'école me manquaient, et les montagnes aussi, la cascade, la belle rivière qu'est la Swat, et les prairies d'un vert profond. Même la pagaille et le chaos des rues de Mingora me manquaient. Aussi la nouvelle a-t-elle été dure à avaler quand j'ai appris qu'il y avait des gens au Pakistan qui me critiquaient. Certains disaient que j'étais un pion de l'Occident, qui frayait[1] avec Richard Holbrooke. Certains affirmaient que j'étais une mauvaise musulmane. D'autres allaient même jusqu'à prétendre que c'était mon père qui m'avait tiré dessus, que c'était un coup monté pour pouvoir aller vivre dans le luxe à l'étranger.

Les autres nouvelles que j'ai eues du pays sont venues de l'école. J'ai finalement pu me connecter sur Skype avec Moniba et, pour une fois, nous ne nous sommes pas disputées. Elle m'a dit combien je lui manquais et qu'aucune autre fille ne pourrait

1. **Frayer avec quelqu'un** : fréquenter quelqu'un, être en relation avec lui.

**Richard Holbrooke (1941-2010) est un haut diplomate américain, nommé « envoyé spécial pour l'Afghanistan et le Pakistan » par le président Barack Obama.**

prendre ma place dans son cœur. Elle m'a appris que Shazia et Kainat étaient rétablies et qu'elles étaient revenues à l'école. Et aussi que mes amies me gardaient toujours ma place en classe.

— Oh ! au fait, m'a-t-elle dit, tu as réussi ton examen d'histoire à cent pour cent.

C'était l'examen que j'avais passé le matin de l'agression. Ça, c'était la bonne nouvelle. La mauvaise était que, dans la mesure où je n'avais pas pu passer le reste des examens, ma rivale de toujours, Malka-e-Noor, avait été première.

Bien sûr qu'elle l'était, puisque je n'étais pas là !

Je me faisais distancer à l'école. Quelle ironie ! Celle qui faisait campagne pour l'éducation des filles avait perdu la première place dans sa classe. Bon ! Je n'aurais qu'à redoubler d'efforts pour repasser en tête quand je viendrais réclamer cette place vide qui m'attendait à l'école.

Bientôt, j'ai pu marcher, parler et lire ; ma mémoire revenait. Mais je n'entendais pas bien du tout et il y avait en permanence une sonnerie dans mon oreille. Les docteurs redoutaient aussi que le fait de remettre en place le morceau de crâne stocké dans mon abdomen puisse causer une infection.

De nouvelles interventions chirurgicales ont été programmées, trois opérations en même temps. Cette fois, le chirurgien a effectué une cranioplastie au titane ➲, ce qui est une façon plaisante de dire qu'il a placé une plaque de titane dans ma tête. Je me suis demandé si je ressemblerais au bûcheron en fer-blanc du *Magicien d'Oz*. Si on me tapait sur le crâne, est-ce qu'il résonnerait comme un gong ?

➲ Il s'agit de remplacer le morceau de crâne manquant par une plaque métallique, ici en titane, matériau léger, inaltérable et très résistant.

En plus, le chirurgien qui avait opéré mon nerf facial a installé profondément dans mon oreille interne un minuscule émetteur électronique appelé « implant cochléaire[1] ». Plus tard, m'a-t-il expliqué, il équiperait mon oreille d'un récepteur. Le morceau de mon os crânien a aussi été enlevé de l'endroit où il se trouvait.

Il s'agissait d'opérations sérieuses mais je m'en suis remise rapidement : j'étais de nouveau à la maison cinq jours plus tard. (Par la suite, j'ai reçu un cadeau vraiment spécial : le morceau de crâne incrusté dans du plastique transparent. Je l'ai gardé dans ma chambre et, à l'occasion, je l'ai montré à mes invités.)

Quelques semaines plus tard, quand le récepteur a été installé derrière mon oreille, j'ai entendu un petit bip. Puis un autre. Enfin, la voix du docteur m'est parvenue. Au début, tout le monde avait des voix de robot mais, rapidement, mon audition est allée de mieux en mieux.

Que Dieu est grand ! Il nous a donné des yeux pour voir la beauté du monde, des mains pour le toucher, un nez pour faire l'expérience de tous ses parfums et un cœur pour apprécier le tout. Mais nous ne nous rendons pas compte à quel point nos sens sont miraculeux avant d'en avoir perdu un.

Le retour de mon audition a été tout simplement un miracle. Un taliban avait tiré trois balles à bout portant sur trois filles dans un bus scolaire et aucune d'entre nous n'avait été tuée.

Une personne avait tenté de me réduire au silence. Et des millions lui reprochaient son acte.

C'étaient là des miracles, également.

---

1. **Cochléaire** : qui se rapporte à la cochlée, organe de l'oreille interne, qui transmet le son au nerf auditif.

## CHAPITRE 33
### CE NOUVEL ENDROIT

Nous nous sommes installés dans notre nouvelle vie à Birmingham. Nous vivons dans une de ces rues soignées et bordées d'arbres que je voyais par la fenêtre à l'hôpital. C'est charmant. Ordonné. Silencieux. Et calme. Trop calme. Il n'y a pas d'enfants qui jouent au cricket dans les allées. Pas d'hommes dans le salon en train de discuter de politique. Pas de femmes sous la véranda derrière la maison réunies pour une bonne séance de bavardage.

Mon père, qui était toujours « l'ami d'un ami des hommes du Swat », a de nombreux visiteurs mais peu de vrais amis ici. Ma mère qui ne parle pas anglais comme nous autres, traîne, perplexe, dans les magasins, à examiner la nourriture étrange qu'on y vend. Khushal passe beaucoup de temps seul dans sa chambre, à regretter, je pense, son ancienne vie.

Et, l'autre jour, j'ai entendu Atal, qui a la nature la plus heureuse de nous tous, pleurer parce qu'il n'avait personne avec qui jouer. Nous sommes à quelques mètres seulement de la maison voisine mais, pour ce que nous savons de nos voisins, elle pourrait être à des kilomètres. Comme le dit mon père, nous vivons avec un voisinage mais nous voyons rarement les voisins.

Chaque fois que nous sortons, des gens s'approchent de nous

pour demander la permission de prendre une photo avec moi. Ça ne me dérange pas. Je comprends que les gens qui viennent ainsi à moi sont les mêmes que ceux qui m'ont soutenue quand j'en avais besoin et les mêmes qui, à présent, me donnent du courage pour continuer. C'est étrange d'être aussi connue et aussi esseulée à la fois.

Avec le temps, petit à petit, nous nous sommes bien adaptés à ce nouvel environnement. À présent, mon père porte un beau blazer en tweed et des chaussures de ville quand il va au travail. Ma mère utilise le lave-vaisselle. Khushal vit une histoire d'amour avec sa Xbox. Et Atal a découvert le Nutella.

Je continue d'aller régulièrement à l'hôpital pour des séances de physiothérapie : j'apprends comment bouger les muscles de mon visage. Et on me dit qu'il y aura peut-être encore des opérations chirurgicales à venir. Mais je n'y pense pas trop.

Un soir, toute la famille était sortie se promener dans le quartier commerçant de Birmingham. Je m'émerveillais de la multiplicité des types de passants qu'on voit dans cette ville. À la différence de Mingora où tout le monde se ressemble, il y avait là toutes sortes de gens : des garçons avec des taches de rousseur qui portaient des maillots de football, des femmes noires avec de longues tresses, des hommes en costume de ville et des femmes en costume de ville, des femmes musulmanes conservatrices en *burqas* et de jeunes musulmanes portant jean et foulard.

Tout à coup, derrière nous, un jeune homme a appelé mon père. Nous nous sommes retournés. Nous avons vu qu'il avait la peau foncée d'un Pachtoune mais il était vêtu à l'occidentale.

— Monsieur, l'ai-je entendu dire à mon père. Je fais partie de votre tribu au pays. Je sais qui vous êtes.

Mon père a tendu la main, heureux de rencontrer un compatriote. Le jeune homme m'a montrée du doigt.

— Nous avons tous pleuré à cause de votre fille, a-t-il dit. Nous avons tous prié pour elle. Mais ce que vous faites n'est pas prudent.

Mon père a paru étonné.

— Il ne faut pas sortir aussi tard le soir à Birmingham. Une fois la nuit tombée, cette ville peut être dangereuse.

Mon père et moi nous sommes regardés, puis nous avons expliqué à ma mère ce que le jeune homme venait de dire. Le malheureux était embarrassé par notre réaction. Mon père lui a donné l'accolade et l'a remercié. Mais nous n'avons pas tout à fait pu lui expliquer. Comment cet endroit si calme, si ordonné pouvait-il être dangereux après ce que nous venions de traverser ?

Dans ma nouvelle école, ici, je porte un uniforme d'écolière anglais, une chemise à rayures avec col à pointes boutonnées, des collants, et une jupe bleue. La plupart des autres filles portent une jupe courte mais la mienne descend jusqu'aux genoux, et je mets également un foulard. Par chance, il y a une poignée de filles musulmanes dans ma classe qui font la même chose, de sorte que je ne sors pas trop du lot. Mais quelques-unes roulent la ceinture de leur jupe pour la raccourcir dès qu'elles arrivent à l'école et la rallongent avant de repartir à la maison. Et je pense : « Quel pays intéressant que celui-ci, où certaines filles ont le droit de couvrir leur corps et d'autres sont libres de ne pas le faire. »

Ici, nous avons aussi des projecteurs et des ordinateurs portables, des vidéos et la wifi, et, en plus, des cours tels que musique, art, informatique et, même, cuisine (que je déteste !). Ça m'a fait un choc, moi qui arrivais du Pakistan où l'école se résumait à un professeur et un tableau noir. Par moments, je souhaite être de retour chez moi, dans cette salle de classe toute simple sans ordinateurs. Puis je m'imagine à quel point mes anciennes camarades adoreraient toute cette technologie et ces cours spéciaux. Parfois je me sens triste qu'elles n'aient pas toutes les choses merveilleuses dont les élèves disposent ici. Et parfois je me sens triste qu'elles aient ce que je n'ai pas : la compagnie les unes des autres.

Il y a une espèce de gouffre entre moi et mes nouvelles compagnes d'études. Parfois elles font une plaisanterie que je ne saisis pas. Et parfois j'en fais une qu'elles ne comprennent pas. Et aussi, leurs manières entre elles sont plutôt libres, comparées à la façon dont les filles se comportent au Pakistan. Je veux m'intégrer, je veux m'amuser mais je ne sais pas exactement comment. Et je ne dois pas me montrer trop caustique[1]. Je suis supposée être bonne[2].

Je suis une bonne fille – et je l'ai toujours été. Mais à présent, je dois réellement être bonne. Aussi, je prête encore plus d'attention à ce que je dis et à ce que je fais. Personne ne me demande de me contraindre moi-même de la sorte. En tout cas, les professeurs, ici, ne cessent pas de m'encourager à être libre, à me sentir chez moi. Mais, en réalité, je ne suis pas libre comme le sont les autres filles de mon âge, à cause de la façon dont le monde me perçoit. Quand on a un tel rôle public et que

1. **Caustique** : blessant par la moquerie ou la critique.
2. **Bon, bonne (adjectif)** : enclin, encline à la bonté.

tant de gens comptent sur vous, on doit toujours se comporter comme les gens l'attendent, du moins je le crois.

Ma vie est devenue extrêmement occupée. Je fais des livres, des documentaires et des discours ; je rencontre un grand nombre de gens intéressants en faisant campagne dans les médias sociaux et en m'engageant dans des tâches humanitaires. Cela m'amène à faire beaucoup de choses passionnantes et à aller dans quantité d'endroits captivants. Seulement, faire autant de voyages alors que j'essaie de poursuivre mes études et de passer des examens, cela n'est pas facile. Je suis seulement humaine et, par moments, je suis fatiguée.

Il y a des jours où je souhaiterais simplement m'asseoir sur le canapé pour regarder *Mind Your Language* ou pour papoter avec mes amis sur Skype. Mais je prends le travail que je fais très au sérieux, toujours.

Ici, je n'ai pas de meilleure amie, comme Moniba, ni même d'amie rivale comme Malka-e-Noor. Cependant, les filles de ma nouvelle école sont très gentilles avec moi et je commence à me faire des amies. Elles m'invitent au bowling ou au cinéma ou à leur anniversaire. Ce sont des filles charmantes. Gentilles et drôles. Mais ce n'est pas la même chose que lorsque j'étais à la maison. Là-bas, j'étais juste Malala. Ici, du moins dans les premiers temps, j'étais « Malala, la fille sur qui les talibans ont tiré ». Moi, je voulais juste être de nouveau Malala, une fille normale.

Au début, je me suis demandé comment je pourrais bien devenir amie avec ces filles. J'avais vu et éprouvé des choses qu'elles ne pouvaient même pas s'imaginer. Mais, à mesure que le temps a passé, j'ai compris qu'elles avaient vécu des expériences que je ne pouvais pas me figurer non plus. Ce dont je m'aperçois, c'est que nous avons plus de points en commun que de différences. Et, chaque jour, nous apprenons quelque chose de nouveau les unes sur les autres. Chaque jour, je me sens plus proche de la bonne vieille Malala, rien qu'une fille de plus dans la classe.

Mais quand les cours sont terminés et que tout le monde fait la queue pour prendre le bus, je repense un moment à la pagaille des fins de journée à l'école Khushal. Je repense à la façon dont nous sortions en trombe du bâtiment pour nous précipiter dans le *dyna* qui sautait et cahotait le long des rues trépidantes et encombrées de Mingora.

Des écolières devant l'école Khushal, à Mingora, le 29 novembre 2012.

# Chapitre 34
## La seule chose que nous savons tous

Un petit nombre de choses demeurent inchangées dans ce monde nouveau. Primo, je continue de me disputer avec Khushal (ou, plutôt, il se bagarre avec moi et je lui rends service). Nous nous disputons pour la place de devant en allant à l'école. Pour la station à écouter à la radio. Il me dit que j'ai un gros nez. Je lui dis qu'il est gras. Il essaie de me donner un coup de poing quand nous nous arrêtons devant son collège. Et je verrouille la portière quand il essaie de sortir. Je peux bien me faire l'avocate de la libre parole et des droits humains, avec mon frère, je l'admets, je peux être un vrai dictateur.

Secundo, Moniba et moi avons recommencé nos stupides querelles. Nous communiquons grâce à Skype aussi souvent que nous le pouvons. Mais il semble que nous commençons toutes nos conversations de la même façon.

— Oh ! Malala, dit-elle, tu m'oublies complètement !

Et je lui réponds :

— Moniba, mais c'est toi qui m'oublies !

Une fois que nous en avons fini avec ça, nous passons à une bonne séance de bavardage.

Parfois, discuter avec Moniba ou les amies du Pakistan me fait ressentir le mal du pays. Je peux presque sentir l'odeur des feux de bois qui flotte sur la vallée ou entendre les klaxons résonner dans la rue Haji Baba. J'ai vu beaucoup d'autres endroits mais ma vallée demeure, à mes yeux, le lieu le plus beau du monde. Je finirai par retourner au Pakistan, mais chaque fois que je dis à mon père que je veux rentrer chez nous, il trouve des excuses. « Non, *jani*, dit-il, ton traitement médical n'est pas terminé. » Ou encore : « Les écoles d'ici sont bonnes. Il te faut rester jusqu'à ce que tu aies appris tout ce que tu peux apprendre. »

Il ne dit pas la seule chose que nous savons tous : il se passera beaucoup de temps avant que nous puissions retourner au pays. Rentrer est la seule chose dont nous ne parlons pas, surtout depuis que Fazlullah, de chef des talibans du Swat qu'il était, est devenu chef des talibans de tout le Pakistan.

Je sais que cette vie nouvelle est parfois difficile pour mes frères. Ils doivent avoir la sensation qu'un vent géant les a brusquement enlevés du Pakistan, les a emportés de l'autre côté du globe et les a déposés ici, dans ce lieu étranger.

Pour ce qui est d'Atal, il ne comprend pas le tapage médiatique[1] qui m'entoure.

— Je ne vois pas pourquoi Malala est célèbre, a-t-il dit à mon père. Qu'est-ce qu'elle a fait, cette fille ?

Pour le reste du monde, je peux être Malala, la fille qui s'est battue pour les droits humains. Pour mes frères, je suis toujours la vieille Malala avec qui ils ont vécu et se sont disputés au long de toutes ces années. Je suis juste leur grande sœur.

Ma mère, toutefois, me traite par moments comme si j'étais le bébé, pas l'aînée. Elle peut se montrer très protectrice et, quelquefois, elle surgit de nulle part pour me prendre dans ses bras en pleurant. Je sais qu'elle pense à la façon dont elle a bien failli

1. **Médiatique** : par le biais des médias (radio, presse, télévision, etc.).

me perdre. Souvent je la vois marcher dans le jardin derrière la maison, la tête couverte de son châle. Elle nourrit les oiseaux avec des restes qu'elle place sur le rebord de la fenêtre, comme elle le faisait autrefois à la maison. Je suis sûre qu'elle pense à tous ces enfants affamés qui prenaient leur petit déjeuner chez nous avant d'aller à l'école, et qu'elle se demande s'il y a quelqu'un pour les nourrir à présent.

À l'occasion, mon père pleure lui aussi. Quand il se remémore les premiers jours après l'agression, quand je me trouvais quelque part entre la vie et la mort. Quand il se rappelle l'agression elle-même. Il pleure de soulagement quand, en s'éveillant de la sieste, il entend la voix de ses enfants dans la cour et se rend compte qu'ils sont en vie. Je ne me mets pas souvent en colère mais je le fais quand les gens prétendent qu'il est responsable de ce qui m'est arrivé. Comme s'il m'avait forcée à prendre la parole. Comme si je ne disposais pas d'une intelligence à moi.

Si seulement ils pouvaient le voir aujourd'hui ! Tout ce pour quoi il a travaillé depuis presque vingt ans, il l'a laissé derrière lui : l'école qu'il a créée à partir de rien – elle qui comporte maintenant trois bâtiments et accueille onze cents élèves. Il n'aimait rien tant que se tenir près de l'entrée et accueillir les élèves, le matin. L'école Khushal continue – chaque jour, des écoliers franchissent le portail – mais il n'est pas là pour le voir.

Au lieu de quoi, il participe à des conférences sur l'éducation des filles et parle en faveur de la paix, comme il avait coutume de le faire dans le Swat. Je le sais, le fait que les gens veuillent l'entendre à cause de moi et pas l'inverse lui fait un drôle d'effet. « Auparavant, Malala était connue pour être ma fille, lance-t-il, mais je suis fier de dire que, maintenant, je suis connu comme étant le père de Malala. »

Il ne serait pas sûr pour nous de nous rendre au Pakistan, c'est vrai. Mais, un jour, alors que nous avions le mal du pays, nous nous sommes rendu compte que nous pourrions amener le Pakistan à nous. Des amis et des parents viennent nous visiter. Et Shazia et Kainat, qui, désormais, vont au collège en Angleterre, séjournent chez nous pendant les vacances. Ma mère est beaucoup plus heureuse quand elle a une maison pleine d'invités et des chaises en plus autour de la table du dîner.

À mesure que son contentement augmente, son envie d'expérimenter des choses nouvelles en fait autant. Elle s'est remise à apprendre l'anglais. Elle a aussi commencé à apparaître en public sans se couvrir le visage de son châle, et s'est même permis de se faire photographier.

Entre-temps, mon père a pris une responsabilité nouvelle à la maison. Récemment, je l'ai taquiné en lui disant que, pendant que lui et moi étions occupés à parler des droits des femmes, ma mère s'occupait toujours de la cuisine et du ménage. Désormais, il prépare le petit déjeuner tous les matins. C'est la même chose à chaque fois : des œufs au plat. Sa cuisine est pleine d'amour mais pas aussi pleine de saveur.

Il a fait un certain nombre de choses courageuses par le passé : ouvrir une école sans avoir un sou en poche, prendre la parole pour défendre les droits des femmes et l'éducation des filles, s'opposer aux talibans. Mais à présent, mon brave et fier Pachtoune de père a pris en main marmites et casseroles.

# Chapitre 35
## Anniversaire

Alors qu'approchait le premier anniversaire de mon agression, de nombreux journalistes sont venus m'interviewer. Ils ont souvent paru très attristés par ce qui m'était arrivé. Ils ont dit des choses comme : « Vous et votre famille avez dû quitter votre maison. Vous êtes obligés de vivre dans la crainte. Vous avez eu tant à souffrir ! » Même si c'était moi qui avais dû subir cette expérience, j'étais loin d'être aussi triste qu'eux. Je suppose que je vois la situation différemment. Si vous vous dites : « Malala, tu ne pourras jamais rentrer chez toi parce que les talibans te considèrent comme une cible », alors vous souffrez sans répit.

Je vois les choses comme ceci : je vois ! j'entends ! je parle ! Je vais à l'école et je me dispute avec mes frères ! J'ai une seconde chance dans la vie ! Et je mène l'existence que Dieu veut pour moi.

Les journalistes me demandent aussi si j'ai peur.

Je dis que non. Et c'est vrai. Ce que je ne dis pas, c'est que je redoute une chose : je me demande parfois si je serai la même Malala dans le futur. Est-ce que je continuerai de mériter tous ces honneurs dont on m'a comblée ?

En voyant mes frères jouer si librement, les journalistes me demandent, quelquefois, si je n'ai pas le sentiment que ma campagne en faveur des droits des enfants me prive de mon enfance. Je leur réponds de penser à une fille qu'on a mariée à onze ans. Ou à un petit garçon contraint de fouiller les ordures pour gagner de l'argent pour sa famille. Ou aux enfants qu'ont tués les bombes ou les roquettes. Ce sont eux qui ont été privés de leur enfance.

Certaines fois, aussi, ils semblent vouloir s'intéresser plus à mon agression qu'à ma campagne. Cela me frustre mais je le comprends. C'est une curiosité bien humaine.

Voici comment je vois les choses, cependant : ils m'ont blessée en laissant des cicatrices irréversibles. Mais de la violence et de la tragédie a surgi une opportunité. Je ne l'oublie jamais, en particulier quand je considère tout le bien que le Fonds Malala a déjà fait et qu'il continuera de faire.

Nous avons initié un projet dans le Swat pour les filles qui souffrent du travail domestique des enfants. Nous les soutenons de façon qu'elles puissent fréquenter l'école et, finalement, deviennent indépendantes.

Également, au terme de mois de discussions au cours desquelles j'ai exprimé mon désir d'organiser des secours en Jordanie, nous avons mis sur pied un voyage pour venir en aide aux réfugiés syriens dont certains manquaient l'école depuis déjà trois ans. J'ai rencontré là des enfants en habits sales, sans chaussures et dont tous les biens tenaient dans un petit sac. Des enfants que je n'oublierai jamais. C'est notre devoir de les aider à avoir de la nourriture, un abri, une instruction. Et nous le ferons.

Je conçois le monde comme une famille. Quand l'un de nous souffre, nous devons tous donner un coup de main pour l'aider. Parce que, quand les gens disent qu'ils me soutiennent, ce qu'ils disent en réalité, c'est qu'ils soutiennent l'éducation pour les filles.

Alors, oui, les talibans m'ont tiré dessus ! Mais ils peuvent seulement tirer sur un corps. Ils ne peuvent pas tuer mes rêves, ni tuer ce en quoi je crois. Et ils ne peuvent pas arrêter ma campagne pour permettre à chaque fille, chaque garçon, de fréquenter l'école.

Des millions de gens ont prié pour moi, et Dieu m'a épargnée. Je suis encore ici, c'est pour une bonne raison : employer ma vie à aider les gens.

Malala Yousafzai avec Muzoon Almellehan — une réfugiée syrienne —, lors d'une conférence en soutien à la Syrie, au centre de conférences Queen Elizabeth II, à Londres, le 4 février 2016.

## Chapitre 36
## Une fille parmi beaucoup d'autres

Pour mon anniversaire, j'ai reçu le plus extraordinaire des cadeaux : j'ai été invitée à prendre la parole au siège de l'Organisation des Nations unies. C'était le premier des deux voyages à New York que je devais faire cette année-là.

Il y avait quatre cents personnes pour y assister : des officiels de haut rang venus du monde entier, tels que Ban Ki-moon, le secrétaire général de l'ONU, ou Gordon Brown, l'ancien Premier ministre anglais, ainsi que des enfants ordinaires comme moi. Il était loin le temps des anniversaires solennels et pleins d'inquiétude que j'avais connus au Pakistan il n'y avait pas si longtemps.

La famille tout entière a fait le voyage à New York. Nous avons vu *Annie* à Broadway et avons séjourné dans un hôtel où on vous apporte des pizzas dans votre chambre sur un plateau en argent. J'ai aimé l'animation et l'effervescence de New York par comparaison avec l'assoupissement de Birmingham. Et il m'a semblé que la cité était une vieille amie, pour l'avoir vue dans *Ugly Betty*. Beaucoup de gens au Pakistan ont entendu dire que

**Annie* est une comédie musicale plusieurs fois représentée. Créée en 1977, elle a été adaptée au cinéma en 2014. Le personnage principal est l'héroïne d'une bande dessinée, une jeune orpheline.**

les États-Unis étaient un endroit sombre et sans dieu mais tous les gens que j'ai rencontrés ici étaient vraiment gentils. Je n'ai pas pu attendre pour le dire à Moniba : l'Amérique est un lieu très plaisant mais aussi bruyant et plus bondé encore que toutes les autres grandes villes que j'ai vues, avec des klaxons retentissants et des passants qui courent de-ci de-là. C'est comme Karachi qui se serait développé.

Au cours de mon second séjour, j'ai rencontré un de mes personnages préférés aux États-Unis. Un homme qui s'appelle Jon Stewart ➔ m'a invitée à son émission de télévision pour parler de mon premier livre et du Fonds[1] Malala. Il a pris ma campagne très au sérieux mais il a aussi fait des pitreries et m'a demandé s'il pouvait m'adopter. J'ai eu l'occasion de rencontrer la vraie Ugly Betty, America Ferrera, qui est très jolie. Et même le président Barack Obama et sa famille. Je me suis montrée respectueuse, je crois, mais je lui ai dit que je n'aimais pas les frappes de ses drones au Pakistan. Je lui ai expliqué que, quand ils tuaient une personne mauvaise, des innocents mouraient en même temps, ce qui faisait que le terrorisme gagnait encore plus de terrain. Je lui ai dit aussi que, si les États-Unis dépensaient moins d'argent pour les armes et la guerre et plus pour l'éducation, le monde serait meilleur. (Si Dieu t'a donné une voix, avais-je décidé, il te faut t'en servir même si c'est pour être en désaccord avec le président des États-Unis.)

Le jour du discours à l'ONU, j'étais excitée.

---

1. **Un fonds** : organisation chargée de gérer des capitaux et de les distribuer selon des critères d'attribution.

➔ **Humoriste et satiriste, Jon Stewart a présenté de 1999 à 2015 l'émission télévisée *The Daily Show*, parodie de journal télévisé.**

J'avais fait des expériences extraordinaires et rencontré des gens formidables. Mais j'étais toujours moi-même. Une fille qui aime faire craquer ses articulations aussi fort qu'elle le peut et expliquer les choses au moyen de dessins. Une fille qui déteste les pâtes, aime les petits gâteaux et raffolera toujours du riz de sa mère – et qui, dorénavant, apprécie les *Cheesy Wotsits* et les bâtonnets de poisson pané. Qui aime rester debout tard le soir à étudier la physique pour ses examens. Qui est contrariée quand sa meilleure amie est en colère contre elle. Une fille comme n'importe quelle autre. Était-il vraiment possible que je prenne la parole à l'assemblée des Nations unies ? Comme mon monde avait changé !

Je me suis habillée lentement ce matin-là. J'ai mis mon *shalwar kamiz* préféré, le rose, et une des écharpes de Benazir Bhutto. Je n'avais pas écrit mon discours en ayant seulement les politiciens en tête. Je l'avais écrit pour que toute personne dans le monde puise du courage dans mes mots afin de défendre ses droits. Je ne voulais pas qu'on pense à moi comme à « la fille sur qui les talibans ont tiré », mais comme à « la fille qui s'est battue pour l'éducation », la fille qui défend la paix avec l'instruction comme arme.

Voici ce que j'ai dit dans mon discours :

*Chers frères et chères sœurs,*

*Souvenez-vous d'une chose : la journée de Malala n'est pas ma journée. Aujourd'hui est le jour de chaque femme, chaque garçon, chaque fille qui fait entendre sa voix pour défendre ses droits. Des milliers de personnes ont été tuées par les terroristes, et des millions ont été blessées. Je suis juste une d'elles, parmi les autres.*

*Ainsi me voici, une fille parmi beaucoup d'autres. Je ne parle pas en mon nom mais au nom de toutes les filles et de tous les garçons.*

*Je ne lève pas la voix pour pouvoir crier mais pour que ceux qui n'ont pas de voix puissent être entendus, ceux qui se sont battus pour leurs droits :*

*Leur droit à vivre en paix.*

*Leur droit à être traité avec dignité.*

*Leur droit à l'égalité des chances.*

*Leur droit à l'éducation.*

*Le 9 octobre 2012, les talibans ont tiré une balle dans le côté gauche de mon front. Ils ont tiré sur mes amies, également. Ils ont pensé que des balles nous feraient taire. Mais ils ont échoué.*

*Et voilà que, de ce silence, se sont élevées des milliers de voix. Les terroristes pensaient qu'ils pourraient changer nos objectifs et mettre fin à nos ambitions mais rien n'a changé dans ma vie sauf ceci : la faiblesse, la peur et le désespoir sont morts, la force, la puissance et le courage sont nés. Je suis la même Malala. Mes ambitions sont les mêmes. Mes espoirs sont les mêmes. Mes rêves sont les mêmes.*

*Un enfant, un professeur, un crayon, un livre peuvent changer le monde.*

En entendant les applaudissements tandis que je regagnais mon siège, tout ce à quoi j'ai pu penser, ç'a été que j'avais fait du chemin depuis la Malala encore bébé qui faisait la classe à des chaises vides à l'école Khushal. Et du chemin, aussi, depuis la petite fille qui prononçait des discours devant le miroir de la salle de bains. Je ne sais comment, par la grâce de Dieu, je m'adressais véritablement à des millions de personnes. J'avais demandé jadis à Dieu de me rendre plus grande. Je l'ai compris, Dieu avait répondu à ma prière. Il m'a fait devenir grande jusqu'à toucher le ciel. Tellement grande que je ne pouvais pas me mesurer mais que ma voix atteignait les gens dans le monde entier.

J'avais promis une centaine de *raakat nafl* ➲ la première fois que j'ai demandé à Dieu d'augmenter ma taille, aussi lui ai-je adressé ces prières. Mais je sais que, en même temps qu'une taille incommensurable, il m'a donné une responsabilité et un talent. La responsabilité de faire du monde un lieu plus paisible, ce que je garde présent à l'esprit à chaque moment de chaque jour. Et le talent d'y parvenir.

La paix dans toutes les maisons, toutes les rues, tous les pays... tel est mon rêve. L'accès à l'éducation pour chaque garçon et chaque fille dans le monde. M'asseoir sur une chaise et lire mes livres avec mes amies à l'école, c'est mon droit. Voir chacun des êtres humains avec un sourire de vrai bonheur, mon rêve.

Malala, c'est moi. Mon monde a changé, pas moi.

➲ Voir note p. 135.

# LECTURE ACTIVE 6

→ Voir aussi étape 6, p. 258-259

## Chapitres 31 à 36 et épilogue • Prix Nobel de la paix !

### *As-tu bien lu ?*

1 **Chapitre 31.** Où se rend Malala lors de sa première sortie de l'hôpital ?

☐ à la bibliothèque ☐ au jardin botanique ☐ au cinéma

2 **Chapitre 32.** Comment recouvre-t-elle l'audition alors que son oreille a été détruite par les balles ?

3 **Chapitre 33.** Cite au moins deux différences que relève Malala entre son école de Birmingham et l'école Khushal.

4 **Chapitre 34.** Quelle nouvelle activité pratique le père de Malala ?

5 **Chapitre 36.** Où Malala fait-elle un discours le jour de son anniversaire ?

☐ au Parlement ☐ à la Maison-Blanche ☐ à l'ONU

### Atelier éloquence

### Convaincre par le discours

▸ ***Objectif.*** Mettre en œuvre des techniques oratoires au service d'une grande cause.

▸ ***Préparation.*** Par groupes (2 ou 3 élèves), choisissez une grande cause que vous souhaitez défendre. Faites la liste des arguments et des exemples que vous allez apporter pour soutenir votre thèse, puis rédigez un discours bref.

▸ ***Réalisation.*** Prononcez votre discours devant la classe. Vous pouvez désigner un orateur ou vous répartir les différentes parties du discours.

▸ ***Réfléchir ensemble.*** Qu'est-ce qui permet de susciter l'adhésion de l'auditeur ? Par quels procédés arrive-t-on à le convaincre ?

# Épilogue
## Birmingham, Angleterre
## Octobre 2015

Plus d'une année s'est écoulée depuis la sortie de mon livre, et trois depuis ce matin d'octobre où un taliban a tiré sur moi dans le bus qui me ramenait de l'école. Par la suite, ma famille a connu de nombreux bouleversements. Nous avons dû quitter notre vallée montagnarde du Swat, au Pakistan, et emménager dans une maison de briques à Birmingham, deuxième ville la plus grande d'Angleterre. J'ai rencontré de nombreux chefs d'État et je me suis fait de nouveaux amis à l'école. Un documentaire a été tourné sur ma famille et moi. J'ai remporté le prix Nobel de la paix. Parfois, tout cela me semble si irréel que j'ai envie de me pincer.

J'ai maintenant dix-huit ans, et s'il y a bien une chose qui n'a pas changé, c'est que je n'aime toujours pas me lever le matin. Le plus étonnant, c'est que c'est désormais la voix de mon père qui me réveille. Chaque jour, il se lève le premier et prépare le petit déjeuner pour moi, ma mère et mes frères, Atal et Khushal. Il se vante toujours d'avoir pressé les oranges, fait frire les œufs, réchauffé le pain et sorti le miel du placard.

— Ce n'est qu'un petit déjeuner ! dis-je pour le taquiner.

Après manger, mes frères et moi partons au lycée. Ma mère, Toor Pekai, part aussi en classe. C'est de loin le plus grand de tous les changements. Elle prend des cours cinq fois par semaine pour apprendre à lire, écrire et parler anglais. Ma mère n'est jamais allée à l'école, c'est sûrement pour cela qu'elle nous a toujours encouragés à y aller.

— Ne vous réveillez pas un beau jour, comme moi, en vous rendant compte de tout ce que vous avez raté.

Sa nouvelle vie en Angleterre est jalonnée d'obstacles. Faire les courses, aller chez le médecin ou à la banque... tout cela est très compliqué pour elle. Les cours d'anglais lui redonnent confiance. Ils lui permettront de s'exprimer avec d'autres personnes que les membres de sa famille.

Au début, j'ai cru que nous ne nous sentirions jamais chez nous ici, mais je commence à considérer Birmingham comme ma maison. Ce n'est pas le Swat, qui me manque chaque jour, mais lorsque je voyage et reviens dans cette nouvelle maison, je me sens chez moi. J'ai même arrêté de me plaindre de la pluie, bien que mes amis me fassent rire quand ils se plaignent de la chaleur alors qu'il ne fait que vingt-cinq degrés. Pour moi, c'est comme le printemps.

Je me suis fait beaucoup d'amis dans ma nouvelle école, mais Moniba reste à ce jour ma meilleure amie. Nous nous racontons nos vies sur Skype pendant des heures. Quand elle me parle des fêtes du Swat, j'aurais envie d'y être, moi aussi. Je suis toujours en contact avec Shazia et Kainat, les deux autres filles qui ont été blessées dans le bus. Elles étudient à l'Atlantic College, au pays de Galles. Elles souffrent d'être loin de chez elles, immergées dans une culture si différente, mais elles savent que c'est ce qui leur permettra de réaliser leurs rêves et d'aider leur communauté.

Le système scolaire anglais est très différent du système pakistanais. Dans mon ancienne école, j'étais considérée comme une

« bonne élève ». Je pensais que cela ne changerait jamais, que je serais toujours première de la classe, peu importe la somme de travail que je fournirais. Ici, les professeurs exigent beaucoup plus de nous. Au Pakistan, on avait pour habitude d'écrire de longues réponses. On pouvait raconter tout et n'importe quoi. Parfois, les examinateurs ne lisaient que la moitié de notre travail et nous donnaient quand même de bonnes notes ! En Angleterre, les questions sont souvent plus longues que les réponses. Au Pakistan, le simple fait d'aller à l'école est un défi. C'est sûrement pour cette raison que l'on y attend si peu des élèves. Là-bas, pas de laboratoires, d'ordinateurs ou de bibliothèques. Tout ce que nous avions, c'était un professeur devant un tableau blanc, planté devant ses élèves et leurs manuels scolaires.

Au Pakistan, on me respectait parce que j'avais lu huit ou neuf livres. Quand je suis arrivée en Angleterre, j'ai rencontré des filles qui en avaient lu des centaines. Maintenant, je me rends compte à quel point c'était peu, et j'ai envie de lire tous ces livres, moi aussi. J'ai obtenu mes GCSEs, une série d'examens que tous les élèves doivent passer en Angleterre. Ils sont très importants, surtout pour ceux qui, comme moi, souhaitent continuer leurs études. Le jour des résultats reste un des plus beaux jours de ma vie. Plus tard, je passerai mes A Levels.

Ensuite, je veux aller à l'université pour étudier la politique et la philosophie.

Le GCSE est le Certificat général de fin d'études secondaires, que l'on passe à la fin de la scolarité obligatoire (16 ans) en Grande-Bretagne, et équivalant au Brevet des Collèges.

Les A Levels (abréviation de *Advanced Levels*) sont l'équivalent du Baccalauréat, et nécessaires pour poursuivre des études supérieures.

J'espère retourner au Swat et revoir mes amis, mes professeurs, mon école et ma maison. Cela prendra du temps, mais je suis sûre que ce sera possible un jour. Mon rêve serait de retourner dans mon pays natal et de devenir une grande femme politique pour rendre service au peuple. Maulana Fazlullah, l'homme qui commandait celui qui m'a tiré dessus, dirige hélas toujours les talibans du Pakistan. Mon retour au pays serait trop risqué. Alors je vais continuer à étudier, prendre des cours d'histoire, rencontrer des gens influents et écouter ce qu'ils ont à dire. Je continuerai à me battre contre l'ignorance et le terrorisme.

Grâce aux extraordinaires médecins de Birmingham, je suis en bonne santé. Après ma sortie de l'hôpital, j'ai dû suivre des séances de kinésithérapie une fois par semaine, et j'ai eu besoin de beaucoup de soutien. Les médecins disent que les nerfs de mon visage sont guéris à quatre-vingt-seize pour cent. L'implant cochléaire m'aide à mieux entendre, et les médecins pensent que la technologie va s'améliorer avec le temps. Je n'ai plus de migraines et je fais du sport, même si tout le monde veille à ne pas me cogner la tête avec le ballon ! Je me trouve assez douée au cricket et au rounders[1], même si mes frères disent le contraire.

Ceux-ci se sont bien adaptés. Je me chamaille avec Khushal plus que jamais. Atal nous fait rire. Il s'exprime de façon très exagérée et son énergie débordante nous épuise. Il a reçu beaucoup d'attention et de compliments après la sortie du film. Ma famille entière en a reçu, mais lui tout particulièrement. On dirait un petit écureuil, et le monde entier a pu le découvrir.

1. **Rounders** : sport collectif semblable au baseball.

C'était étrange de voir un film qui raconte ma vie et celle de ma famille. J'avais déjà partagé mon histoire dans un livre, pourtant ce n'est pas comparable avec ce film, qui m'a beaucoup intimidée. Je sais que plus on entendra parler de mon histoire et de mon message, plus on aura de chance d'atteindre notre but : l'éducation pour tous. D'ailleurs, le film est sorti aux États-Unis au moment de l'Assemblée générale des Nations unies. Dans la même semaine, j'ai assisté à la première du film à New York et donné un discours à l'ONU, cette fois dans le cadre du sommet sur le développement durable. J'ai demandé aux gouvernements d'agir pour offrir un enseignement de qualité à tous les enfants. J'ai même participé au Global Citizen Festival à Central Park avec quatre de mes amies, dont Shazia et Kainat. C'est la première fois que je parlais devant une foule aussi immense. Plus de soixante mille personnes étaient présentes. Des artistes tels qu'Ed Sheeran, Beyoncé et Coldplay ont joué pour propager le message de l'ONU, pour combattre les inégalités et mettre fin à la pauvreté. Lorsqu'est arrivé mon tour de monter sur scène, j'ai parlé des soixante-six millions de filles qui n'ont pas accès à l'éducation, de l'importance de l'école, et aussi de la paix dans le monde. Car comment combattre les inégalités et la pauvreté tant que des millions de personnes n'ont toujours pas accès à l'éducation ?

Durant ces deux dernières années, j'ai beaucoup voyagé et fait de nombreuses rencontres. Pourtant, je sens que je peux aller plus loin encore. Avec la Fondation Malala, j'ai décidé de devenir porte-parole des réfugiés syriens et de défendre leur droit à l'éducation. Je me suis rendue à la frontière syrienne où j'ai vu des centaines de réfugiés fuir vers la Jordanie. Ils avaient traversé le désert sans rien d'autre que les vêtements qu'ils portaient sur leur dos. Certains enfants n'avaient même pas de chaussures. J'en ai pleuré de chagrin. Dans les camps, la plupart des enfants ne sont pas scolarisés. Parfois, il n'y a pas d'école, ou il est trop dangereux de s'y rendre. Dans certains cas, les enfants doivent travailler au lieu d'aller à l'école parce que leur père a été tué.

Leur souffrance m'a brisé le cœur. Qu'ont-ils fait pour mériter cela ? Pour être déracinés de leur pays ? Pourquoi ces enfants innocents souffrent-ils aussi cruellement ? Pourquoi sont-ils privés d'éducation et d'une vie paisible ?

Là-bas, j'ai rencontré Mizune, une fille de mon âge. Chaque jour, elle se rendait de tente en tente pour essayer de convaincre les parents d'envoyer leurs enfants à l'école. Elle m'a dit qu'elle voulait devenir journaliste pour aider les gens à comprendre ce qui se passait ici.

— Quel est ton plus grand souhait ? lui ai-je demandé.

— Je veux rentrer chez moi et mettre fin aux guerres.

Le jour de mes dix-sept ans, j'étais au Nigeria, par solidarité envers les jeunes filles qui ont été enlevées de leur dortoir en pleine nuit par les militants de Boko Haram, en avril 2014. Ces filles, de mon âge, rêvaient de devenir médecins, professeurs ou chercheuses. Elles étaient courageuses et uniques, car seulement quatre pour cent des filles du nord du Nigeria sortent de l'école avec un diplôme. Le monde est déjà passé à autre chose, mais je refuse qu'on les oublie. Elles feront d'ailleurs partie d'un autre projet de la Fondation Malala.

En octobre de cette même année, presque deux ans jour pour

**Boko Haram est une organisation terroriste particulièrement violente qui s'oppose, entre autres, à l'éducation des filles.**

jour après mon attaque, j'ai reçu une récompense tellement extraordinaire qu'il m'a fallu un certain temps pour y croire : je suis devenue la personne la plus jeune à recevoir le prix Nobel de la paix. J'étais en cours de chimie quand on me l'a appris. Mon professeur principal a interrompu le cours et m'a demandé de le suivre. *Qu'est-ce qui se passe ? Est-ce que j'ai fait une bêtise ?* Quand elle m'a annoncé que l'on m'avait attribué le prix Nobel de la paix aux côtés de Kailash Satyarthi, militant du droit des enfants, j'étais sous le choc. J'ai répondu très formellement. Je l'ai remerciée et lui ai dit que j'étais honorée. C'est seulement quand mes professeurs sont venus me féliciter avec les yeux pleins de larmes que j'ai commencé à digérer la nouvelle. Tout le monde était heureux pour moi et j'étais heureuse, moi aussi, car la cause qui faisait partie de ma vie depuis si longtemps venait d'être reconnue comme jamais auparavant.

Les professeurs ont rassemblé tous les élèves et m'ont demandé de prendre la parole. J'étais très stressée. S'adresser à ses propres professeurs et camarades de classe est bien plus intimidant que de s'adresser à l'ONU ! Je ne me souviens pas vraiment de mon discours. Je pense que j'ai parlé de l'éducation, du droit des femmes et de la paix. Ensuite, je suis allée en physique. Je suis restée à l'école jusqu'à la fin des cours.

Je suis reconnaissante que le prix Nobel ait été attribué au nom du droit des enfants. Plus j'ai appris à connaître Kailash, plus j'étais fière de partager ce prix avec lui. J'étais émue de rencontrer un homme aussi gentil et engagé. Il milite pour responsabiliser les adultes quant à la protection de leurs enfants

Né en 1954, l'Indien Kailash Satyarthi, ancien ingénieur électricien, lutte depuis 1980 contre l'esclavage et le travail forcé des enfants, notamment grâce à son mouvement *Bachpan Bachao Andolan* (Sauver l'enfance).

et de leurs droits. Il montre que l'amour existe et que la bonté de chacun peut faire la différence. Il travaille inlassablement pour sauver des enfants de l'esclavage et du travail forcé.

C'était une belle cérémonie. J'étais heureuse d'avoir mes courageuses amies du Pakistan, du Nigeria et de Syrie à mes côtés, dont Shazia, Kainat et Mizune. Elles aussi ont dû se battre pour défendre leurs droits. J'étais touchée que nous puissions partager cette expérience ensemble.

Cette dernière année, j'ai milité pour le droit à l'éducation à travers la Fondation Malala. J'ai voyagé dans des pays frappés par la guerre pour sensibiliser le public à la détresse de ces enfants. J'ai fondé de nouveaux projets en Jordanie, au Pakistan, au Kenya et au Nigeria. Le jour de mes dix-huit ans, je suis retournée à la frontière syrienne. J'ai ouvert une école au Liban pour y accueillir les enfants réfugiés. J'ai demandé aux gouvernements d'investir dans les livres plutôt que dans les armes. J'ai appelé à l'aide au nom des réfugiés. J'ai parlé à de nombreux chefs d'État, à qui j'ai demandé de consacrer une plus grosse partie de leur budget à l'éducation. J'ai encouragé les pays riches à soutenir financièrement les pays en voie de développement.

La Fondation Malala grandit un peu plus chaque jour, mais je sais qu'il y a encore de nombreuses étapes à franchir. Je remercie Dieu de m'avoir offert cette opportunité. Il s'agit désormais de ma vie, de mon travail, de ma mission et de mon rêve.

*

Beaucoup de choses ont changé ces dernières années, mais je suis toujours la même Malala, celle qui allait à l'école dans le Swat. Ma vie a changé, mais pas moi. Si vous posiez la question à ma mère, voilà ce qu'elle vous répondrait :

— Malala est peut-être plus sage qu'avant, mais elle est toujours aussi turbulente. Elle continue à ranger sa chemise à un endroit et son pantalon à un autre et à se plaindre de ne pas avoir fini ses devoirs. Il y a des choses, même infimes, qui ne changent jamais.

Beaucoup de nos amis restés au Pakistan doivent penser que nous sommes chanceux de vivre en Angleterre dans une jolie maison de briques et d'aller au lycée tous les jours. Mon père est diplomate auprès du consulat pakistanais et conseiller de l'ONU pour l'éducation. Ce serait le rêve de nombreux jeunes et ambitieux Pakistanais.

Pourtant, lorsqu'on est exilé de son propre pays, ce pays où vos parents et grands-parents sont nés, ce pays dont vous avez hérité des siècles d'histoire, la douleur demeure. On ne peut plus toucher son propre sol ni entendre le doux son de nos rivières. Les hôtels luxueux et les palaces ne remplaceront jamais mon vrai chez-moi.

Nous avons été profondément émus par l'accueil qui nous a été réservé à travers le monde, et par les réactions à la sortie des livres et du film, qui ont aidé beaucoup de gens à comprendre notre histoire. Lorsque je reçois des récompenses, j'envoie l'argent au Swat pour aider les enfants à se rendre à l'école et les adultes à s'acheter une boutique ou un taxi, afin qu'ils travaillent et gagnent de l'argent pour leur famille. Nous avons reçu de nombreux courriers, dont l'un d'un vieil homme japonais qui a écrit : « Je suis vieux et pauvre, mais je veux vous aider. » Il a joint dix mille yen à sa lettre. Il n'a pas laissé son adresse, et nous n'avons jamais pu le remercier.

Ce sont ces encouragements et cet amour qui me donnent la force de continuer à me battre. Jamais je ne cesserai de défendre la paix et le droit à l'éducation. Je veux construire des écoles et m'assurer que des professeurs qualifiés soient présents partout dans le monde. Voilà une autre chose qui n'a pas changé : je suis toujours aussi têtue, et jamais je ne baisserai les bras.

Malala Yousafzai souffle ses bougies sur son gâteau d'anniversaire, le 12 juillet 2015 dans une école destinée aux réfugiées syriennes, dans la plaine de la Bekaa, au Liban.

## Remerciements

J'aimerais tout d'abord remercier tous les gens qui, partout dans le monde, m'ont soutenue, moi et aussi ma cause. Je suis reconnaissante pour tous les messages et toutes les prières qui m'ont été destinés.

Je suis bénie d'être née de parents qui respectent la liberté de pensée et d'expression de tous. Ma famille est avec moi à chaque étape du chemin. Mon père m'a encouragée à poursuivre mon rêve de défendre la paix et l'éducation, et ma mère nous a soutenus tous les deux dans cette campagne.

Et mes frères, Khushal et Atal, me rappellent tous les jours que, même si le monde entier me connaît désormais, je ne suis toujours rien que leur grande soeur.

Je suis honorée d'avoir eu d'excellents professeurs et d'avoir fréquenté une très bonne école dans le Swat.

Je suis, et je serai toujours, reconnaissante envers mes professeurs d'avoir fourni tous leurs efforts pour dispenser le savoir et apprendre aux enfants comment découvrir leurs talents personnels et explorer le monde.

Dans mon nouveau lieu de résidence, j'ai la chance de fréquenter une école très bien organisée et plaisante – l'école supérieure de filles Edgbaston – et d'y avoir trouvé un environnement très motivant. L'ensemble des professeurs (en particulier la directrice, le docteur Weeks) et des élèves m'ont fait sentir que j'étais la bienvenue : je ne m'y sens plus comme la nouvelle mal à son aise en permanence.

J'ai été soignée dans de très bons hôpitaux au Pakistan et en Angleterre, et je suis à jamais reconnaissante envers les médecins et les infirmières qui ont pris soin de moi. J'ai pris plaisir à être la *patiente*.

J'ai de la chance, aussi, d'avoir une extraordinaire meilleure amie, Moniba. Elle m'a toujours incitée à avoir confiance en moi et à ne jamais perdre espoir.

Être capable de partager mon histoire est une autre bénédiction. Écrire un livre est une tâche exigeante, et j'ai beaucoup de gens à remercier, eux qui m'ont aidée dans cette aventure :

Karolina Sutton, mon agent littéraire, s'occupe de tous les aspects du processus de publication et prend à cœur de toujours défendre mes intérêts au mieux.

Je n'aurais jamais rencontré Karolina sans Shiza Shahid. Shiza nous a également aidés à mettre sur pied la Fondation Malala et travaille jour après jour à délivrer notre message et à faire avancer notre campagne en faveur de l'éducation pour tous.

Patricia McCormick a travaillé avec moi pour présenter mon histoire d'une façon nouvelle ; je lui sais gré de sa patience et de sa compassion – et des leçons de yoga !

Je remercie Farrin Jacobs pour son important travail d'édition. Même si son nom ne figure pas sur la couverture de ce livre, elle a accompli une tâche considérable. Elle m'a fait travailler dur mais a toujours travaillé dur à mes côtés.

Cette autobiographie n'existerait sûrement pas sans le livre écrit avec Christina Lamb. Nous nous sommes fiées à ses reportages et à ses recherches approfondies, et je lui serai toujours reconnaissante de m'avoir aidée à transformer mes mots en une histoire complète.

Mais rien ne se serait jamais passé sans l'incroyable soutien que Shahida Choudhry nous apporte, à moi et à ma famille.

Bien d'autres personnes ont offert leur contribution à un titre ou à un autre, en particulier :

Fiona Kennedy et son équipe chez Orion, mon éditeur au Royaume-Uni ;

Megan Tingley, Sasha Illingworth et le reste de l'équipe chez Little, Brown Books for Young Readers ;

Megan Smith, Lynn Taliento, Eason Jordan, Meighan Stone, P.J. Kadzik, Jahan Zeb Khan et tous ceux qui contribuent au Fonds Malala ;

Norah Perkins, Hinna Yusuf, Ahmad Shah, Mark Tucker et Tanya Malott ;

et, bien sûr, James Lundie et Laura Crooks, chez Edelman, qui nous ont apporté, à moi et à ma famille, un formidable soutien tout au long de notre nouveau voyage.

Merci, pour finir, à tous ceux qui lisent mon histoire et trouvent espoir et inspiration dans ces pages. Mon parcours n'a pas toujours été aisé mais j'ai toujours cru que la vérité et la bonté finiront par prévaloir.

Et je suis heureuse et honorée par-dessus tout de pouvoir parler au nom de ceux qui ne le peuvent pas.

Merci.

## DÉFI LECTURE

# Mœurs et coutumes pakistanaises

### *As-tu bien lu ?*

**1 La nourriture**

**a.** Que mange Malala au petit-déjeuner ?

☐ des blinis ☐ du chapati ☐ du tzatziki

**b.** Avec quoi aromatise-t-on le thé au Pakistan ?

☐ du cumin ☐ de la cannelle ☐ de la cardamome

**2 Les règles de vie**

**a.** Qu'est-ce que le pashtunwali ?

**b.** Qu'est-ce que le purdah ?

☐ un ensemble de règles empêchant les hommes de voir les femmes

☐ un monument célèbre de la capitale Islamabad

**c.** Cite deux activités interdites par les talibans, même dans le cadre privé.

**3 Les vêtements**

**a.** Qu'est-ce que le shalwar kamiz ?

☐ un ensemble composé d'un pantalon et d'une tunique assortie

☐ la robe traditionnelle des mariées au Pakistan

**b.** Quel uniforme Malala porte-t-elle pour aller à l'école ?

**c.** Quel vêtement les talibans imposent-ils aux femmes ?

**4 La vie en société**

**a.** Quelles sont les deux valeurs primordiales pour un Pakistanais ?

☐ l'hospitalité ☐ l'intelligence ☐ le partage

**b.** Quel est le jeu préféré des enfants sur les toits terrasses et dans les rues ?

☐ le football ☐ le handball ☐ le cricket ☐ le volleyball

**c.** Que font les hommes lorsqu'ils se réunissent ?
À quoi s'occupent les femmes, traditionnellement ?

**d.** Quels sont les moyens de transport les plus employés dans les villes du Pakistan ?

☐ les voitures ☐ les vélos ☐ les autobus ☐ les rickshaws

LE DOSSIER

*Moi, Malala*

# Un récit autobiographique engagé

REPÈRES



PARCOURS DE L'ŒUVRE



TEXTES ET IMAGES

# Le récit autobiographique

***On parle d'autobiographie lorsqu'un auteur fait le récit rétrospectif d'événements qu'il a vécus ou d'actions qu'il a menées, notamment pour défendre une cause.***

## ● À QUOI RECONNAÎT-ON UNE AUTOBIOGRAPHIE ?

Dans une autobiographie, l'auteur se prend lui-même comme sujet et raconte des épisodes qui ont marqué sa vie.

*Le mot* ***autobiographie*** *est formé de trois radicaux grecs :*
- **auto** *(soi-même) ;*
- **bio** *(la vie) ;*
- **graphie** *(l'écriture).*

*Ce mot est apparu en France vers 1830.*

L'auteur (celui qui écrit), le narrateur (celui qui raconte) et le héros (ou personnage principal) sont donc une seule et même personne.

Le plus souvent, l'auteur écrit à la première personne (« je »), emploie les temps du passé et adopte un point de vue interne.

Il évoque des moments de sa vie, les analyse et livre ses commentaires au lecteur : on dit donc qu'il y a un « double je », celui du narrateur enfant et celui du narrateur plus âgé qui écrit.

> « Je travaillais mes cours, j'écoutais des disques, je lisais, toujours dans ma chambre. Je n'en descendais que pour me mettre à table. On mangeait sans parler. »
>
> Annie Ernaux,
> *La Place*, 1983.

## ● QUELS SONT LES AUTRES GENRES DE L'ÉCRITURE DE SOI ?

Les **mémoires**, souvent écrits par des personnalités politiques, donnent un éclairage sur l'Histoire. Les **journaux intimes** permettent de comprendre le cheminement personnel d'un auteur.

## UN RÉCIT OBJECTIF ?

Dans *Les Confessions*, Jean-Jacques Rousseau (1712-1778) veut rendre son âme transparente à autrui.

Mais l'auteur d'une autobiographie ne peut pas rapporter de façon exhaustive ce qu'il a vécu ; il choisit de relater certains faits pour la valeur qu'il leur accorde, et en fonction de l'objectif qu'il s'est fixé. De plus, les événements qu'il rapporte sont passés par le filtre de son souvenir et de sa subjectivité...

Malala choisit de raconter surtout les bouleversements politiques au Pakistan, et son combat pour la scolarisation des filles dans son pays.

## QU'EST-CE QUE LE PACTE AUTOBIOGRAPHIQUE ?

À défaut d'être objectif, l'auteur d'un récit autobiographique s'engage, vis-à-vis du lecteur, à être sincère : c'est le pacte tacite sur lequel repose le genre autobiographique.

## POURQUOI PARLER DE SOI ?

L'autobiographie peut servir de base à une réflexion personnelle ; en reconstituant sa vie passée, l'auteur approfondit sa connaissance de lui-même.

Il témoigne aussi de ce qu'était le monde à une époque révolue et fait ainsi partager au lecteur le fruit de son expérience.

> « Je veux montrer à mes semblables un homme dans toute la vérité de la nature ; et cet homme, ce sera moi. »
>
> Jean-Jacques Rousseau, *Les Confessions*, 1813.

# L'écriture engagée

***Lorsqu'un auteur met son écriture au service d'une cause, on parle d'écriture engagée. Le texte cherche à convaincre le lecteur, à le faire adhérer à son idée.***

## • QUELLES SONT LES CARACTÉRISTIQUES DE L'ÉCRITURE ENGAGÉE ?

L'auteur décrit une réalité, il cite des noms, donne des dates, évoque des faits. Pour emporter l'adhésion du lecteur, il fait appel à la fois à sa raison, à l'aide d'arguments, et à ses sentiments. Parfois, il s'adresse directement au lecteur.

## • DIFFÉRENTES FORMES DE L'ÉCRITURE ENGAGÉE

L'écrivain peut développer ses arguments directement dans un discours ou un essai, comme Émile Zola, par exemple, qui dénonce la condamnation d'Alfred Dreyfus dans la lettre ouverte « J'accuse ! ».
Mais un récit, une fable ou une pièce de théâtre peuvent également servir de support à la parole engagée.
Au Moyen Âge, *Le Roman de Renart* montre de façon détournée les travers de la société féodale. Au XVIIe siècle, les *Fables* de Jean de La Fontaine dénoncent les abus du pouvoir absolu. De même, le théâtre de Molière fait la satire de certaines institutions comme le mariage. On parle aussi de poésie engagée. Paul Éluard a ainsi écrit *Liberté* pour dénoncer la dictature nazie.

> « Je n'ai qu'une passion,
> celle de la lumière,
> au nom de l'humanité
> qui a tant souffert et
> qui a droit au bonheur.
> Ma protestation enflammée
> n'est que le cri de mon âme. »
>
> Émile Zola, *J'accuse*,
> le 13 janvier 1898.

## DES CAUSES VARIÉES

Au XVIII<sup>e</sup> siècle déjà, les Lumières luttaient contre l'intolérance et les préjugés. Voltaire a ainsi dénoncé l'esclavage, que beaucoup jugeaient indispensable à son époque.

D'autres ont dénoncé la guerre et le militarisme : Boris Vian, dans son poème *Le Déserteur*, s'engage contre la lutte armée.

Le refus des discriminations (antisémites, racistes, sexistes) est une autre cause défendue par des écrivains qui veulent faire évoluer des situations qu'ils jugent injustes et qui les révoltent. Depuis le Moyen Âge, de nombreuses femmes luttent ainsi pour l'égalité entre les hommes et les femmes, par exemple Christine de Pisan, George Sand ou Simone de Beauvoir en France, ou encore Taslima Nasreen au Bangladesh.

## PROMOUVOIR LE PROGRÈS

Grâce à Malala, le droit des enfants à l'éducation progresse dans le monde.

De même, beaucoup d'acquis sont dus à l'engagement de personnalités qui se sont battues pour l'égalité, la liberté, la laïcité.

Le travail des enfants et la peine de mort ont ainsi été abolis en France, la condition des femmes s'améliore. Dans le domaine de l'écologie écrivains et artistes luttent – aux côtés de scientifiques et d'hommes politiques – pour l'avenir de la planète.

Victor Hugo, dans *Les Misérables*, décrit la condition du peuple de son époque, et lutte pour le progrès social.

« Je me soucie de la justice climatique et de la planète vivante. (...) Le changement s'en vient, que vous le vouliez ou non. »

Greta Thunberg, décembre 2018 (COP 24).

# Étape 1 • Identifier une autobiographie

**SUPPORT** • Chapitres 1, 2, 3, 4, 5 et le Repère pages 244-245.

**OBJECTIF** • Reconnaître les caractéristiques d'un récit autobiographique.

## *L'enfance heureuse*

**1** **Prologue et repère.** Pour quelles raisons peut-on affirmer que *Moi, Malala* est une autobiographie ?
Relève des indices pour justifier ta réponse.

**2** **Prologue et chapitre 1. a.** Résume dans l'ordre chronologique les principaux évènements relatés et place-les sur la frise :

| | | |
|---|---|---|
| ............................ | ............................ | ............................ |
| ............................ | ............................ | ............................ |

**b.** Pourquoi peut-on parler d'analepse (flash-back) ?
Quel est l'effet produit ?

**3** **Chapitre 1.** Relis la première page du chapitre 1.
Cite un verbe qui revient trois fois (l. 4, 6 et 9).
Comment Malala fait-elle son autoportrait ?

## *La naissance d'un engagement*

**4** **Chapitre 3**

**a.** Comment Malala découvre-t-elle la misère de certains enfants ?
**b.** Quel âge a-t-elle alors ?

→

**c.** Que décide Malala ce jour-là ?
**d.** Qu'a-t-elle compris ?

**5** À quoi voit-on que ses parents sont, eux aussi, sensibles à la misère sociale ?

## *L'évocation des souvenirs*

**6** **Chapitre 5.** Relis les deux dernières phrases du chapitre 4 : font-elles partie du récit d'évènements passés, ou sont-elles un commentaire qu'écrit Malala au moment où elle raconte son histoire ?

## *La langue et le style*

**7** **Chapitre 5. a.** Relis les lignes 39 à 52, et relève les verbes conjugués.

**b.** Relis les lignes 53 à 55 et montre que Malala analyse ses souvenirs au fur et à mesure de leur évocation.

## *Faire le bilan*

**8** **Chapitres 1 à 5**

**Souvenirs d'enfance.** Complète le texte à l'aide des mots suivants.

autobiographique | enfance | engagement

évènements | injustices | souvenirs

Dans un récit .................................. , Malala décrit le cadre des premières années heureuses de sa vie au Pakistan.

En évoquant ses .......................... , elle nous fait découvrir son pays, les .......................... qui ont marqué son ............................ , sa prise de conscience des ................................ sociales et les raisons de son ................................ précoce.

## *Écrire maintenant*

**9** **Autoportrait.** À la façon de Malala, réalise ton autoportrait en employant les expressions « J'aime » et « Je n'aime pas ».

Tu peux également évoquer ton physique et les aspects de ta personnalité.

# Étape 2 • Comprendre les références au contexte historique

**SUPPORT** • Chapitres 6, 7, 8, 9 et 10.

**OBJECTIF** • Étudier comment Malala raconte à la fois son histoire et celle de son pays.

## *Au-delà du témoignage personnel*

**1 Chapitre 6**

**a.** Pourquoi est-il d'abord apprécié par la population ? ← le maulana Fazlullah → **b.** Que dit pourtant de lui le père de Malala ?

**2 Chapitre 6.** Quelle métaphore emploie le père de Malala pour parler de la menace des talibans ?

**3 Chapitre 7.** « Mingora était devenu comme une prison » (l. 108-109).
**a.** Quelle image relèves-tu dans cette phrase ? Justifie ta réponse.

☐ une métaphore ☐ une métonymie ☐ une comparaison

**b.** Que veut dire Malala par l'emploi de ce procédé ?

**4 Chapitre 8. a.** Qui est Benazir Bhutto ?
**b.** Pourquoi la population reprend-elle espoir malgré son assassinat ?

## *Face au terrorisme*

**5 Chapitre 10. a.** Qu'est-ce qui permet à Malala d'oublier sa peur pendant les journées de guerre ?
**b.** Retrouve les mots employés pour décrire l'école et le terrorisme.

| L'école | Les actes terroristes |
|---|---|
| Chap. 6, l.120 : .................................. | Chap. 10, l. 129 : .................................. |
| Chap. 7, l. 130 : .................................. | Chap. 10, l.131 : .................................. |
| Chap. 10, l. 2 : .................................. | Chap. 10, l. 136 : .................................. |

**c.** Pourquoi Malala emploie-t-elle ces mots ?
Que veut-elle faire comprendre ?

**6** Cite deux exemples montrant que les enfants sont touchés par la guerre.

**7** Relis les paroles du père de Malala (l. 168-169). Que veut-il faire comprendre à sa fille ?

## *La langue et le style*

**8 Chapitre 10. Mise en relief**
Relis les lignes 112 à 120 et observe la construction des phrases : que remarques-tu ? Comment appelle-t-on ce procédé stylistique ?

## *Faire le bilan*

**9 Chapitres 6 à 10. Le contexte historique**
Complète le texte à l'aide des mots suivants.

école | expérience | violence | paix | quotidien | terrorisme

En racontant sa propre .................. de la guerre et du .................... , Malala fait comprendre au lecteur ce que ressent au .................... la population d'un pays en proie à la ................ et les dramatiques conséquences liées aux affrontements.
Dans cette tourmente, l'................................ représente pour elle un havre de ..............................., cependant bien fragile.

## *À ton avis*

**10 La destruction des écoles**
D'après toi, pourquoi la destruction des écoles constitue-t-elle une étape importante dans l'établissement d'un régime de terreur ?

## *Écrire maintenant*

**11 Sentiments divers.** Malala écrit à sa cousine dans le Shangla ; elle lui explique ce qu'elle éprouve pendant la guerre qui oppose l'armée et les talibans. Imagine le contenu de cette lettre.

# Étape 3 • Analyser les raisons de l'engagement

**SUPPORT** • Chapitres 11 à 19.

**OBJECTIF** • Identifier les différentes étapes de l'engagement de Malala.

## *Agir et parler*

1 **Chapitre 11 à 17.** Complète les lignes en indiquant pour chaque chapitre une action illustrant la détermination et l'engagement de Malala.

- Chapitre 11 →......................................................................................
- Chapitre 12 → ......................................................................................
- Chapitre 14 → Elle se rend à l'école malgré l'interdiction.
- Chapitre 15 →......................................................................................
- Chapitre 16 → ......................................................................................
- Chapitre 17 → ......................................................................................

2 **Chapitre 19. a.** Quelles récompenses montrent que le combat de Malala est entendu dans le monde ?
**b.** Pourquoi décide-t-elle alors de faire de la politique ? Aide-toi des lignes 38 à 40 pour répondre.

## *Ne jamais renoncer*

3 **Chapitre 11.** Relis les lignes 50 à 55. Qu'est-ce qui aide Malala à vaincre sa peur et son anxiété ?

4 **Chapitre 11 à 13.** Parmi les adjectifs suivants, entoure ceux qui évoquent Malala puis justifie en donnant l'exemple d'une situation qu'elle a vécue.

anxieuse *autoritaire* COURAGEUSE
désespérée optimiste **têtue**

5 **Chapitre 15.** Le père de Malala dit de sa fille qu'elle est « sage au-dessus de son âge ». De quelles qualités exceptionnelles parle-t-il et comment l'explique-t-il ?

## La langue et le style

**6 Chapitre 18. Temps et voix**

*« Sept mille écoles ont été détruites » ; « notre école, près de la rivière, a été durement touchée » ; « un politicien a été tué par un attentat-suicide »* (l. 45 à 60).

**a.** À quel temps et à quelle voix sont conjugués les verbes ?

**b.** Pourquoi les journalistes ont-ils souvent recours à ces formes ?

## Faire le bilan

**7 Chapitres 11 à 19. Une jeune fille déterminée**

Complète le texte à l'aide des mots suivants.

combat | détermination | écolières | force | Pakistan | talibans

Malgré sa peur de la guerre et des............................., Malala décide de prendre la parole au nom de toutes les ............................. pakistanaises, et de se faire entendre ! Sa ................................. lui donne la ....................... de mener le ............................ contre les terroristes. Elle contribue ainsi à faire découvrir au reste du monde la situation du ............................ et à la faire évoluer.

## À ton avis

**8 Trouver le bonheur**

Peut-on être heureux en se consacrant à une grande cause ? Le dépassement de soi peut-il mener au bonheur ?
Rédige un texte argumenté pour défendre ton point de vue.
Pense à illustrer chacune de tes idées par au moins un exemple.

## Enquêter maintenant

**9 Désobéissance**

Malala a défié les talibans en allant à l'école en secret.
Fais une recherche sur Internet ou au CDI, et rédige une courte biographie d'une personnalité qui, comme Malala, a eu le courage de braver des interdits et de désobéir pour défendre une cause juste.

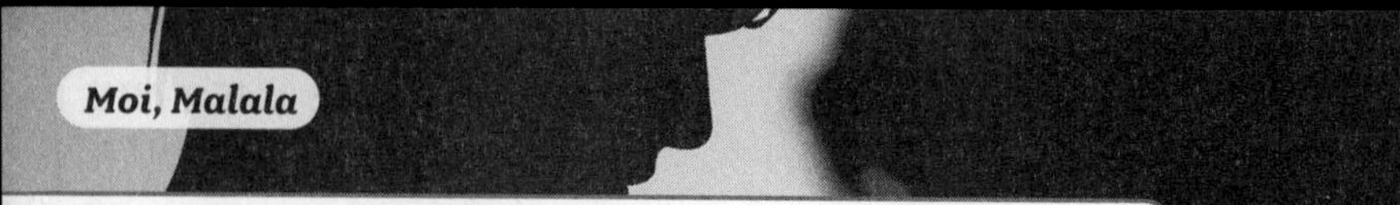

# Étape 4 • Caractériser le récit de l'attentat

**SUPPORT** • Chapitres 20, 21, 22 et 23.

**OBJECTIF** • Étudier, à travers le récit, les marques de l'engagement et du dépassement de soi.

## *Détermination et action*

**1 Chapitre 20**

**a.** Quelle définition Malala donne-t-elle de sa « vocation » (l. 52) ?

**b.** Relis les lignes 29 à 40, puis associe chaque personne aux mots décrivant sa réaction à l'annonce de la menace pesant sur Malala.

| | |
|---|---|
| la journaliste • | • « grise mine » |
| le père de Malala • | • « calme » |
| Malala • | • « larmes aux yeux » |

**c.** Pourquoi peut-on dire que la réaction de Malala est surprenante ?

**2 Chapitre 22.** Quel fait marque le début de son action concrète pour l'éducation des filles ?

## *Un jour pas comme les autres*

**3 Chapitre 22.** Complète le schéma en citant des extraits du chapitre.

les menaces planant sur l'environnement (l. 36 à 51) :
........................................
........................................

→

la peur du père de Malala (l. 54-70) :
........................................

la peur de Malala (l. 71 à 101) :
........................................

**4** Pourquoi Malala ne parle-t-elle pas de ses craintes à son entourage ?

**5 Chapitre 23. a.** Que raconte Malala dans les lignes 1 à 77 ? Combien de lignes consacre-t-elle au récit de l'attentat ?

**b.** À ton avis, pourquoi fait-elle ce choix ?

**6** Sur quoi insiste-t-elle dans les dernières lignes ? Quel est son seul souvenir de ce moment tragique ?

## La langue et le style

**7 Chapitre 22.** « *Tu étais grièvement blessée, m'a-t-elle dit.* » (l. 85)
**a.** Quelle est la nature du mot « grièvement » ?
Comment est-il formé ? Que signifie-t-il ?
**b.** Relève, à la fin du chapitre, trois autres adverbes formés de la même façon, puis donne leur signification.

## Faire le bilan

**8 Chapitres 20 à 23. Une jeune fille hors du commun**
Complète le texte avec les mots suivants.
cause | cible | combat | héroïque | instruction | menaces | vie
En dépit des................................ qui la visent personnellement, Malala continue son................................ pour l'................................ des filles dans sa ville et son pays. Elle est prête à donner sa................................ pour défendre cette................................ . Malgré son jeune âge, elle devient ainsi une................................ pour les talibans qui n'hésitent pas à utiliser les armes contre cette jeune fille................................ .

## À ton avis

**9 Héroïsme**
L'héroïsme se manifeste-t-il seulement dans des situations extrêmes ou peut-il s'exercer dans la vie ordinaire ?

## Enquêter maintenant

**10 Réactions**
L'attentat contre Malala a fait réagir le monde entier. Collecte sur Internet des articles de journaux sur ce sujet. Quelle était la tonalité des réactions ?

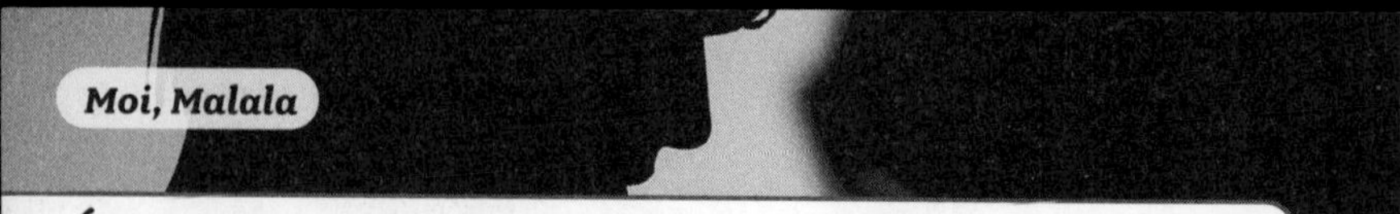



# Étape 5 • Étudier l'expression de la souffrance

**SUPPORT** • Chapitres 24 à 30.

**OBJECTIF** • Analyser la façon dont l'auteure décrit les souffrances endurées.

## *Souffrances physiques, souffrances morales*

1 **Chapitres 24 et 25. a.** Fais la liste de tout ce dont souffre Malala.

| | Douleurs physiques | Souffrances morales |
|---|---|---|
| Chapitre 24 | ........................................<br>........................................ | ........................................<br>........................................ |
| Chapitre 25 | ........................................<br>........................................ | ........................................<br>........................................ |

**b.** Quelle image emploie-t-elle pour évoquer les douleurs qu'elle ressent dans la tête (chap. 24, l. 53) ?

2 **Chapitre 26. a.** Que voit Malala dans le miroir (l. 3 à 8) ?

**b.** Relis les lignes 60 à 71. Quels sentiments éprouve-t-elle lorsqu'elle prend conscience de son état ?
**c.** Cite un exemple montrant qu'elle fait preuve d'un certain humour.

3 **Chapitre 28.** Relis les lignes 100 à 151, puis explique ce que veut dire Malala lorsqu'elle déclare que « sa famille commence à guérir ».

## *Rester combatif*

4 **Chapitre 26. a.** Que regrette surtout Malala lorsqu'elle apprend comment s'est déroulée l'agression ? (l. 36 à 40).
**b.** Explique pourquoi cette réaction est originale.

5 **Chapitre 27. a.** Retrouve les deux raisons pour lesquelles Malala accepte qu'on la prenne en photo (l. 1 à 18).
**b.** À quoi voit-on qu'elle garde son sens de l'humour malgré sa souffrance ?

6 **Chapitre 29.** Quelle conclusion tire-t-elle de l'attentat dont elle a été victime ? (l. 205 à 213)

**7** **Chapitre 30.** Quels exemples donne-t-elle pour prouver que son message a finalement été entendu ?

## *La langue et le style*

**8** **Chapitre 24. Rêve ou réalité**

**a.** Relis les lignes 102 à 121. Quel est le temps employé ici ? Quelle est sa valeur ?

**b.** Pourquoi Malala change-t-elle ainsi de temps dans sa narration des évènements ?

## *Faire le bilan*

**9** **Chapitres 24 à 28. Douleurs**

Rédige un paragraphe expliquant pourquoi Malala raconte son séjour à l'hôpital avec tant de détails. Tu peux employer les éléments suivants :

- Elle veut expliquer au lecteur les souffrances qu'elle a endurées.
- Elle veut montrer le dévouement de ceux qui l'ont soignée.
- Elle veut montrer qu'elle a conservé sa joie de vivre, et que sa détermination a été renforcée par l'attentat.

## *À ton avis*

**10** **« Tout ce qui ne me tue pas me rend plus fort »**

**a.** Cette maxime de Nietzsche te semble-t-elle convenir à la philosophie de Malala ?

**b.** D'après toi, les épreuves physiques ou morales rendent-elles plus fort ?

## *Écrire maintenant*

**11** **Chapitre 30**

Malala a reçu 8 000 lettres du monde entier. Rédige le message que tu aurais pu lui adresser toi aussi, pour lui signifier ton admiration, tes encouragements et ton soutien.

# Étape 6 • Mesurer la portée du combat de Malala

**SUPPORT** • Chapitres 31 à 36 et l'épilogue.

**OBJECTIFS** • Analyser le bilan que Malala fait de son engagement, comprendre les répercussions de son combat.

## Persévérer dans l'effort

1 **Chapitre 31.** Quelles épreuves Malala doit-elle encore endurer ? À quoi voit-on qu'elle se montre toujours courageuse ?

2 **Chapitre 32.** À la fin du chapitre, que veut dire Malala lorsqu'elle parle de « miracles » ?

3 **Chapitre 32 à 34.** Cite les expressions qui montrent pourtant les difficultés qu'elle éprouve :

| | tristesse | fatigue | solitude |
|---|---|---|---|
| chapitre 32 | ............................ | ............................ | ............................ |
| chapitre 33 | ............................ | ............................ | ............................ |
| chapitre 34 | ............................ | ............................ | ............................ |

4 **Chapitre 33. a.** Explique pourquoi elle ne se sent pas vraiment libre en Angleterre, malgré l'absence des talibans.
**b.** Relis les lignes 90 à 132 : qu'aimerait-elle être, tout simplement ?

## Se consacrer à sa cause

5 **Chapitre 35. a.** Qu'est-ce qui donne à Malala le courage de ne pas s'apitoyer sur son sort ?
**b.** À quoi pense-t-elle lorsqu'on la plaint d'avoir tant souffert ?
**c.** Comment perçoit-elle le monde ? À quoi veut-elle consacrer sa vie ?

6 **Chapitre 35.** Quelles sont les diverses formes de son engagement ? Retrouve deux exemples des actions qu'elle mène avec le Fonds Malala.

**7 Chapitre 36.** Quelle image emploie-t-elle lorsqu'elle dit qu'elle a « une taille incommensurable » (l. 107) ?

☐ une hyperbole ☐ une métaphore ☐ une comparaison

**8 Épilogue**. Quel commentaire fait-elle à propos du Prix Nobel qu'elle a reçu ? Qu'est-ce que cela révèle de sa personnalité ?

## *La langue et le style*

**9 Chapitres 31 à 34. Mélancolie**

« J'avais la nostalgie des collines si vertes de ma vallée » (chapitre 31, l. 59)

**a.** Quelle est l'étymologie du mot « nostalgie » ? Que signifie-t-il ?
**b.** Retrouve, à la ligne 21 du chapitre 34, un synonyme de ce mot.
**c.** Dans le chapitre 32, l. 32 à 35, Malala exprime ce qu'elle ressent. Quel verbe est répété trois fois ? À ton avis, pourquoi ?

## *Faire le bilan*

**11 Le résultat des efforts**

Complète le texte à l'aide des mots suivants.

action | enfants | Fonds Malala | lutte | progrès | scolarisation

Quelques années après s'être engagée pour la ................................ des enfants, Malala fait le bilan de son .................. : le chemin a été long et tout n'est pas gagné, mais des.......................... ont été faits.

Grâce au .............. , des centaines d'................. peuvent s'instruire et avoir une vie meilleure. De bonnes raisons de continuer la ........... !

## *Enquêter maintenant*

**12 Prix Nobel**

Qu'est-ce que le prix Nobel ? Depuis quand existe-t-il ? Quelle est sa finalité ? Qui l'a créé et à qui le remet-on ? Fais des recherches sur ce prix célèbre et rédige un paragraphe explicatif.

# Des discours au service de grandes causes : groupement de documents

**OBJECTIF** • Comprendre la visée de discours emblématiques et analyser les procédés oratoires employés.

## DOCUMENT 1 *Pour l'égalité entre les Blancs et les Noirs, Martin Luther King*

*Le pasteur noir américain Martin Luther King (1929-1968), à Washington, le 28 août 1963, prononce son discours « I have a dream » devant 250 000 personnes. Son rêve est celui d'une Amérique fraternelle où Blancs et Noirs se retrouveraient unis et libres.*

Il y a un siècle de cela, un grand Américain qui nous couvre aujourd'hui de son ombre symbolique signait notre Proclamation d'Émancipation. Ce décret capital se dresse comme un grand phare illuminant d'espérance les millions d'esclaves marqués au feu d'une brûlante injustice. Ce décret est venu comme une aube joyeuse terminer la longue nuit de leur captivité. Mais, cent ans plus tard, le Noir n'est toujours pas libre. Cent ans plus tard, la vie du Noir est encore terriblement handicapée par les menottes de la ségrégation et les chaînes de la discrimination. [...]

Je rêve que, un jour, notre pays se lèvera et vivra pleinement la véritable réalité de son credo : « Nous tenons ces vérités pour évidentes par elles-mêmes que tous les hommes sont créés égaux ».

Je rêve qu'un jour sur les collines rousses de Géorgie, les fils d'anciens esclaves et ceux d'anciens propriétaires d'esclaves pourront s'asseoir ensemble à la table de la fraternité.

Je rêve qu'un jour, même l'État du Mississippi, un État où brûlent les feux de l'injustice et de l'oppression, sera transformé en une oasis de liberté et de justice.

Je rêve que mes quatre petits-enfants vivront un jour dans une nation où ils ne seront pas jugés sur la couleur de leur peau, mais sur la valeur de leur caractère. Je fais aujourd'hui un rêve !

Je rêve qu'un jour, même en Alabama, avec ses abominables racistes, avec son gouverneur à la bouche pleine des mots « opposition » et « annulation » des lois fédérales, que là-même en Alabama, un jour les petits garçons noirs et les petites filles blanches pourront se donner la main, comme frères et sœurs. Je fais aujourd'hui un rêve ! [...]

*"I have a dream that my four little children will one day live in a nation where they will not be judged by the color of the skin..."*

Que la cloche de la liberté sonne du haut des merveilleuses collines du New Hampshire !

Que la cloche de la liberté sonne du haut des montagnes grandioses de l'État de New York !

Que la cloche de la liberté sonne du haut des sommets des Alleghanys de Pennsylvanie !

Que la cloche de la liberté sonne du haut des cimes neigeuses des montagnes rocheuses du Colorado !

Que la cloche de la liberté sonne depuis les pentes harmonieuses de la Californie !

Mais cela ne suffit pas.

Que la cloche de la liberté sonne du haut du mont Stone de Géorgie !

Que la cloche de la liberté sonne du haut du mont Lookout du Tennessee !

Que la cloche de la liberté sonne du haut de chaque colline et de chaque butte du Mississippi !

Du flanc de chaque montagne, que sonne la cloche de la liberté !

Quand nous permettrons à la cloche de la liberté de sonner dans chaque village, dans chaque hameau, dans chaque ville et dans chaque État, nous pourrons fêter le jour où tous les enfants de Dieu, les Noirs et les Blancs, les Juifs et les non-Juifs, les Protestants et les Catholiques, pourront se donner la main et chanter les paroles du vieux Negro Spiritual : « Enfin libres, enfin libres, grâce en soit rendue au Dieu tout-puissant, nous sommes enfin libres ! »

**Martin Luther King**, *I have a dream*, extrait du discours prononcé le 28 août 1963 à Washington D.C.

## DOCUMENT 2 *Pour l'abolition de la peine de mort,* Robert Badinter

*En 1981, Robert Badinter (né en 1928) est le Garde des Sceaux et le ministre de la Justice du président François Mitterrand. Abolitionniste de longue date, il tient un discours devant l'Assemblée nationale pour faire supprimer la peine de mort en France. Cette loi sera votée à la majorité.*

Voici la première évidence : dans les pays de liberté l'abolition est presque partout la règle ; dans les pays où règne la dictature, la peine de mort est partout pratiquée. Ce partage du monde ne résulte pas d'une simple coïncidence, mais exprime une corrélation. La vraie signification politique de la peine de mort, c'est bien qu'elle procède de l'idée que l'État a le droit de disposer du citoyen jusqu'à lui retirer la vie. C'est par là que la peine de mort s'inscrit dans les systèmes totalitaires. [...]. Dans la réalité judiciaire, qu'est-ce que la peine de mort ? Ce sont douze hommes et femmes, deux jours d'audience, l'impossibilité d'aller jusqu'au fond des choses et le droit, ou le devoir, terrible, de trancher, en quelques quarts d'heure, parfois quelques minutes, le problème si difficile de la culpabilité, et, au-delà, de décider de la vie ou de la mort d'un autre être. Douze personnes, dans une démocratie, qui ont le droit de dire : celui-là doit vivre, celui-là doit mourir ! Je le dis : cette conception de la justice ne peut être celle des pays de liberté, précisément pour ce qu'elle comporte de signification totalitaire. Quant au droit de grâce, il convient, comme Raymond Forni l'a rappelé, de s'interroger à son sujet. Lorsque le roi représentait Dieu sur la terre, qu'il était oint par la volonté divine, le droit de grâce avait un fondement légitime. Dans une civilisation, dans une société dont les institutions sont imprégnées par la foi religieuse, on comprend aisément que le représentant de Dieu ait pu disposer du droit de vie ou de mort. Mais dans une république, dans une démocratie, quels que soient ses mérites, quelle que soit sa conscience, aucun homme, aucun pouvoir ne saurait disposer d'un tel droit sur quiconque en temps de paix. Je sais qu'aujourd'hui – et c'est là un problème majeur – certains voient dans la peine de mort une sorte de recours ultime, une forme de défense extrême de la démocratie contre la menace grave que constitue le terrorisme. La guillotine, pensent-ils, protégerait éventuellement la démocratie au lieu de la déshonorer. Cet argument procède d'une méconnaissance complète de la réalité. En effet l'Histoire montre que s'il est un type de crime qui n'a jamais reculé devant la menace de mort, c'est le crime politique. Et, plus spécifiquement, s'il est un type de femme ou d'homme que la menace de la mort ne saurait faire reculer, c'est bien le terroriste. D'abord, parce qu'il l'affronte au cours de l'action violente ; ensuite parce qu'au fond de lui, il éprouve cette trouble fascination de la violence et de la mort, celle qu'on donne, mais aussi celle qu'on reçoit. [...] Alors, croire qu'on l'arrêtera avec la mort, c'est illusion.

**Robert Badinter**, extrait du discours du 17 septembre 1981 devant l'Assemblée nationale.

## DOCUMENT 3 *Pour l'égalité entre les femmes et les hommes, Françoise Héritier*

*Françoise Héritier (1933- 2017), anthropologue, ethnologue et féministe française, a été professeure au Collège de France. Elle a consacré ses recherches aux différences liées au masculin et au féminin dans les sociétés.*

Oui, je fais le constat historique et anthropologique que le corps des femmes est mis à la disposition des hommes. Et cela, sur l'enchaînement des millénaires, a entraîné un destin. Cette position a perduré. La conséquence culturelle et sociale est terrible : c'est l'impossibilité pour les femmes de décider de ce qu'il advient de leur corps. Tout mon travail sert à mettre au jour comment les femmes sont conçues comme des cadettes. Au mieux des objets à protéger, au pis des objets à

exploiter. Non pas des objets comme un vase – encore qu'on dise bien des femmes qu'elles sont parfois « potiches » –, mais je dis bien « objet », en ce sens que les femmes ne sont pas encore, loin de là, les sujets de leur propre vie. Il faudra encore longtemps avant d'y parvenir. L'état d'esprit citoyen doit changer. Si les choses changent dans les pays occidentaux, bien sûr, la situation reste terrible un peu partout ailleurs. Au sein d'une grande partie de l'humanité, les femmes ne peuvent ni décider du choix de leur conjoint, ni du nombre d'enfants qu'elles mettront au monde, ni quand ni comment. Elles doivent subir. Elles n'ont pas droit à la contraception, elles ne peuvent pas montrer leur corps, notamment à des hommes médecins, et ne peuvent pas se faire soigner librement dans certaines sociétés. Double soumission : votre corps ne vous appartient pas et impossibilité pour les femmes d'accéder au savoir. Car, même si l'Unesco nous dit qu'il y a une progression constante dans la scolarisation des filles, il faut faire attention : les statistiques qu'on nous donne doivent tenir compte non pas seulement de l'entrée à l'école mais aussi de la sortie. Lorsqu'on prend la peine de travailler localement sur l'âge des filles à la sortie, on se rend compte qu'elles ont fait parfois seulement deux ans d'école primaire, et c'est tout. On les sort tôt afin qu'elles ne soient pas justement trop « abîmées » par l'éducation, afin de pouvoir les marier selon la tradition. Dans nos pays à nous, un phénomène reste puissant : l'inégalité d'accès des femmes aux situations de pouvoir. Monter dans l'échelle professionnelle ou politique reste difficile. Il y a là encore beaucoup à faire. Cette injustice et cette inégalité sont parallèles à un système de représentations mentales, système permanent de mépris et de dénigrement. Les stéréotypes sur les femmes sont tenaces : « frivoles », « paresseuses », « fragiles », « menteuses », « coquettes », « imprévisibles », « dénuées du sens de l'orientation, au volant ». Ce corps de jugement de valeur est certes variable – on ne dira pas « cette femme qui conduit », pour se moquer d'une femme dans la tribu des Bochimans d'Afrique australe, c'est sûr –, mais il existe partout dans le monde. Il ne faut pas s'y tromper. Alors que, souvent, dans l'histoire, la survie des groupes dépend des femmes...

Françoise Héritier, dernier discours sur *France Culture*, novembre 2017.

## DOCUMENT 4 *Pour le droit à l'éducation, Malala*

*Le 12 juillet 2013, jour de ses 16 ans, Malala fait un discours à l'ONU (Organisation des Nations Unies) qui vient de créer le « Malala Day », pour défendre le droit à l'éducation dans le monde, en particulier celle des filles.*

Chers frères et chères sœurs,

Souvenez-vous d'une chose : la journée de Malala n'est pas ma journée. Aujourd'hui est le jour de chaque femme, chaque garçon, chaque fille qui fait entendre sa voix pour défendre ses droits. Des milliers de personnes ont été tuées par les terroristes, et des millions ont été blessées. Je suis juste une d'elles, parmi les autres.

Ainsi me voici, une fille parmi beaucoup d'autres. Je ne parle pas en mon nom mais au nom de toutes les filles et de tous les garçons.

Je ne lève pas la voix pour pouvoir crier mais pour que ceux qui n'ont pas de voix puissent être entendus, ceux qui se sont battus pour leurs droits :

Leur droit à vivre en paix.

Leur droit à être traité avec dignité.

Leur droit à l'égalité des chances.

Leur droit à l'éducation.

Le 9 octobre 2012, les talibans ont tiré une balle dans le côté gauche de mon front. Ils ont tiré sur mes amies, également. Ils ont pensé que des balles nous feraient taire. Mais ils ont échoué.

Et voilà que, de ce silence, se sont élevées des milliers de voix. Les terroristes pensaient qu'ils pourraient changer nos objectifs et mettre fin à nos ambitions mais rien n'a changé dans ma vie sauf ceci : la faiblesse, la peur et le désespoir sont morts, la force, la puissance et le courage sont nés. Je suis la même Malala. Mes ambitions sont les mêmes. Mes espoirs sont les mêmes. Mes rêves sont les mêmes.

Un enfant, un professeur, un crayon, un livre peuvent changer le monde.

Malala Yousafzai, traduction du discours prononcé devant l'ONU le 12 juillet 2013.

## DOCUMENT 5 *Pour la justice climatique et l'avenir de la planète, Greta Thunberg*

*Une Suédoise de 15 ans, Greta Thunberg, se rend célèbre par son discours à la COP 24, le sommet des Nations Unies qui s'est tenu en 2018 à Katowice, en Pologne. Elle évoque les problèmes liés au changement climatique et reproche leur inactivité aux dirigeants.*

Ce que nous espérons atteindre par cette conférence, c'est comprendre que nous sommes en face d'une menace existentielle. Ceci est la crise la plus grave que l'humanité ait jamais subie. Nous devons en prendre conscience tout d'abord et faire aussi vite que possible quelque chose pour arrêter les émissions et essayer de sauver ce que nous pouvons.

Vous ne parlez que de croissance économique verte et durable parce que vous avez peur d'être impopulaires. Vous ne parlez que d'avancer avec les mêmes mauvaises idées qui nous ont mis dans cette situation, alors que la seule chose à faire est de tirer le frein à main...

Vous n'êtes pas assez matures pour dire les choses telles qu'elles sont ; même ce fardeau, vous le laissez à nous, les enfants.

Mais je me moque d'être impopulaire. Je tiens à la justice climatique et à une planète vivante. Notre biosphère est sacrifiée pour que les riches des pays comme le mien puissent vivre dans le luxe. Ce sont les souffrances du plus grand nombre qui paient pour le luxe du plus petit nombre.

(...) Vous dites que vous aimez vos enfants par-dessus tout, et pourtant vous volez leur futur sous leurs yeux. Notre avenir nous a été volé à chaque fois que vous avez dit que le ciel était la limite ou qu'on n'avait qu'une seule vie. Vous nous avez menti, vous nous avez donné de faux espoirs. Vous nous avez dit qu'il y avait quelque chose à espérer de l'avenir, mais le plus triste c'est que la plupart des enfants ne sont même pas conscients de l'avenir qui les attend.

Nous sommes venus vous dire que c'est l'heure du changement, que cela vous plaise ou non.

Greta Thunberg, traduction du discours (extraits) de la COP 24, du 3 au 14 décembre 2018.

## Lire les discours

**1 Les auteurs et les sujets des discours**

Complète le tableau suivant.

| | auteur | sujet | date | lieu |
|---|---|---|---|---|
| **Doc. ①** | ..................... ..................... | l'égalité entre les Hommes | ..................... ..................... | ..................... ..................... |
| **Doc. ②** | Robert Badinter | ..................... ..................... | ..................... ..................... | ..................... ..................... |
| **Doc. ③** | ..................... ..................... | ..................... ..................... | ..................... ..................... | France Culture, à Paris |
| **Doc. ④** | ..................... ..................... | ..................... ..................... | ..................... ..................... | à l'ONU, aux États-Unis |
| **Doc. ⑤** | ..................... ..................... | la justice climatique | ..................... ..................... | ..................... ..................... |

**2 Les auditoires**

Décris les caractéristiques de l'auditoire de chaque discours.

- **Doc ①** → une foule d'environ 250 000 personnes rassemblées à l'extérieur
- **Doc ②** → ..............................................................................................
- **Doc ③** → ..............................................................................................
- **Doc ④** → ..............................................................................................
- **Doc ⑤** → ..............................................................................................

**3 Le discours de Martin Luther King (doc. 1)**

Complète les phrases suivantes.

Cent ans après la Proclamation de l'Émancipation des esclaves, Martin Luther King constate que

.................................................................................................... .

Il rêve que les Noirs Américains

.................................................................................................... .

**4 Le discours de Robert Badinter (doc. 2)**

Dans quel objectif Robert Badinter met-il en parallèle les pays démocratiques et les pays totalitaires ? Pourquoi est-il certain que la peine de mort n'empêche pas les actes de terrorisme ?

**5 Le discours de Françoise Héritier (doc. 3)**

D'après Françoise Héritier, depuis quand les femmes sont-elles privées de liberté ? Qu'est-ce qui doit changer pour que cette situation évolue ?

**6 Le discours de Malala (doc. 4)**

Au nom de qui Malala s'exprime-t-elle le 12 juillet 2013, jour de ses 16 ans ?
Sa détermination a-t-elle diminué du fait de l'attentat dont elle a été victime ?

**7 Le discours de Greta Thunberg (doc. 5)**

Quel constat fait Greta Thunberg au début de son discours à la COP 24 ?
Qui rend-elle responsable de cette situation ?

## *Observer la forme des discours*

**8 Les gestes des orateurs**

Observe les photos du groupement de documents reproduites en couleur dans le cahier photo.
Comment Martin Luther King et Robert Badinter soulignent-ils la force de leur message ?

**9 Le temps des discours.** Quel est le temps principalement employé dans les cinq discours ? Comment expliquer ce choix ?

**10 Les figures de style.** Pour mieux convaincre, l'orateur recourt à des figures de style.

Relève, dans les discours, un exemple de chacune de ces figures.

- répétition → ..........................................................................
- énumération → ....................................................................
- métaphore → ......................................................................
- opposition → .......................................................................

## À ton avis

**11 L'art de parler.** Le discours de Greta Thunberg te convainc-il ? Quelles qualités lui trouves-tu ?

## Le texte et l'image

**12 Le discours de propagande et la satire**

Observe l'affiche de film ci-contre.

**a.** À quoi reconnaît-on immédiatement qu'elle représente une situation de discours ?

**b.** Quelle remarque peux-tu faire sur l'attitude et la posture du personnage ?

**c.** Effectue des recherches sur Internet au sujet du film de Charles Chaplin. Que dénonce-t-il ?

Affiche du film *Le Dictateur* (1940), comédie réalisée par et avec Charles Chaplin.

*Aller à l'école semble une évidence pour la plupart des enfants d'Europe. Pourtant, il n'en a pas toujours été ainsi, et beaucoup d'autres enfants dans le monde n'ont pas la chance de pouvoir s'instruire. Qu'est-ce qui empêche la scolarisation de ces jeunes, surtout des filles ? Que peut-on faire pour les aider à trouver ou retrouver le chemin de l'école ?*

L'ENQUÊTE

# Le droit à l'éducation



L'ENQUÊTE EN 4 ÉTAPES

# 1 Comment s'est créé le système scolaire en France ?

***Contrairement à ce que l'on dit souvent, Charlemagne n'a pas inventé l'école en 789, elle existait depuis la conquête de la Gaule par les Romains (52 avant J.-C.), puis elle a évolué[1].***

## • AU MOYEN ÂGE

École monastique du couvent des ermites de saint Augustin de Paris, miniature, XIIIe siècle.

Au Moyen Âge, l'instruction (réservée aux jeunes garçons) est dispensée par des moines ou des religieux.
Les cours sont donnés uniquement en latin, la langue savante. Peu à peu, avec l'apparition de l'imprimerie (vers 1450), le français est employé pendant les cours et dans les livres qui servent à étudier.

## • SOUS L'ANCIEN RÉGIME

Le roi Louis XIV veut que tous les enfants aient une instruction de base (lire, écrire, compter).
Ainsi, les parents doivent envoyer leurs enfants à l'école jusqu'à l'âge de 14 ans et assurent le financement de ces écoles. L'enseignement, donné par des religieux, est généralement réservé aux garçons.
En ville, certaines écoles deviennent célèbres, comme les Petites Écoles[2]

### L'éducation des filles

Seules les filles de bonnes familles reçoivent une instruction élémentaire, qui leur permettra de tenir leur place en société.

L'institution de Saint-Cyr, par exemple, prend en charge les jeunes filles nobles sans argent.

**1.** Dans le monde antique gréco-romain, l'école existait déjà, pour les fils des notables.
**2.** Ce lieu de prière et d'enseignement a eu une renommée considérable sous l'influence de l'abbé Saint-Cyran, un des chefs de file des jansénistes (opposants au royalisme absolu).

de Port-Royal à Paris. À la campagne, les élèves apprennent à lire dans des livres de prières ; ils parlent le latin ou le patois...
Peu à peu, le français s'installe dans les collèges : les élèves ne sont plus obligés de parler latin, et on emploie le français pour les cours de mathématiques ou de sciences !

### ● APRÈS LA RÉVOLUTION, L'ÉPOQUE MODERNE

À partir de 1792, les religieux sont remplacés par des instituteurs, et l'école devient obligatoire pour tous. L'État crée le Ministère de l'Instruction publique. L'objectif de ce ministère est que tous les Français, de façon égalitaire, aient une culture de base leur permettant d'être de véritables citoyens.
Les instituteurs transmettent les valeurs de la république, l'éducation civique, l'hygiène et la morale...

Au XIXe siècle, l'enseignement évolue : on crée des écoles dans toutes les communes, et elles sont obligatoires pour les garçons.
Mais les filles ne peuvent y aller que si elles en ont les moyens, et les femmes n'ont pas encore le droit d'enseigner.[3]
En 1881, Jules Ferry, alors Ministre de l'Instruction publique et des Beaux-Arts, propose de rendre l'école gratuite, obligatoire et laïque pour tous les enfants, de 6 à 13 ans. La loi est votée le 28 mars 1882.

Le français devient alors obligatoire pour tous, ce qui implique l'interdiction de parler une langue régionale, comme le breton, le basque, le catalan ou le provençal.

*« Partout où il y a un champ, partout où il y a un esprit, qu'il y ait un livre. Pas une commune sans école, pas une ville sans un collège, pas un chef-lieu sans une faculté »*

Victor Hugo, Discours à l'Assemblée lors de la discussion du projet de loi sur l'enseignement, 15 janvier 1850.

*« Le peuple qui a les meilleures écoles est le premier peuple ; s'il ne l'est pas aujourd'hui, il le sera demain »*

Jules Simon, Discours du 10 janvier 1920.

**3.** Il faudra attendre 1834 pour que cette interdiction soit supprimée. Les femmes institutrices attendront également 1919 pour que leur salaire soit identique à celui des instituteurs !

● **AUJOURD'HUI**

Le système mis en place par Jules Ferry a évolué : depuis 1959, la scolarité est obligatoire jusqu'à 16 ans. Le collège unique a été créé en 1975[4] et la mixité est la norme dans tous les établissements (les filles et les garçons sont dans les mêmes classes).

L'école réfléchit à la pédagogie et tient compte de la psychologie des enfants : l'objectif est que chacun réussisse selon ses aptitudes et ses capacités.

En France, 98 % des enfants sont scolarisés, et 80 % des élèves obtiennent le Baccalauréat. On dit que l'école est un « ascenseur social », permettant à tous de s'élever dans la société.

## La récréation

Ce n'est qu'en 1866 que la récréation a été mise en place pour tous les écoliers. Auparavant, les élèves ne pouvaient sortir qu'un par un : ils prenaient une planchette sur le bureau du maître et la reposaient lorsqu'ils revenaient en classe. Victor Duruy a instauré la récréation pour « lutter contre l'immobilité du corps et la fatigue de l'esprit ».

Afin que les filles puissent occuper l'espace autant que les garçons, certaines écoles françaises sont dotées aujourd'hui de cours de récréation « non genrées », c'est-à-dire pour tous, filles ou garçons.

Cour de récréation, collège de Pontivy, en Bretagne.

4. En 1975, le ministre de l'Éducation Nationale René Haby crée le « collège pour tous », en prolongement de « l'école pour tous ». L'enseignement est homogénéisé et généralisé : tous les élèves reçoivent gratuitement le même enseignement, ce qui doit leur permettre d'accéder à l'enseignement secondaire et supérieur.

# 2 Qu'en est-il dans le reste du monde ?

***D'après le rapport mondial de l'Unesco, la scolarisation des enfants progresse dans le monde, mais de façon inégale : un enfant sur cinq n'est toujours pas scolarisé.***

**● TRAVAILLER OU ÉTUDIER, IL FAUT CHOISIR**

Aujourd'hui, environ 150 millions d'enfants travaillent dans le monde.

Le « travail des enfants » désigne l'activité économique des enfants lorsqu'elle est contraire aux conventions internationales.

La plupart des enfants qui ne vont pas à l'école travaillent pour aider leurs parents financièrement.

La pauvreté des familles est donc la cause de la déscolarisation.

En France, le travail des enfants est interdit depuis 1882, année de la scolarisation obligatoire.

Dans les pays les plus pauvres, un enfant sur quatre est obligé de travailler, parfois plus de 43 heures par semaine.

L'Afrique est la région où le plus grand nombre d'enfants travaillent : ils sont 72 millions (presque 20 % des enfants)[5].

Malawi, le 7 juin 2019.

En Inde, il existe parfois des écoles ouvertes le soir, pour que les enfants puissent s'instruire après leur journée de travail.

| | ENFANTS TRAVAILLANT ILLÉGALEMENT (en milliers) | dont enfants impliqués dans des travaux dangereux |
|---|---|---|
| TOTAL DANS LE MONDE | **151 622** | **72 525** |
| dont pays à bas revenu* (moins de 1 045 $/hab.) | 65 203 | 29 664 |
| dont pays à haut revenu* (plus de 12 736 $/hab.) | 2 025 | 1 645 |

* Selon le revenu moyen annuel par habitant en 2015. Source : Organisation internationale du travail, données 2016 © Observatoire des inégalités

5. https://www.inegalites.fr/150-millions-d-enfants-travaillent-dans-le-monde

**● ALLER À L'ÉCOLE LOIN DE CHEZ SOI**

Les enfants des zones rurales ont moins de chances d'aller à l'école que ceux des villes. En effet, les écoles sont éloignées des lieux d'habitation et il faut souvent parcourir plusieurs kilomètres pour aller en classe. Le travail des enfants est plus répandu dans les campagnes (agriculture). Les écoles y sont plus rares et les classes surpeuplées, à tel point que tous les enfants ne peuvent suivre les cours en même temps. On partage parfois la journée en deux : certains étudient le matin, d'autres l'après-midi !

## Le travail des enfants dans le monde selon le secteur d'activité

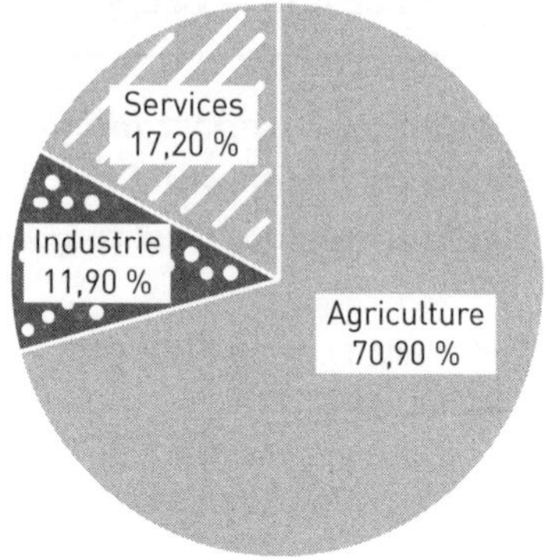


Source : Organisation internationale du travail, données 2016 © Observatoire des inégalités

Parfois, il n'y a ni tables ni chaises : les enfants s'installent par terre pour étudier. Et comme le papier coûte cher, on utilise des ardoises pour apprendre à écrire ou à compter. On efface et on recommence !

L'école de Meharajot, au Rajasthan, en 2010.

### ● LE POIDS DE LA TRADITION DANS L'ÉDUCATION DES FILLES

Dans certaines civilisations, les parents privilégient les études des garçons, qui vont perpétuer la famille et l'agrandir. En revanche, instruire les filles paraît souvent une dépense inutile, puisqu'une fille partira très vite dans la famille de son mari. De plus, étudier suppose que les filles sortent de chez elles et côtoient éventuellement des garçons, or certaines coutumes religieuses imposent aux femmes de rester chez elles !

Les filles sont plus fortement pénalisées que les garçons : ce sont elles qui sont chargées des tâches ménagères, qui vont chercher de l'eau, souvent très loin. Elles s'occupent des plus jeunes, soignent le bétail, etc. Certaines se marient parfois très jeunes et doivent s'occuper de leurs propres enfants. Il ne leur reste plus de temps pour l'école !

Ces différences s'accentuent avec l'âge : les filles qui ont eu la chance d'aller à l'école doivent s'arrêter généralement au bout d'un an ou deux, alors que les garçons peuvent continuer...

Des femmes près d'un puits à Mathura, dans l'Uttar Pradesh, en Inde.

## LES CONFLITS ET LES GUERRES

Lorsqu'on vit dans un pays en guerre, il est difficile de se concentrer et de s'instruire. Lutter pour survivre est plus urgent qu'étudier. De plus, les bombardements détruisent les écoles et le matériel scolaire. Les enfants sont donc doublement victimes : ils souffrent de la guerre et ne peuvent s'instruire.

Malala soutient les enfants réfugiés syriens ou jordaniens. Lors d'une rencontre dans un camp de réfugiés à la frontière syrienne, elle a décidé de devenir leur porte-parole. Avec la Fondation Malala, elle organise des distributions de matériel scolaire, et essaie de convaincre les parents qu'ils doivent envoyer leurs enfants à l'école malgré tout.

Malala Yousafzai et la réfugiée syrienne Muzoon Almellehan dans le camp de réfugiés Zaatari, près de la frontière entre la Jordanie et la Syrie, le 18 février 2014.

# 3 Pourquoi doit-on faire progresser le taux de scolarisation ?

***L'Unicef a défini l'instruction comme étant un des droits fondamentaux des enfants et la Convention internationale des droits de l'enfant a été signée par plus de 190 pays.***

## ● LUTTER CONTRE LA PAUVRETÉ

Plus un individu est instruit, plus il a de chances d'augmenter ses revenus. L'instruction est un levier de lutte contre la pauvreté.

Le Vietnam, par exemple, qui était un pays extrêmement pauvre dans les années 1990, a construit des écoles et, en trente ans, la pauvreté a pratiquement disparu.

**420 millions** de personnes sortiraient de la pauvreté si elles avaient un niveau d'études secondaires ; le nombre de pauvres dans le monde diminuerait ainsi de moitié !

C'est particulièrement vrai pour les femmes : on a calculé qu'une année de scolarisation supplémentaire augmente les revenus d'une femme de 10 à 20 %. Celles qui font des études secondaires gagnent trois fois plus que celles qui n'ont pas reçu d'instruction.

## ● FAVORISER LA PAIX

En 2012, une étude de l'Unesco a montré que les personnes ayant fait des études peuvent davantage exercer leurs droits civiques et participer à la vie de leur pays de façon démocratique.

Accéder au savoir permet aussi de sortir de l'isolement, de lutter contre les préjugés et les croyances. Grâce à l'instruction, un enfant devient le maître de sa propre vie.

Beaucoup de conflits et de guerres civiles pourraient donc être évités si les populations étaient plus instruites.

En 2017, il y avait encore **25,5 millions** de réfugiés dans le monde. La moitié d'entre eux avait moins de 18 ans et n'avait pas accès à l'instruction… Ce chiffre augmente constamment : les enfants sont les premières victimes des guerres et des conflits.

# « Il n'existe aucun instrument de développement plus efficace que l'éducation des filles. »

Kofi Annan[6], ex-Secrétaire des Nations unies.

## ● RÉDUIRE LES INÉGALITÉS ENTRE LES FEMMES ET LES HOMMES

Chaque année dans le monde, 12 millions de filles sont mariées avant l'âge de 18 ans (d'après l'Unicef). Leurs parents les forcent à se marier pour qu'elles ne soient plus à leur charge. Mais les mariages forcés maintiennent les filles dans un statut inférieur.

L'instruction des filles a un impact positif sur le développement : les filles scolarisées se marient plus tard et ont davantage de connaissances à transmettre à leurs enfants.

## ● AMÉLIORER LA SANTÉ

Les enfants scolarisés apprennent l'importance du lavage des mains, des dents… Dans certains pays d'Afrique, ils apprennent à purifier l'eau, évitant ainsi de terribles épidémies.

Là encore, le rôle des femmes est crucial : la bonne santé des mères favorise celle de leurs enfants et de leurs proches. Elles comprennent par exemple le principe de la vaccination, peuvent éduquer les enfants à prendre soin d'eux et des autres, à éviter la propagation des maladies.

Campagne contre le mariage de jeunes filles Bhils, une caste d'intouchables (Dalits) au Rajasthan dans le nord de l'Inde. Source : The Samaja.

6. Diplomate ghanéen, Kofi Annan (1938-2018) a été Secrétaire Général des Nations unies de 1997 à 2006. Il a reçu le prix Nobel de la paix en 2001.

# 4 Quelles organisations agissent pour le droit à l'école ?

***Le combat pour la scolarisation universelle n'est pas gagné. De nombreuses organisations se battent pour que tous les enfants aient accès à l'instruction.***

## ● L'UNICEF

L'Unicef (Fonds des Nations unies pour l'enfance) est un organe permanent des Nations unies, fondé en 1946, qui lutte pour l'amélioration de la condition des enfants, et notamment pour le droit à l'instruction et à l'éducation. L'Unicef a créé la Convention relative aux droits de l'enfant[7], et obtenu le prix Nobel de la paix en 1965 pour les actions qu'il a menées.

## ● L'UNESCO

L'Unesco (Organisation des Nations unies pour l'éducation, la science et la culture), créée en 1945, lutte également pour le respect universel de la justice, de la loi, des droits humains, et particulièrement contre la discrimination dans le domaine de l'enseignement. Elle a mis en place notamment dès 1946 un très vaste programme d'alphabétisation.

## ● LES ONG

Des organisations non gouvernementales[8] (ONG), comme la Fondation Malala, se battent pour la protection de l'enfance, et surtout pour l'éducation des filles et l'égalité entre les femmes et les hommes.

Guinée, 2013 : dans la région de Kindia, l'Unicef promeut l'éducation des filles.

7. La convention internationale des droits de l'enfant (CIDE) est un traité international adopté par l'Assemblée générale de l'ONU le 20 novembre 1989.
8. Une ONG est une association à but non lucratif, d'intérêt public, qui ne dépend ni d'un État, ni d'une institution internationale.

# À lire et à voir

## ● DÉCOUVRIR DES RÉCITS DE JEUNESSE ET D'APPRENTISSAGE

Dai Sijie
*Balzac et la Petite Tailleuse chinoise*
Folio Gallimard, 2000

Pendant la « Révolution culturelle », les intellectuels sont considérés comme les ennemis du peuple et réprimés par le président Mao Zedong. Les livres aident pourtant à vivre.

Amadou Hampâté Bâ
*Amkoullel, l'enfant peul*
Éditions Actes Sud, 1992

Le récit autobiographique d'un petit garçon du Mali qui découvre l'école française et l'instruction tout en fréquentant l'école coranique et les traditions africaines. Grâce à sa culture, il devient un très grand homme d'État.

Camara Laye
*L'Enfant noir*
Éditions Plon, 1953

Après avoir obtenu son Certificat d'aptitude professionnelle, Camara Laye accepte, avec l'accord de ses parents, de quitter la Haute-Guinée, et de faire ses études en France. Quels changements dans sa vie ! Quel déchirement aussi de quitter les siens...

Marjane Satrapi

*Persepolis*

Éditions L'Association, 2000-2003

Pendant la révolution islamique en 1980, Marjane doit quitter ses parents et l'Iran, son pays natal. Elle termine ses études en Europe, et découvre une nouvelle civilisation.

La bande dessinée a été adaptée au cinéma par Marjane Satrapi elle-même et Vincent Paronnaud en 2007, et a obtenu un succès mondial.

Riad Sattouf

*L'Arabe du futur*

Allary Éditions, 2014-2018

Le récit en bande dessinée de l'enfance et de l'adolescence d'un jeune garçon franco-syrien, partagé entre deux mondes et deux modes de vie.

Romain Gary

*La Promesse de l'aube*

Le Livre de poche, 1960

Le récit autobiographique d'un jeune garçon qui, en compagnie de sa mère, a quitté la Russie pour la France. Ce récit a fait l'objet d'adaptations cinématographiques, par Jules Dassin en 1970 et par Éric Barbier en 2017.

Gaël Faye

*Petit Pays*

Éditions Grasset, 2016

Le récit inspiré de la vie réelle d'un jeune garçon du Burundi, confronté à la guerre du Rwanda. Le récit a été adapté au cinéma par Éric Barbier (sortie du film en France le 18 mars 2020).

Deborah Ellis

*Parvana, une enfance en Afghanistan*

Le Livre de poche, 2018

Une jeune fille intelligente se bat pour la survie de sa famille et ruse avec les interdits des talibans. Publié pour la première fois en 2003, ce récit a été adapté par Nora Twomey qui en a fait un film d'animation en 2017.

## ● MIEUX CONNAÎTRE LES ÉCOLES DU MONDE

Collectif

*Bienvenue dans mon école*

Éditions Le Sorbier, 2009

Vingt écoles différentes et parfois surprenantes, présentées par des écoliers du monde entier.

Servane de Trogoff et Joséphine Flé

*Un tour du monde des écoliers, à portée de main*

Romain Pagès éditeur, 2006

Un album illustré pour découvrir, au fil d'un voyage de 365 jours, la vie des écoliers dans dix-huit pays différents.

Marie-Claire Javoy

*Les Chemins de l'école*

Éditions Hoëbeke, 2015

Retrouvez les héros des films documentaires réalisés par Pascal Plisson et diffusés sur France 5 en 2015, notamment à l'occasion de la journée internationale des droits de l'enfant.

## DÉCOUVRIR LE PAKISTAN

Gilles Boquérat

*Le Pakistan en 100 questions*

Éditions Taillandier, 2018

Comment s'est créé le Pakistan ? Quels sont les différents courants de pensée religieux ? Comment ce pays, qui aura bientôt 250 millions d'habitants, s'intègrera-t-il au monde moderne ? Cent questions pour mieux connaître le pays de Malala.

Fatima Bhutto

*Comme des lions*

Éditions Les Escales, 2020

À Karachi, les aventures de trois adolescents qui n'auraient jamais dû se rencontrer, et qui vont se heurter à des choix difficiles... Également journaliste, Fatima Bhutto – nièce de Benazir Bhutto – livre ici un récit passionnant.

## EN SAVOIR PLUS SUR LES ACTIONS DE L'UNICEF, DE L'UNESCO, DU FONDS MALALA...

http://uis.unesco.org/fr/news/publication-des-donnees-sur-leducation-un-sur-cinq-enfants-adolescents-et-jeunes-nest-pas

https://malala.org/

https://www.unicef.org/french/publications/

Dans la même collection

## **Le Dragon,** d'Evgueni Schwartz

Une ville tyrannisée par un dragon doit lui livrer une jeune fille chaque année. Il faut attendre l'arrivée de Lancelot pour que le dragon soit mis hors d'état de nuire.

Sous le masque de la fable, une pièce qui dénonce l'oppression et les totalitarismes de l'époque : à lire comme un appel à la liberté.

Dans la même collection

## **Les Bijoux de pacotille,**
de Céline Milliat Baumgartner

Céline a huit ans lorsque ses deux parents meurent dans un accident de voiture.

Dans ce récit autobiographique émouvant et singulier, elle raconte, avec délicatesse et parfois même avec humour, la brutalité du choc, les années lumineuses qui l'ont précédé, le chemin accompli pour « ranger ses fantômes » et surmonter l'absence.

# Table des illustrations

| Page | Position | Ph | Copyright |
| --- | --- | --- | --- |
| 1re | couv | ph © | Antonio Olmos/eyevine/Bureau233 |
| 2e | couv | ph © | ABDUL MAJEED/AFP |
| 3e | couv | ph © | Unicef |
| cahier coul | I | ph © | Bettmann/Getty Images |
| cahier coul | II | ph © | Laurent MAOUS/GAMMA |
| cahier coul | III | ph © | Yannick Coupannec/Leemage |
| cahier coul | IV | ph © | Marc Piscotty/Getty Images/AFP |
| 2 | | ph © | Aamir Qureshi/AFP |
| 3 | | ph © | Aamir Qureshi/AFP |
| 5 | | ph © | Antonio Olmos/eyevine/Bureau233 |
| 7 | | ph © | A Majeed/AFP |
| 12 | | ph © | Odd ANDERSEN/AFP |
| 13 | | ph © | ANDREW COWIE/AFP |
| 14-15 | | ph © | Aamir Qureshi/AFP |
| 27 | | ph © | A MAJEED/AFP |
| 42 | | ph © | ROBERT HARDING PRODUCTIONS/AFP |
| 76 | | ph © | Malala Yousafzai |
| 85 | | ph © | Sherin Zada |
| 92 | | ph © | Malala Yousafzai |
| 108 | | ph © | Bill WASSMAN/Gamma-Rapho/Getty Images |
| 158 | | ph © | SAKhanPhotography/iStock/Getty Images Plus |
| 181 | | ph © | Peter – stock.adobe.com |
| 187 | | ph © | University Hospitals Birmingham NHS Foundation Trust ; reproduite avec l'aimable autorisation de l'hôpital Queen Elisabeth de Birmingham |
| 197 | | ph © | Malala Yousafzai |
| 204 | | ph © | AP Photo/Queen Elizabeth Hospital Birmingham/SIPA PRESS |
| 214 | | ph © | Hazrat Bacha/REUTERS |
| 221 | | ph © | Stefan Rousseau – WPA Pool/Getty Images /AFP |
| 237 | | ph © | Jamal Said/REUTERS |
| 242 | | ph © | Bernd Libbach – stock.adobe.com |
| 260 | | ph © | Bettmann/Getty Images |
| 262 | | ph © | Laurent MAOUS/GAMMA |
| 263 | | ph © | Yannick Coupannec/Leemage |
| 265 | | ph © | MALIN FEZEHAI/MALALA FUND/AFP |
| 266 | | ph © | Marc Piscotty/Getty Images/AFP |
| 269 | | Coll. | CHRISTOPHEL © Charles Chaplin Productions |
| 272 | | ph © | Josse/Leemage |
| 274 | | ph © | Stéphanie TETU/PINK/saif images |
| 275 | | ph © | AMOS GUMULIRA/AFP |
| 276 | | ph © | Ecoles de la Terre |
| 277 | | ph © | Godong/RPHL/Andia |
| 278 | | ph © | STR/AFP |
| 280 | | © | The Samaja https://hindi.samajalive.in |
| 281 | | ph © | Unicef |

**Iconographie** : Hatier Illustration, avec l'aimable participation de Duaa Javid
**Principe de maquette** : Marie-Astrid Bailly-Maître & Sterenn Haudiard
**Édition** : Éva Baladier, avec la collaboration d'Alice Petit
**Illustrations intérieures** : Marion Janin, Patrick Deubelbeiss
**Mise en pages** : Facompo, Rouen – **Cahier couleur** : Sandra Fauché
Dépôt légal: 06367-9/03 - Janvier 2022
Achevé d'imprimer par CPI BlackPrint - Espagne